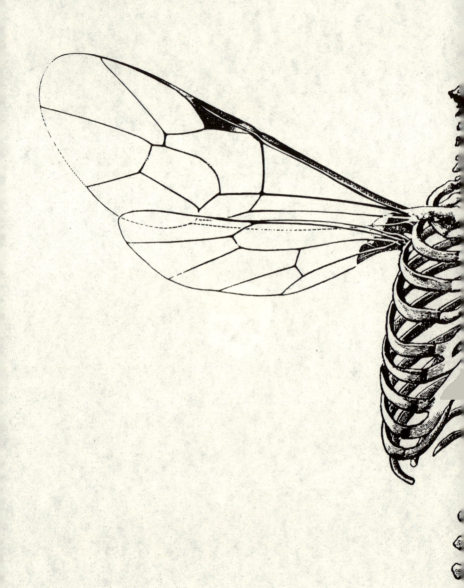

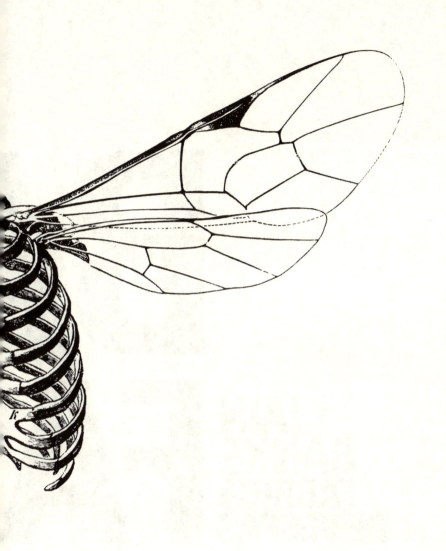

IAIN BANKS
FÁBRICA DE VESPAS

IAIN
BANKS
FÁBRICA
VESPAS

IAIN BANKS
FÁBRICA DE VESPAS

LEANDRO DURAZZO
TRADUÇÃO

DARKSIDE

Copyright © Iain Banks 1984
Preface copyright © Iain Banks 2008
Publicado na Grã-Bretanha pela Abacus,
uma editora da Little, Brown Book Group
Todos os direitos reservados.

Tradução para a língua portuguesa
© Leandro Durazzo, 2016

Diretor Editorial
Christiano Menezes

Diretor Comercial
Chico de Assis

Diretor de Novos Negócios
Marcel Souto Maior

Diretora de Estratégia Editorial
Raquel Moritz

Gerente Comercial
Fernando Madeira

Gerente de Marca
Arthur Moraes

Gerente Editorial
Marcia Heloisa

Editor
Bruno Dorigatti

Capa e Projeto Gráfico
Retina 78

Coordenador de Diagramação
Sergio Chaves

Designer Assistente
Jefferson Cortinove

Preparação
Retina Conteúdo

Revisão
Barbara Parente
Felipe Pontes
Ulisses Teixeira

Finalização
Sandro Tagliamento

Marketing Estratégico
Ag. Mandíbula

Impressão e Acabamento
Braspor

[2016, 2024]
Todos os direitos desta edição reservados à
DarkSide® *Entretenimento LTDA.*
Rua General Roca, 935/504 — Tijuca
20521-071 — Rio de Janeiro — RJ — Brasil
www.darksidebooks.com

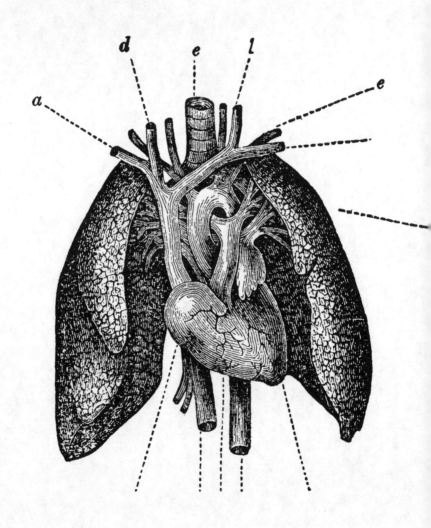

Para Adèle

PREFÁCIO
FÁBRICA DE VESPAS
IAIN BANKS

No começo de 1980, eu via a mim mesmo como um escritor de ficção científica, ainda que profundamente não publicado. Queria ser escritor desde o colégio, e comecei a arriscar romances aos 14 anos. Dois anos depois, eu consegui enfim terminar algo que vagamente se encaixava nessa definição; uma história de espionagem recheada de sexo e violência (até hoje desprezo a ideia de só escrever sobre o que se conhece). Escrito a lápis em um velho diário de bordo naval, nem me incomodei em datilografá-lo; estava convencido de que não passava da obra de um jovem. O romance seguinte deve alguma coisa — talvez desculpas — a *Ardil-22* (1961), de Joseph Heller, e continua sendo a única coisa que escrevi sem planejamento. Faltando-lhe um botão de desligar, o livro foi inchando e inchando por umas quatrocentas mil palavras até que finalmente pude agarrar o safado e finalizá-lo com a cara no chão. Esse sim foi datilografado, e terminou por acumular uma quantidade impressionante de cartas de rejeição de editoras.

Os três romances seguintes, escritos entre 1974 e 1979, eram de ficção científica porque eu decidira ser isto: um escritor de ficção científica. Este era o meu gênero. Apreciava os clássicos e adorava a literatura mais contemporânea, e, acima de tudo, louvava a ficção científica como sendo a arena exemplar para a imaginação livre, e por isso era o que eu escreveria, provavelmente pelo resto da minha carreira, assim que tivesse uma.

Mais cartas de rejeição. Mais cartas de rejeição de cada vez menos editoras, pois poucas eram aquelas que contavam com catálogos de ficção científica a quem eu poderia entregar minha prosa eterna, que tinha um público insuspeito mas, com certeza, absoluta e extravagantemente apreciativo e honestamente grato.

Então, em 1980, eu já estava ficando de saco cheio. Talvez não fosse um escritor de ficção científica, no fim das contas. Talvez devesse tentar escrever um romance comum, ordinário e chato. Talvez fosse a hora de, quem sabe, escrever o segundo rascunho de algum desses trabalhos de evidente genialidade, em vez de confiar que os editores londrinos teriam a argúcia de reconhecer o que claramente era um diamante bruto que, com um pouquinho de polimento nos seus defeitos, certamente renderia milhões a esses miseráveis mal-agradecidos...

Fábrica de Vespas representa minha admissão parcial de derrota, um suspiro profundo e teatral enquanto, me afastando de forma relutante da grandiosidade pomposa dos panoramas da ficção científica/espacial, eu deixava meus rolos de pintura estilo Rolf Harris de lado e pegava um conjunto de pincéis mais finos que lápis para, de dentes cerrados e testa franzida, resignar-me a usar uma paleta mais restrita e produzir o que, em comparação, era uma miniatura.

Eu crescera em Fife e Gourock/Greenrock; imagino que pudesse ter arriscado algo como um realismo escocês empolado. Frequentara a universidade; podia ter escrito um romance estudantil. Fazia pouco tempo que me mudara para Londres, então poderia ter ensaiado um trabalho sobre um caipira na cidade grande malvada.

No fim, fiz algo que me mantinha mais próximo da minha zona de conforto de então: uma narrativa em primeira pessoa que se passava numa remota ilha costeira da Escócia, contada por um adolescente excêntrico em confronto com a normalidade e tendo sérios problemas com violência. Aquilo me permitia tratar a história como algo semelhante a ficção científica. A ilha poderia ser vista como um planeta; Frank, o protagonista, quase como um alienígena. Com uma careta interna, cedi ao estilo escreva-o-que-você-conhece, mas torcendo-o com uma dose da hipérbole absurda da ficção científica, revirando meu próprio passado atrás de experiências que poderiam ser exageradas. Eu construía diques e Frank também o faria, mas com uma supermotivação levemente psicótica que envolveria mulheres, água, o mar e vingança. Eu construía pipas gigantescas em casa; assim faria Frank, usando uma delas como arma. Com um amigo, eu me permitia o hobby — para a época, não tão incomum e perfeitamente inocente entre adolescentes — de fazer bombas, lança-chamas, armas, catapultas gigantes e mais bombas. Frank faria a mesma coisa, embora sozinho e com uma dedicação mais perniciosa.

Para além disso, o texto deveria ser pró-feminista, antimilitarista, satirizando a religião e comentando os modos pelos quais somos influenciados pelo ambiente, pela criação e pelas informações normalmente enviesadas que recebemos de quem está no poder. A ideia é que Frank represente a todos nós, em certos sentidos; enganado, iludido, saudoso de algo que nunca existiu, vingativo sem nenhum bom motivo e tentando com muito esforço viver por algum ideal exagerado que, na verdade, não tem qualquer relevância real. Há passagens, também, em que eu tentava usar Frank para expressar algo com relação às motivações reais e declaradas da brutalidade (daí suas reflexões sobre o ataque ao coelho).

Também queria ressaltar que a inocência infantil não é — e nem era — como a maioria das pessoas parece pensar; crianças provavelmente nutrem quase tantos pensamentos violentos quanto os adultos. Elas apenas não costumam ter um quadro moral sofisticado no qual colocá-los.

Não que, pensando bem, todos os adultos o possuam.

Iain Banks
2008

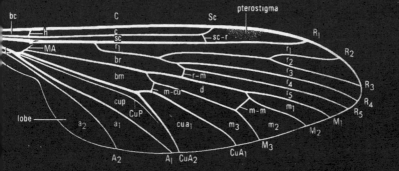

ESTACAS SACRIFICIAIS
FÁBRICA DE VESPAS
IAIN BANKS

1

Eu fazia a ronda pelas Estacas Sacrificiais no dia em que ouvimos falar sobre a fuga do meu irmão. Já sabia que algo estava para acontecer; a Fábrica me contara.

No extremo norte da ilha, próximo aos restos decadentes das docas, onde o cabo enferrujado do guincho ainda chia ao vento leste, eu tinha duas Estacas na face mais distante da última duna. Uma delas sustentava a cabeça de um rato e duas libélulas, a outra, uma gaivota e dois ratos. Eu estava espetando uma das cabeças de rato de volta quando os pássaros subiram no céu da tarde, grasnando e gritando, rondando o ar sobre o caminho nas dunas que se aproximava dos seus ninhos. Eu me assegurei de que a cabeça estava firme e escalei a duna para olhar com meu binóculo.

Diggs, o policial da cidade, descia o caminho de bicicleta, pedalando rápido, com a cabeça baixa conforme as rodas atolavam um pouco na areia fofa. Ele desmontou no começo da ponte pênsil, deixando a bicicleta apoiada nos cabos de sustentação, e caminhou até o meio, onde fica o portão.

Podia vê-lo apertando o botão do interfone. Ficou parado por algum tempo, observando as dunas quietas e as aves se acalmando. Não podia me ver, porque eu estava muito bem escondido. Então, meu pai deve ter atendido, lá de casa, porque Diggs se inclinou um pouco e falou no interfone, depois abriu o portão e atravessou a ponte, indo até a ilha e seguindo pelo caminho que leva à casa. Quando ele sumiu por trás das dunas, sentei-me um pouco, coçando as partes enquanto o vento brincava com os meus cabelos e os pássaros voltavam para os ninhos.

Tirei meu estilingue do cinto, peguei uma bolinha de aço, mirei bem e atirei a pelota numa curva que passou sobre o rio, os postes de telefone e a pontezinha suspensa, até cair em terra. O tiro acertou a placa de "Afaste-se — Propriedade particular" com uma pancada que pude ouvir, e abri um sorriso. Era um bom presságio. A Fábrica não fora específica (raramente é), mas eu tinha a sensação de que fosse o que fosse que estivesse me avisando, era importante, e também suspeitava que seria ruim, mas eu fora esperto o bastante para entender a dica e checar as Estacas, e agora conferia que minha mira ainda estava boa; estava tudo ao meu favor.

Resolvi não seguir direto para casa. O pai não gostava que eu estivesse por lá quando Diggs aparecia e, de todo modo, ainda havia algumas Estacas para conferir antes do sol se pôr. Saltei e deslizei duna abaixo, até sua sombra, então olhei para cima, para ver as pequenas cabeças e corpos vigiando o acesso norte da ilha. Pareciam bem, aquelas cascas nos seus ramos retorcidos. Fitas pretas presas aos galhos balançavam suavemente com a brisa, acenando para mim. Decidi que nada seria tão ruim, e que amanhã pediria mais informações à Fábrica. Se eu tivesse sorte, meu pai me diria alguma coisa e, se eu tivesse mais sorte ainda, talvez até fosse a verdade.

Deixei o saco de cabeças e corpos no Abrigo, bem na hora em que a luz acabava e as estrelas começavam a aparecer. Os pássaros tinham me contado que Diggs havia ido embora poucos minutos antes, então corri cortando caminho até a casa, onde as luzes brilhavam como sempre. Meu pai me encontrou na cozinha.

"Diggs esteve aqui. Acho que você já sabe."

Ele colocou a bituca do grande charuto que estava fumando embaixo da torneira, abriu a água por um segundo enquanto o cotoco marrom chiava e morria e jogou os restos encharcados na lixeira. Pousei minhas coisas na mesa e sentei, dando de ombros. Meu pai acendeu a boca do fogão onde estava a panela de sopa, olhando por baixo da tampa aquela mistura esquentando, depois dando a volta para olhar para mim.

Havia uma camada de fumaça azul acinzentada na sala, na altura dos ombros, com uma grande ondulação, provavelmente feita por mim na hora em que entrei pela porta dupla dos fundos. A onda subia lentamente entre nós enquanto meu pai me encarava. Fiquei inquieto, depois olhei para baixo, brincando com o cabo de apoio do estilingue preto. Passou pela minha cabeça que meu pai parecia preocupado, mas ele atuava muito bem, e talvez aquilo fosse apenas o que ele queria que eu pensasse, então, bem no fundo, eu ainda não tinha certeza.

"Imagino que seja melhor contar para você", disse, depois se afastou outra vez, pegando uma colher de pau para mexer a sopa. Esperei. "É Eric."

Aí eu soube o que tinha acontecido. Ele não precisava me contar o resto. Acho que eu podia ter pensado, pelo pouco que ele contara até ali, que meu meio-irmão estaria morto, doente ou que alguma coisa tivesse acontecido *com* ele, mas eu sabia que era algo que Eric fizera, e só existia uma coisa que ele podia fazer que deixaria meu pai aborrecido. Ele tinha fugido. Eu não falei nada, no entanto.

"Eric escapou do hospital. Foi isso que Diggs veio nos dizer. Eles acham que ele pode aparecer por aqui. Tire essas coisas da mesa; já conversamos sobre isso." Sorveu a sopa, ainda de costas. Esperei até que começasse a se virar, então tirei o estilingue, o binóculo e a pá de cima da mesa. Meu pai continuou no mesmo tom monótono: "Bom, não acho que ele vai chegar tão longe. Eles provavelmente vão pegá-lo em um ou dois dias. Só pensei que devia contar a você. Para o caso de alguém mais ouvir sobre isso e falar alguma coisa. Pegue um prato".

Fui ao armário e peguei um prato, depois me sentei de novo, em cima da minha perna dobrada. Meu pai voltou a mexer a sopa, cujo cheiro agora eu era capaz de sentir por sobre a fumaça de charuto. Podia sentir a excitação no meu estômago — uma agitação crescente, formigante. Então Eric estava voltando para casa; isso era bom-mau. Eu sabia que ele conseguiria. Nem mesmo pensei em perguntar à Fábrica sobre isso; ele estaria aqui. Imaginei o tempo que ele iria demorar, e se agora Diggs teria que correr pela cidade, alertando que o moleque doido que *taca fogo em cachorros* estava novamente à solta; prendam seus cães!

Meu pai serviu uma concha de sopa no meu prato. Soprei. Pensava nas Estacas Sacrificiais. Eram meu sistema de alerta mais imediato e também de intimidação, tudo num só; coisas potentes, infectas, de guarda, vigiando. Aqueles totens eram o meu tiro de aviso; qualquer um que botasse os pés na ilha depois de vê-los saberia o que esperar. Mas parecia que, em vez de um punho cerrado e ameaçador, aquilo estenderia uma mão aberta e acolhedora. Para Eric.

"Vi que você lavou as mãos de novo", meu pai falou enquanto eu tomava a sopa quente. Ele estava sendo sarcástico. Pegou a garrafa de uísque do aparador e serviu uma dose para si mesmo. O outro copo, que eu imaginei ser o do policial, ele colocou na pia. Sentou-se à cabeceira da mesa.

Meu pai é alto e magro, embora um pouquinho curvado. Tem um rosto delicado, que nem o de uma mulher, e seu olhos são pretos. Manca desde que consigo lembrar. Sua perna esquerda é quase toda rígida, e ele normalmente leva uma bengala quando sai de casa. Alguns dias, quando está úmido, ele tem que usar a bengala dentro de casa também, e posso ouvi-lo batucando pelas salas e pelos corredores sem carpetes; um barulho seco, indo de um lugar a outro. Apenas aqui na cozinha a bengala fica quieta; a laje a silencia.

Aquela bengala é o símbolo da segurança da Fábrica. A perna do meu pai, travada e dura, me concedeu meu santuário no sótão espaçoso, bem no alto da casa, em que ficam as tralhas, onde a poeira se move, a luz do sol se inclina e a Fábrica se encontra — quieta, viva e calma.

Meu pai não pode subir a escada estreita que começa no último andar; e, mesmo se pudesse, sei que ele não daria conta de fazer a manobra no alto da escada, contornando a alvenaria em volta da chaminé e alcançando o sótão propriamente dito.

Então, o lugar é meu.

Suponho que meu pai tenha agora uns quarenta e cinco anos, embora, às vezes, eu ache que ele pareça muito mais velho, e, de vez em quando, penso que ele pode ser um pouquinho mais jovem. Ele não me contaria sua idade, então quarenta e cinco é minha estimativa, a julgar pela sua aparência.

"Qual a altura dessa mesa?", ele disse de repente, na hora em que eu ia até a mesinha pegar uma fatia de pão para raspar meu prato. Virei-me e olhei para ele, pensando por que estaria interessado numa coisa tão banal.

"Trinta polegadas", falei, e peguei um naco de pão na cesta.

"Errado", respondeu meu pai, com um sorriso um tanto afetado. "Dois pés e meio."

Balancei a cabeça, franzindo a testa, e raspei a borda marrom de sopa do meu prato. Houve um tempo em que eu ficava com medo de verdade dessas perguntas idiotas, mas agora, apesar do fato de eu ter que conhecer a altura, o peso, a largura, a área e o volume de cada parte da casa e de tudo que tem nela, posso ver a obsessão do meu pai pelo que ela é. Às vezes é embaraçoso, quando há visitas na casa, mesmo que sejam da família e saibam o que esperar. Elas sentam ali, provavelmente na sala, se perguntando se o pai vai oferecer algo para comer ou apenas dar uma palestra improvisada sobre câncer de cólon ou tênias, quando ele se inclina para alguém, olha em volta para ter certeza de que todos estão prestando atenção, então sussurra de um jeito conspiratório: "Está vendo aquela porta ali? Oitenta e cinco polegadas, de lado a lado". Depois, dá uma piscadela e se afasta, ou se ajeita na poltrona com um ar indiferente.

Não me lembro de uma época em que não havia esses adesivinhos brancos colados por toda a casa, com uma letra bonita escrita com caneta preta. Grudados em pernas de cadeiras, beiradas de tapetes, fundo de jarros, antenas de rádios, portas de armários, cabeceira de camas, telas de tvs e cabos de potes e panelas. Eles dão a medida certa da parte dos objetos onde estão afixados. Tem até alguns, a lápis, grudados às folhas das plantas. Quando eu era criança, uma vez andei a casa toda arrancando os adesivos; apanhei de cinto e fiquei preso no quarto por dois dias. Depois, meu pai decidiu que seria útil e bom para o meu caráter saber todas as medidas como ele sabia, então eu tinha que sentar por horas com o Livro das Medidas (um negócio enorme com folhas soltas e com todas as informações dos adesivinhos anotadas cuidadosamente, separadas por aposento e categoria do objeto), ou sair andando pela casa com um caderninho, fazendo minhas próprias anotações. Tudo isso além das aulas normais que meu pai me dava, de matemática, história e tudo mais. Não sobrava muito tempo para sair e brincar, e eu ficava bem chateado. Eu estava em Guerra, na época — acho que eram os Mexilhões contra as Moscas Mortas — e enquanto eu estava na biblioteca, enfiado nos livros e tentando manter os olhos abertos, absorvendo todas aquelas malditas medidas bestas imperiais, o vento soprava meus exércitos de moscas por meia ilha e o mar avançava sobre as conchas de mexilhão, nos seus poços fundos, e depois as cobria de areia. Felizmente meu pai cansou desse projeto grandioso e se contentou em disparar sobre mim perguntas estranhas com relação à capacidade de um guarda-chuva aberto, em *pints*, ou à área total, em frações de acre, de todas as cortinas penduradas pela casa naquele momento.

"Não vou mais responder a essas perguntas", falei a ele enquanto colocava meu prato na pia. "Devíamos ter passado para o sistema métrico há anos."

Meu pai bufou dentro do copo, enquanto o virava. "Hectares e todo aquele lixo. Com certeza não. Isso tudo é baseado nas medidas do globo, você sabe. Eu não preciso falar para você o quão sem sentido *aquilo* é."

Suspirei enquanto pegava uma maçã do cesto sobre o parapeito da janela. Meu pai me fizera acreditar, uma vez, que a terra era uma fita de Möbius, não uma esfera. Ele ainda diz acreditar nisso, e faz uma cena enorme ao mandar um manuscrito para editoras de Londres, tentando publicar um livro que expõe essa visão, mas que sei que é só brincadeira, e ele tira a maior parte de sua diversão ao fingir descrença chocada, seguida de justa indignação, quando por fim o manuscrito é devolvido. Isso acontece a cada três meses, e eu duvido que a vida tivesse metade da graça para ele se não fosse por esse tipo de ritual. Seja como for, essa é uma das razões para que ele não mude suas estúpidas medições para o sistema métrico, apesar de que a verdade é que ele é só preguiçoso.

"O que você fez hoje?" Ele me encarou por sobre a mesa, girando o copo vazio pelo tampo de madeira.

Dei de ombros. "Fora. Andando e tal."

"Construindo represas outra vez?", zombou.

"Não", respondi, balançando a cabeça com firmeza e mordendo a maçã. "Hoje, não."

"Espero que você não tenha matado nenhuma criatura de Deus."

Dei de ombros novamente. É claro que eu estivera matando coisas. Como diabos eu conseguiria cabeças e corpos para as Estacas e para o Abrigo se eu não matasse coisas? Não acontecem mortes naturais o bastante. Mas não dá para explicar isso às pessoas.

"Às vezes, acho que você é quem deveria estar no hospital, não Eric." Ele me olhava por sob as sobrancelhas escuras, com a voz baixa. Antigamente, esse tipo de conversa me deixaria apavorado, mas agora não. Tenho quase dezessete, não sou criança. Aqui na Escócia já faz um ano que tenho idade suficiente para casar sem a permissão dos meus pais. Não faria muito sentido eu me casar — tenho que admitir —, mas o princípio é esse.

Além do mais, não sou Eric; eu sou eu, estou aqui e isso é tudo que é. Não incomodo as pessoas e é melhor que não me incomodem, se sabem o que é bom para elas. *Eu* não saio por aí dando cães carbonizados de presente nem assustando os bebezinhos da vizinhança com porções de larvas ou um bocado de minhocas. As pessoas da cidade podem dizer "Ah, ele não bate muito bem, sabe", mas essa é só a piadinha deles (e, às vezes, só para espicaçar, nem apontam para as próprias cabeças ao falar isso), eu não ligo. Aprendi a viver com a minha deficiência, e aprendi a viver sem mais ninguém, então não me abalo.

Mas meu pai parecia estar querendo me magoar. Normalmente, ele não diria nada daquilo. As notícias sobre Eric devem tê-lo abalado. Acho que ele sabia, como eu, que Eric iria voltar, e estava preocupado sobre o que aconteceria. Não o culpo, e não duvido que ele também estivesse preocupado comigo. Eu simbolizo um crime, e se Eric voltar agitando as coisas, A Verdade Sobre Frank pode vir à tona.

Nunca fui registrado. Não tenho certidão de nascimento, cadastro no Seguro Social, nada que diga que estou vivo ou que sequer existo. Sei que isso é ilegal, e meu pai também sabe, e acho que de vez em quando ele se arrepende dessa decisão tomada há dezessete anos, nos seus tempos de hippie anarquista, ou seja lá o que tenha sido.

Não que eu tenha sofrido, para falar a verdade. Eu gosto, e ninguém pode alegar que não fui educado. Provavelmente sei mais das coisas convencionais de escola do que a maior parte do pessoal da minha idade. Eu poderia reclamar da veracidade de *algumas* informações que meu pai passou para mim, no entanto. Desde que eu pude ir sozinho a Porteneil e conferir as coisas na biblioteca, meu pai passou a ser bastante honesto comigo, mas, quando eu era mais novo, ele volta e meia me enganava, respondendo minhas perguntas sinceras e ingênuas com um monte de besteiras. Por *anos* acreditei que Pathos era um dos Três Mosqueteiros, Fellatio era um personagem de *Hamlet,* Vítrio, uma cidade na China, e que os camponeses da Irlanda precisavam pisotear a turfa para produzir Guinness.

Bom, hoje em dia consigo alcançar a prateleira mais alta na biblioteca e ir até Porteneil para visitar a que existe lá, então posso tirar a prova de tudo que meu pai me diz, e ele precisa contar a verdade. Isso o aborrece bastante, acho, mas é assim que as coisas são. Chame de progresso.

Mas eu tenho educação. Mesmo não podendo resistir ao seu senso de humor muitíssimo imaturo, contando-me algumas besteiras, meu pai não poderia suportar que um filho seu não confiasse nele de alguma maneira. Meu corpo era uma negação para qualquer esperança de desenvolvimento, então me sobrou a mente. Daí todas as lições. Meu pai é um homem instruído e me passou muita coisa do que já sabia, além de se lançar ao estudo de áreas que ele mesmo desconhecia, só para poder me ensinar depois. Ele é doutor em química ou, talvez, bioquímica — não tenho certeza. Parece saber o bastante de medicina básica — e talvez ainda possua contatos entre seus colegas — para ter certeza de que eu receberia minhas vacinas e injeções nas épocas certas da vida, a despeito da minha inexistência oficial para o Serviço Nacional de Saúde.

Acho que meu pai trabalhou numa universidade por uns anos, depois de formado, e acho que ele pode ter inventado alguma coisa. Às vezes, ele dá a entender que ganha alguma compensação por algum tipo de patente ou algo assim, mas desconfio que o velho hippie sobreviva de seja lá qual fortuna a família Cauldhame ainda tenha escondida.

A família vive nesta parte da Escócia há uns duzentos anos ou mais, pelo que sei, e antigamente éramos donos de um monte de terras nas redondezas. Agora, tudo que temos é a ilha, e ela é bem pequenina, e quase nem é uma ilha quando a maré está baixa. O único outro resquício do nosso passado glorioso é o nome do ponto mais badalado de Porteneil, um pub sujinho chamado Cauldhame Arms aonde eu vou eventualmente, apesar de ainda não ter idade, claro, e fico vendo a molecada local tentando ser bandas de punk. Foi lá que conheci e onde ainda encontro o único indivíduo que eu chamaria de amigo: Jamie, o anão, a quem deixo sentar nos meus ombros para assistir às bandas.

"Bom, não acho que ele vai chegar tão longe. Eles vão capturá-lo antes", meu pai repetiu, depois de um silêncio longo e profundo. Ele se levantou para lavar o copo. Murmurei comigo mesmo, coisa que eu sempre fazia quanto tinha vontade de sorrir ou gargalhar, mas pensava duas vezes. Meu pai me olhou. "Estou indo para o escritório. Não esqueça de trancar tudo, certo?"

"Pode deixar", falei, concordando com a cabeça.

"Boa noite."

Meu pai saiu da cozinha. Sentei-me e olhei para minha pá, a Fincadora. Grãozinhos de areia seca estavam grudados nela, então os espanei. O escritório. Uma das minhas poucas ambições ainda não satisfeitas é entrar no escritório do velho. O porão, pelo menos, eu já tinha visto, e até entrado ocasionalmente. Conheço todos os aposentos do térreo e do segundo andar. O sótão é o meu domínio absoluto e lar da Fábrica de Vespas, nada menos; mas aquela sala no primeiro andar eu não conheço, nunca nem cheguei a vê-la.

O que eu sei é que ele tem uns produtos químicos lá dentro, e acredito que faça experiências ou coisas assim, mas como é a aparência da sala, o que o pai faz de verdade lá, disso eu não tenho ideia. Tudo que já pude notar vindo dali foram alguns cheiros esquisitos e o batuque da bengala do meu pai.

Bati no cabo comprido da minha pá, me perguntando se meu pai teria um nome para aquela bengala. Duvido. Ele não dá a mesma importância a isso que eu dou. Eu sei que são importantes.

Imagino que exista um segredo no escritório. Ele já deu mais de uma indireta, bem vagamente, só o bastante para me atiçar a vontade de perguntar, para que ele soubesse que eu tinha curiosidade. Não perguntei, óbvio, porque não conseguiria nenhuma resposta decente. Se ele me dissesse algo, seria um monte de mentiras, porque é claro que o segredo não seria mais um segredo se ele me contasse a verdade, e ele sente, como eu sinto, que com minha maturidade aumentando ele tem que manter o controle sobre mim o máximo que pode. Não sou mais criança. Apenas esses pedacinhos de poder imaginário fazem com que ele pense estar no controle do que acredita ser o relacionamento ideal entre pai e filho. É patético, na verdade, mas com esses joguinhos, segredos e comentários ofensivos ele tenta manter sua segurança intacta.

Recostei-me na cadeira de madeira e me espreguicei. Gosto do cheiro da cozinha. A comida, a lama nas nossas galochas e ocasionalmente o aroma fugaz de explosivos vindo do porão me davam um arrepio bom, um calafrio, quando eu pensava sobre eles. O cheiro é diferente quando chove e nossas roupas ficam molhadas. No inverno, o enorme forno preto sopra um calor com aroma de lenha ou turfa, e tudo se enfumaça, e a chuva martela contra o vidro. Isso dá uma sensação confortável, acolhedora, fazendo com que você se sinta aconchegado, como um gato gigante com a cauda enrolada em volta do corpo. De vez em quando, eu queria que tivéssemos um gato. Tudo que eu já tive foi uma cabeça, e, essa, as gaivotas levaram.

Fui ao banheiro, no fim do corredor da cozinha, dar uma cagada. Eu não precisava mijar porque passei o dia mijando nas Estacas, marcando-as com o meu cheiro e poder.

Sentei e fiquei pensando em Eric, a quem uma coisa tão desagradável como aquela tinha acontecido. Puto fodido da porra. Imaginei, como volta e meia imaginava, como eu teria reagido. Mas não foi comigo que aconteceu. Eu permaneci aqui, e foi Eric que saiu fora e tudo aconteceu num outro lugar, e pronto. Eu sou eu e aqui é aqui.

Apurei o ouvido, procurando escutar meu pai. Talvez ele tivesse ido direto para a cama. Muitas vezes ele dormia no escritório, em vez de ir para o quarto grande do segundo andar, onde fica o meu. Talvez aquele quarto guarde muitas memórias desagradáveis (ou agradáveis) para ele. De todo modo, eu não podia ouvir ronco nenhum.

Odeio ter que sentar na privada o tempo todo. Com essa minha deficiência infeliz, eu sempre tenho que fazer isso, como se fosse a desgraçada de uma mulher, mas odeio. Às vezes, no Cauldhame Arms, fico de pé no mictório, mas acaba tudo escorrendo nas minhas mãos ou pernas.

Faço força. O cocô cai na água. Um pouco de água bate na minha bunda, e é aí que o telefone toca.

"Merda", falei, e ri de mim mesmo. Limpei o rabo rapidinho, ergui as calças, puxando a descarga também, e saí desajeitado pelo corredor, fechando a braguilha. Corri pelas escadas largas até o primeiro andar, onde fica nosso único telefone. Sempre encho o saco do meu pai para instalar mais telefones, mas ele diz que a gente não recebe tantas ligações para gastar com extensões. Chego ao aparelho antes que seja lá quem for que esteja ligando resolva desligar. Meu pai não apareceu.

"Alô", falei. A ligação vinha de uma cabine telefônica.

"*Aêêê!*", gritou uma voz do outro lado da linha. Afastei o fone do ouvido e olhei para ele, franzindo a testa. Gritinhos continuavam a sair dali. Quando pararam, encostei o fone de novo na orelha.

"Porteneil, 531", falei secamente.

"Frank! Frank! Sou eu. Eu! Alô, cara! Alô!"

"Tem um eco nessa linha ou você está repetindo cada palavra?", respondi. Eu era capaz de reconhecer a voz de Eric.

"As duas coisas. Ha, ha, ha, ha, ha!"

"Oi, Eric. Onde você está?"

"Aqui! E você?"

"Aqui."

"Se nós dois estamos aqui, por que estamos nos falando pelo telefone?"

"Diz onde você está antes que as moedas acabem."

"Mas se você está *aqui*, saberia. Não sabe nem onde está?" Ele começou a rir.

Respondi com calma: "Deixa de ser bobo, Eric".

"Não estou sendo bobo. Não estou contando onde estou. Você vai dizer a Angus, e ele vai chamar a polícia, e eles vão me levar de volta para a merda do hospital."

"Não fale palavrões. Você sabe que não gosto de palavrões. E claro que eu não vou falar para o pai."

"'Merda nem é palavrão. É uma palavra pequena, só tem cinco letras! Esse não é seu número da sorte?"

"Não. Olha, você vai me dizer onde está? Eu quero saber."

"Eu conto onde estou se você me falar qual é o seu número da sorte."

"Meu número da sorte é *e*."

"*Isso* não é um número. É uma letra."

"É um número, sim. É um número transcendente: 2,718..."

"Isso é trapaça. Eu quis dizer números inteiros."

"Você devia ter sido mais específico", eu disse, então soltei um suspiro enquanto o telefone apitava e Eric colocava mais moedas nele. "Quer que eu ligue de volta?"

"Rá. Você não vai conseguir assim tão fácil. Como estão as coisas, aliás?"

"Estou bem. E você?"

"Louco, é claro", respondeu, muitíssimo indignado. Tive que sorrir.

"Olha, imagino que você esteja voltando para cá. Se voltar, por favor, não bote fogo em nenhum cachorro nem nada assim, pode ser?"

"Do que você está falando? Sou eu. Eric. Não boto fogo em cachorros!" Ele começou a gritar. "Não queimo porra de cachorro nenhum! Que bosta você acha que eu sou? Não me acuse de botar fogo em porra de cachorro nenhum, seu merdinha! *Seu merdinha!*"

"Tudo bem, Eric, desculpa. Desculpa", eu disse, tão rápido quanto pude. "Só quero que você fique bem. Tenha cuidado. Não faça nada para provocar as pessoas. O pessoal pode ser bastante sensível..."

"Bom...", ouvi-o falar. Escutei a sua respiração, depois sua voz mudou. "É, estou voltando para casa. Só por um tempinho, para ver como vocês dois estão. Imagino que sejam só você e o velho, não?"

"Sim, só nós dois. Estou ansioso para ver você."

"Ah, que bom." Houve uma pausa. "Por que vocês nunca foram me visitar?"

"Eu... eu pensei que o pai tivesse ido vê-lo no Natal."

"Ele foi? Bom... mas por que *você* nunca foi?" Ele parecia melancólico. Apoiei o peso do corpo sobre o outro pé, passei os olhos pelo primeiro andar e escada acima, meio que esperando encontrar meu pai apoiado no corrimão ou ver sua sombra na parede do andar de cima, onde ele achava que podia ficar escondido e ouvir minhas ligações sem que eu percebesse.

"Não gosto de sair da ilha por tanto tempo, Eric. Desculpa, mas fico com essa sensação horrível no estômago, como se houvesse um nó gigante nele. Simplesmente não consigo ir tão longe, nem ficar fora à noite ou... apenas não consigo. Quero vê-lo, mas você está tão longe."

"Estou chegando mais perto." Ele soava confiante de novo.

"Ótimo. Está muito longe?"

"Não vou contar."

"Eu disse meu número da sorte."

"Eu menti. Ainda não vou contar onde estou."

"Isso não é..."

"Bom, vou desligar agora."

"Não quer falar com o pai?"

"Ainda não. Falo com ele mais tarde, quando estiver bem mais perto. Estou indo. Até mais. Se cuida."

"Se cuida *você*."

"Não precisa se preocupar. Vou ficar bem. O que poderia acontecer comigo?"

"Só não faça nada que incomode as pessoas. Você sabe... quer dizer, elas ficam bravas. Por causa dos animais, especialmente. Quer dizer, eu não..."

"O quê? *O quê?* O que tem os animais?", berrou.

"Nada! Eu só estava comentando..."

"Seu merdinha!", gritou. "Você está me acusando mais uma vez de botar fogo em cachorros, não está? E aposto que eu enfio larvas e minhocas na boca das crianças e mijo nelas também, não é?", guinchou.

"Bom", falei com cuidado, aproveitando a deixa, "agora que você mencionou..."

"Puto! *Seu puto!* Seu merdinha! Eu vou te matar! Você..." Sua voz desapareceu, e tive de afastar o fone da orelha outra vez, conforme ele batia o fone dele contra o orelhão. A sucessão de golpes altos soava sobre os apitos calmos que avisavam das moedas sendo comidas. Botei o fone de volta no gancho.

Olhei para cima, mas ainda não havia sinal do pai. Rastejei até o andar de cima e coloquei a cabeça no vão do corrimão, mas o corredor estava vazio. Suspirei e me sentei sobre os degraus. Tinha a sensação de não ter lidado muito bem com Eric no telefone. Não sou muito bom com pessoas e, mesmo que Eric seja meu irmão, eu não o via há mais de dois anos, desde que ele ficou louco.

Desci as escadas até a cozinha para trancar a porta e pegar minhas ferramentas, depois segui até o banheiro. Resolvi assistir à televisão no meu quarto, ou ouvir rádio, e dormir cedo para poder acordar bem de manhãzinha e pegar uma vespa para a Fábrica.

Fiquei deitado na cama ouvindo John Peel no rádio, o barulho do vento circundando a casa e a rebentação na praia. Debaixo da cama, minha birita caseira soltava um cheiro de fermento.

Voltei a pensar nas Estacas Sacrificiais, desta vez de forma mais detalhada, imaginando uma a uma, relembrando suas posições e seus componentes, vendo na minha mente o que aqueles olhos cegos enxergavam, dando uma olhada em cada visão como um guarda de segurança trocaria as câmeras na tela de um monitor. Não notei nada errado, tudo parecia direito. Minhas sentinelas mortas, aquelas extensões de mim mesmo que caíram sob meu poder graças à simples mas absoluta rendição da morte, não sentiam nada que pudesse ameaçar a mim ou à ilha.

Abri os olhos e liguei de novo a luminária do criado-mudo. Olhei minha imagem no espelho da penteadeira, do outro lado do quarto. Estava deitado sobre os lençóis, pelado a não ser pelas cuecas.

Sou muito gordo. Não é tão ruim nem é culpa minha — mas, mesmo assim, não tenho a aparência que queria ter. Gorducho, esse sou eu. Forte e parrudo, mas ainda bastante roliço. Queria parecer bravo e ameaçador. Do jeito que eu devia parecer, que eu pareceria, que eu teria parecido se não fosse pelo meu pequeno acidente. Olhando para mim, você nunca diria que matei três pessoas. Não é justo.

Desliguei a luminária outra vez. O quarto estava completamente escuro, nem mesmo as estrelas brilhavam enquanto minha vista se acostumava. Talvez eu pedisse um daqueles rádios-relógios de LED, apesar de gostar bastante do meu velho despertador de latão. Certa vez, amarrei uma vespa em cada um dos sininhos de cobre, para que o martelinho batesse nelas de manhã, ao soar o alarme.

Eu sempre acordo antes do despertador tocar, então estaria ali para assistir.

O PARQUE DA SERPENTE
FÁBRICA DE VESPAS
IAIN BANKS

2

Peguei as cinzas do que eram os restos da vespa e coloquei numa caixa de fósforos, enrolada em uma foto velha de Eric e meu pai. Na foto, o pai segurava uma fotografia da sua primeira esposa, a mãe de Eric, e ela era a única que sorria. Meu pai encarava a câmera com uma cara sombria. O pequeno Eric olhava para longe, com o dedo no nariz e expressão de tédio.

A manhã estava fresca e fria. Dava para ver a neblina sobre a floresta ao pé das montanhas, e um nevoeiro por todo o Mar do Norte. Corri em disparada pela areia úmida, onde ela estava boa e firme, soltando um ruído de jato pela boca e segurando o binóculo e a mochila bem firmes comigo. Quando cheguei na altura do Abrigo, me atirei ilha adentro, diminuindo o passo conforme chegava na areia branca e fofa do alto da praia. Dou uma olhada no que a maré trouxe quando corro por ali, mas não acho nada que preste, nada que valha a pena salvar, só uma água-viva velha, uma massa roxa com quatro anéis pálidos dentro. Mudo levemente o curso para voar por cima dela, passando "Vruuuuum!

Vruuuuuuum!" e chutando o bicho do caminho, fazendo explodir uma fonte suja de areia e água-viva no ar e em volta de mim. "Catabum!" fez o barulho da explosão. Subi nas dunas outra vez e segui para o Abrigo.

As Estacas estavam em boas condições. Nem precisei do saco de cabeças e corpos. Visitei todas elas, trabalhando durante a manhã, plantando a vespa morta no seu caixão de papel, não entre as duas Estacas mais importantes, como pensei em fazer no começo, mas sob o caminho, bem no lado insular da ponte. Chegando lá, escalei os cabos de suspensão até o alto da torre no continente, olhando em volta. Eu podia ver o telhado da casa e uma das claraboias do sótão. Também podia ver o pináculo da Igreja da Escócia em Porteneil e a fumaça subindo de algumas chaminés na cidade. Peguei uma faquinha do bolso esquerdo da camisa e cuidadosamente fiz um corte no meu dedão esquerdo. Esfreguei aquela coisa vermelha no topo da trave principal que cruzava a torre de um lado a outro, depois limpei minha ferida com um antisséptico de uma das bolsas. Desci logo depois disso, recuperando a bolinha de aço com que eu atingira a placa no dia anterior.

A primeira sra. Cauldhame, Mary, que era a mãe de Eric, morreu no parto, em casa. A cabeça de Eric era grande demais para ela. Sangrou até a morte na sua cama de casal, em 1960. Eric sempre sofreu de uma enxaqueca bastante forte, e eu tendo a achar que essa doença se deve ao jeito como ele veio ao mundo. A coisa toda com relação à sua enxaqueca e à mãe morta, acho, tem bastante a ver com O Que Aconteceu a Eric. Pobre alma azarada. Ele estava simplesmente no lugar errado e na hora errada. Algo muito improvável aconteceu, e por um acaso tremendo acabou afetando mais a ele do que a qualquer outra pessoa com quem aquilo pudesse ter ocorrido. Mas esse é o risco de sair daqui.

Pensando bem, isso significa que Eric também matou alguém. Eu pensava ser o único assassino da família, mas o velho Eric me passou para trás nessa, matando a própria mãe antes mesmo de respirar. Ele não tinha intenção, é claro, mas não é sempre que a intenção vale.

A Fábrica disse alguma coisa sobre fogo.

Eu ainda estava pensando naquilo, considerando o que poderia querer dizer. A interpretação óbvia era que Eric tacaria fogo em alguns cachorros, mas eu já sabia bem como a Fábrica funcionava para considerar aquilo como definitivo. Eu suspeitava que haveria algo mais.

De certo modo, eu lamentava que Eric estivesse voltando. Andava pensando em fazer uma Guerra muito em breve, talvez na semana seguinte, mais ou menos, mas com Eric prestes a aparecer, decidi não fazê-la. Não fazia uma boa Guerra há meses. A última havia sido a dos Soldados Rasos contra os Aerossóis. Naquele cenário, todos os exércitos em miniatura, paramentados com seus tanques, e armas, e caminhões, e paióis, e helicópteros, e barcos, tiveram de se unir contra a Invasão Aerossol. Era praticamente impossível deter os Aerossóis, e os soldados, suas armas e seus equipamentos estavam sendo tostados por todos os lados, até que um soldado corajoso se agarrou às costas de um Aerossol enquanto ele retornava à base e (depois de muitas aventuras) voltou com a notícia de que ela ficava numa tábua de carne atracada numa ilhazinha do meio do riacho, sob uma saliência. Uma força-tarefa do exército chegou lá bem a tempo de explodir a base em pedacinhos, finalmente destruindo o atracadouro em meio a fumaça e escombros. Uma boa Guerra, com os ingredientes certos e um desfecho mais espetacular do que a maioria (meu pai até perguntou o que tinham sido todas aquelas explosões e o fogo, quando voltei para casa), mas já fazia tempo demais.

Em todo caso, com Eric a caminho, eu não achava uma boa ideia começar outra Guerra só para ter que abandoná-la no meio para lidar com o mundo real. Resolvi que adiaria as hostilidades por um tempo. Em vez disso, depois de untar algumas das Estacas mais importantes com substâncias preciosas, construí uma barragem.

Quando eu era menor, tinha umas fantasias sobre salvar a casa construindo uma represa. Haveria um incêndio no mato das dunas, ou um avião cairia, e só o que poderia impedir o explosivo do porão de ir pelos ares seria conduzir um pouco da água através de uma barragem até dentro da casa. Durante algum tempo, minha maior ambição era que meu pai me desse uma escavadeira para que eu pudesse fazer barragens *realmente* grandes. Mas agora eu tinha uma perspectiva muito mais sofisticada, até mesmo metafísica, sobre a construção de diques. Entendi que é impossível vencer a água. Ela sempre vai triunfar no final, vazando, e se infiltrando, e transbordando, e corroendo, e inundando. Tudo que dá para fazer é construir algo que a desvie ou bloqueie o seu caminho por algum tempo, que a convença a fazer algo que ela não quer de verdade. A beleza vem da elegância que se encontra no meio-termo entre o rumo que a água quer seguir (guiada pela gravidade e pelo meio por onde escorre) e o que você quer fazer com ela.

Na verdade, acho que a vida tem poucas coisas tão prazerosas quanto a construção de barragens. Me dê uma boa praia, com um declive razoável e poucas algas, um curso d'água de bom tamanho, e ficarei feliz o dia inteiro, todos os dias.

Naquele momento, o sol já ia alto, e tirei meu casaco para deixá-lo junto às bolsas e ao binóculo. A Fincadora mergulhava, e cavucava, e revolvia, e cavava, construindo um dique triplo enorme, cuja parte principal afastava a água de North Burn por oitenta passos, não muito distante do ponto que eu escolhera. Eu usava meu costumeiro cano de metal, que ficava escondido nas dunas perto do melhor lugar para fazer diques, e a *pièce de résistance* era um aqueduto forrado com o plástico de um saco de lixo velho que eu encontrara na beira da água. O aqueduto conduzia a água por três seções de um canal de escoamento que eu criara no começo da barragem. Eu tinha construído uma vilazinha inteira correnteza abaixo, com estradas, uma ponte sobre o fim do córrego e uma igreja.

Romper uma represa grandona, ou apenas deixá-la transbordar, é quase tão prazeroso quanto planejar e concluir sua construção. Eu usava conchinhas para representar as pessoas na cidade, como de costume. Também como de costume, nenhuma das conchas sobrevivia ao rompimento da barragem. Todas elas afundavam, o que significava que todo mundo morria.

Eu já estava com bastante fome, meus braços estavam cansados e minhas mãos, vermelhas de tanto esforço em cavar a areia. Assisti à primeira onda de inundação correr na direção do mar, lamacenta e alucinada, e voltei para casa.

"Por acaso, eu te ouvi falando ao telefone ontem à noite?", meu pai perguntou.

Sacudi a cabeça. "Não."

Estávamos terminando o almoço, sentados na cozinha, eu com um ensopado e meu pai com arroz integral e salada de algas. Ele trajava seu Aparato de Cidade: sapatos marrons, terno marrom de tweed, e sobre a mesa repousava sua boina marrom. Olhei meu relógio e vi que era quinta-feira. Era bastante estranho ele sair numa quinta-feira, fosse para Porteneil ou qualquer local mais longe. Eu não ia perguntar para que lugar ele ia, porque só ouviria mentiras. Quando eu perguntava aonde ele estava indo, ouvia "para a Casa do Carvalho", que ele dizia ser ao norte de Inverness. Levei anos e um monte de risinhos do pessoal da cidade até saber a verdade.

"Vou sair hoje", disse em meio a garfadas de arroz e salada. Balancei a cabeça, e ele continuou: "Vou voltar tarde".

Talvez ele estivesse indo a Porteneil para encher a cara no Hotel Rock, ou talvez fosse até Inverness, aonde volta e meia ia a negócios que mantinha em segredo, mas eu desconfiava que tinha alguma coisa a ver com Eric, na verdade.

"Tá bom", falei.

"Vou levar uma chave, então você pode trancar a porta quando quiser." Largou os talheres sobre o prato vazio e limpou a boca num guardanapo pardo de papel reciclado. "Só não feche os trincos, certo?"

"Tá bom."

"Vai preparar alguma coisa para comer hoje à noite?"

Fiz que sim novamente com a cabeça, sem levantar os olhos do prato.

"E vai lavar a louça?"

Fiz que sim mais uma vez.

"Não acho que Diggs vai aparecer de novo, mas, se ele vier, não quero que você o atrapalhe."

"Não se preocupe", eu disse e suspirei.

"Você vai ficar bem?", ele perguntou enquanto se levantava.

"Aham", respondi, terminando o ensopado.

"Estou indo, então."

Olhei bem na hora em que ele colocava a boina, passava os olhos pela cozinha e apalpava os bolsos. Ele me encarou mais uma vez e acenou com a cabeça.

Eu disse: "Tchau".

"É", respondeu. "Tá certo."

"Até mais tarde."

"Sim." Virou-se, depois deu meia-volta de novo, olhou mais uma vez pela cozinha, sacudiu a cabeça rapidamente e seguiu para a porta, pegando a bengala no canto da máquina de lavar durante o trajeto. Ouvi a porta externa bater, depois silêncio. Soltei um suspiro.

Esperei um minuto ou dois e me levantei, largando meu prato quase limpo e atravessando a casa até a sala, de onde podia ver o caminho através das dunas que chegava na ponte. Meu pai caminhava por ali, de cabeça baixa, andando rápido de um jeito meio afetado, ansioso, balançando a bengala. Enquanto eu observava, bateu com a bengala em algumas flores silvestres que cresciam à margem do caminho.

Corri para o andar de cima, parando na janela da escada para ver meu pai sumir atrás das dunas, antes da ponte, subi os degraus correndo, cheguei na porta do escritório e girei a maçaneta com força. A porta não se moveu. Não se mexeu um milímetro. Algum dia ele ia esquecer, eu tinha certeza, mas não hoje.

Depois de terminar meu prato e lavar a louça, fui para o quarto, conferi a birita e peguei a espingarda de pressão. Dei uma olhada para garantir que tinha chumbinho suficiente nos bolsos do casaco e saí para os Campos de Coelho no continente, entre o trecho largo do riacho e o lixão da cidade.

Não gosto de usar a arma. Ela é quase certeira demais para mim. O estilingue é um lance Interior, requer que você e ele sejam uma coisa só. Se você está mal, vai errar. Ou, se sabe que está fazendo algo errado, vai errar também. A menos que dispare a espingarda na altura do quadril, ela é totalmente Exterior. Você aponta, atira e é isso, a não ser que esteja sem mira ou esteja ventando muito forte. Depois que você engatilha a arma, a potência está toda ali, apenas esperando para ser liberada pelo dedo no gatilho. Um estilingue está com você até o último momento. Ele permanece tenso em suas mãos, respirando com você, se movendo com você, pronto para saltar, pronto para zunir e disparar, fazendo com que você assuma aquela pose dramática, braços e pernas estendidos enquanto o projétil voa em curva para atingir o alvo, aquele delicioso baque.

Mas para ir atrás de coelhos, especialmente dos bastardos ligeiros lá dos Campos, você precisa de toda a ajuda que puder encontrar. Um tiro e eles voam para as tocas. A arma é muito barulhenta e os assusta, mas, firme e cirúrgica como a coisa é, aumenta suas chances de uma morte no primeiro tiro.

Até onde sei, nenhum dos meus azarados parentes morreu de tiro. Eles já passaram por várias coisas esquisitas, os Cauldhame e seus cônjuges, mas a julgar pelo meu conhecimento, nenhum deles jamais tomou um tiro.

Cheguei ao fim da ponte, onde meu território tecnicamente acaba, e fiquei ali um pouco, pensando, sentindo, ouvindo, olhando e cheirando. Tudo parecia bem.

Sem considerar os que matei (e todos tinham a mesma idade que eu quando fiz isso), consigo me lembrar de três que foram encontrar o Criador de jeitos bem incomuns. Leviticus Cauldhame, o irmão mais velho do meu pai, emigrou para a África do Sul e comprou uma fazenda lá em 1954. Leviticus, uma pessoa com níveis de imbecilidade tão gritantes que provavelmente a demência senil o deixaria mais esperto, saiu da Escócia porque os conservadores haviam falhado em reverter as reformas socialistas do governo trabalhista anterior: a malha ferroviária ainda estatizada, a classe operária tendo ninhadas que nem coelhos porque a política de bem--estar social garantia menos mortalidade por doenças, a mineração nas mãos do Estado... intolerável. Eu li algumas das cartas que ele escreveu ao meu pai. Leviticus estava contente com a terra, apesar de existir uma porção de negros por lá. Ele se referia à política de desenvolvimento segregado como "apart-ódio" nas primeiras cartas, até que alguém deve tê-lo avisado da ortografia correta. Não o meu pai, com certeza.

Um dia, Leviticus estava passando pelo quartel da polícia em Johannesburgo, andando pela calçada depois de fazer compras, quando um negro maluco homicida se atirou, inconsciente, do alto de um prédio e aparentemente tentou se agarrar por toda a fachada. Ele acertou e fatalmente feriu meu inocente e desafortunado tio, que balbuciou suas últimas palavras no hospital, antes que o coma se transformasse em ponto final. Ele disse: "Meu Deus, os filhos da puta aprenderam a voar...".

Uma fumacinha se ergueu à minha frente, do lixão municipal. Eu não pretendia ir tão longe nesse dia, porque podia ouvir o trator que eles usavam para acomodar o lixo dando a ré e acelerando.

Fazia algum tempo que eu não visitava o lixão, e já estava na hora de ver o que o bom povo de Porteneil andava jogando fora. Foi de lá que eu tirei todos os velhos aerossóis para a última Guerra, sem contar várias peças importantes para a Fábrica de Vespas, incluindo o Rosto.

Meu tio Athelwald Trapley, do lado materno da minha família, emigrou para os Estados Unidos no fim da Segunda Guerra. Ele largou um emprego bom numa agência de seguros para ficar com uma mulher e terminou, falido e de coração partido, morando num camping vagabundo na entrada de Fort Worth. Foi ali que decidiu botar um fim à própria vida.

Ele abriu o gás do forno e do fogão, mas não acendeu o fogo, apenas ficou sentado esperando o fim. Compreensivelmente nervoso, e sem dúvida um pouco distraído e perturbado tanto pelo abandono da sua amada quanto pelo que estava planejando para si mesmo, recorreu sem pensar duas vezes ao seu método calmante preferido, e acendeu um cigarro.

Pela explosão, ele foi lançado longe, pegando fogo da cabeça aos pés e gritando. Tinha pretendido uma morte indolor, não ser queimado vivo. Então mergulhou de cabeça no tonel de óleo cheio de água da chuva que ficava perto do seu trailer. Entalado no tonel, começou a se afogar, as perninhas para fora balançando de um jeito patético enquanto engasgava, e se contorcia, e tentava achar uma posição para os braços, para sair dali.

A uns vinte metros do morro gramado que dava vista para os Campos de Coelho, acionei a Corrida Silenciosa, andando furtivamente pela grama alta e pelos juncos, tomando cuidado para que nada do que eu levava comigo fizesse barulho. Eu tinha esperanças de pegar um dos desgraçados logo, mas se fosse preciso, esperaria até o sol se pôr.

Rastejei em silêncio ladeira acima, a grama se esfregando contra meu peito e minha barriga, minhas pernas se esforçando para levar meu corpo para o alto e avante. Eu seguia contra o vento, claro, e a brisa fazia barulho suficiente para encobrir a maioria dos pequenos ruídos. Até onde eu podia ver, não havia coelhos de sentinela no morro. Parei a uns dois metros antes do topo e engatilhei a arma sem ruído algum, inspecionando a munição de náilon e aço antes de colocá-la no tambor e fechar a arma. Estreitei os olhos e imaginei a mola comprimida e pronta, a pequena munição bem lá no fundo do cano da espingarda. Daí, me arrastei morro acima.

De início, achei que teria que esperar. Os Campos pareciam desertos sob a luz da tarde, e só a grama se mexia ao vento. Eu podia ver as tocas e os pequenos montinhos de cocô espalhados pelo chão e também os arbustos cheios de espinhos lá na encosta mais distante, onde ficava a maior parte das tocas e as trilhas de coelho faziam caminhozinhos que nem túneis escavados nas moitas, mas não havia sinal dos bichos. Era naquelas trilhas, no meio dos arbustos, que alguns moleques costumavam montar armadilhas. Mas eu havia encontrado os laços de arame, porque sabia onde eles tinham deixado, e os mudei de lugar, deixando-os debaixo da grama nos caminhos onde eles passavam quando vinham inspecionar as armadilhas. Se algum deles foi pego pela própria armadilha, não sei dizer, mas gosto de pensar que ficaram pendurados de cabeça para baixo. Seja como for, nem eles, nem seus seguidores armavam mais arapucas. Acho que saiu de moda e penso que agora eles ficam pichando frases nos muros, cheirando cola ou tentando trepar.

Dificilmente animais me pegam de surpresa, mas quando notei um coelho parado ali, alguma coisa me paralisou por um segundo. Ele devia estar naquele lugar desde o começo, paradinho e me encarando lá do outro lado dos Campos, mas eu demorei a notá-lo. Quando percebi, alguma coisa em sua imobilidade me aquietou por um instante. Sem me mover fisicamente, chacoalhei a cabeça por dentro para espantar a sensação e decidi que aquele macho daria uma boa cabeça para uma Estaca. O coelho bem que parecia estar empalhado pela quantidade de movimento que fazia, e eu percebia como ele olhava diretamente para mim, seus olhinhos sem piscar, o narizinho sem fungar, as orelhas imóveis. Encarei o bicho e, bem aos poucos, pus a arma em posição, colocando-a primeiro num canto, depois no outro, devagar, fazendo parecer que era algo se movendo com a grama ao vento. Demorou quase um minuto para colocar a espingarda e minha cabeça na posição certa, a coronha contra o peito, e mesmo assim o bicho não se moveu nem um milímetro.

Quatro vezes maior, sua cabeçona bigoduda dividida em quatro pela lente da mira, ele parecia ainda mais impressionante e imóvel. Franzi a testa e levantei a cabeça, pensando que de repente ele poderia *mesmo* estar empalhado. Talvez alguém estivesse rindo à minha custa. Os moleques da cidade? Meu pai? Com certeza ainda não Eric, certo? Foi uma coisa estúpida de se fazer: tendo erguido a cabeça rápido demais para parecer normal, o coelho escapuliu encosta acima. Baixei a cabeça e firmei a arma de uma vez, sem pensar muito. Não havia tempo para voltar à posição correta, respirar fundo e puxar o gatilho com calma. Tive que me levantar e atirar, e com o corpo inteiro fora do prumo e as duas mãos na arma, caí de cara, rolando como podia para evitar areia na espingarda.

Quando olhei para cima, agarrado à arma e arfando, atolado na areia, não podia mais ver o coelho. Forcei a arma para baixo e acertei o meu próprio joelho. "Merda!", disse a mim mesmo.

O coelho não estava numa toca, entretanto. Não estava nem perto da encosta onde elas ficavam. Corria através do campo em saltos largos, vindo na minha direção e parecendo sacudir e estremecer bem no ar, a cada pulo. Vinha até mim como uma bala, agitando a cabeça, os dentes à mostra, compridos e amarelos. Eram com certeza os maiores que eu já tinha visto num coelho, vivo ou morto. Seus olhos pareciam caracóis. Gotas vermelhas jorravam da sua coxa esquerda a cada salto. Ele estava quase em mim e eu, sentado ali, o encarava.

Não havia tempo para recarregar. Na hora em que comecei a reagir já não havia tempo para mais nada, a não ser uma resposta instintiva. Minhas mãos largaram a arma no ar, sobre meus joelhos, e agarraram o estilingue, que sempre ficava na minha cintura, o apoio do braço enganchado nela. Mesmo minha reação rápida não foi veloz o bastante: em meio segundo, o animal estava sobre mim, atacando direto na garganta.

Agarrei-o com o estilingue, o grosso elástico preto se agitando no ar enquanto eu movia as mãos e caía de costas, deixando o coelho passar sobre a minha cabeça, chutando e me virando no chão até o lugar em que o bicho caíra, lutando com a força de um carcaju, estirado na encosta de areia com o pescoço preso pela atiradeira. Sua cabeça se agitava de um lado para o outro, tentando retalhar meus dedos com os dentes. Silvei com meus próprios dentes cerrados e apertei o elástico, e apertei ainda mais. O coelho se contorceu, guinchou e fez um barulho agudo que nem eu sabia que coelhos podiam fazer, batucando com as patas no chão. Eu estava tão agitado que olhei em volta para ver se aquilo não era um sinal para um exército de coelhos, gigantes que nem este monstro, aparecer atrás de mim e me despedaçar inteiro.

Aquela coisa maldita não morria! O elástico se esticava e esticava e não ficava apertado o bastante, e eu não movia as mãos com medo de que aquilo fosse me tirar um pedaço da carne do dedo ou arrancar meu nariz fora. O mesmo medo me impediu de encher o animal de cabeçadas; eu não ia colocar o rosto perto daqueles dentes. Também não podia erguer um joelho para quebrar sua coluna, porque já estava quase escorregando ladeira abaixo, e seria impossível arrumar um ponto de apoio naquela encosta com uma perna só. Era loucura! Eu não estava na África! Aquilo era um coelho, não um leão! Que diabos estava acontecendo?

O bicho finalmente me mordeu, girando o pescoço mais do que eu pensava ser possível e acertando meu dedo indicador bem na articulação.

E foi isso. Berrei e puxei o dedo com toda a força, chacoalhando as mãos e a cabeça e me atirando de costas enquanto isso, acertando a arma com o joelho e derrubando-a na areia.

Terminei deitado nos espinhos que ficavam no pé do morro, os dedos sem circulação de tanto esganar o coelho, balançando-o pelo pescoço bem na altura do meu rosto, enforcado pelo elástico, agora amarrado como um nó de corda negra. Eu ainda tremia, então não sei dizer se a trepidação era do meu corpo ou do dele. Então, o elástico arrebentou. O coelho caiu sobre minha mão esquerda e a ponta do elástico chicoteou o meu pulso direito. Meus braços foram arremessados cada um para um lado, batendo no chão.

Fiquei deitado de costas, a cabeça na areia, olhando para o lugar onde o corpo do coelho jazia na ponta de uma linha negra, enroscado no apoio e no cabo do estilingue. O bicho estava imóvel.

Ergui os olhos para o céu e fechei o outro punho, socando o chão. Olhei outra vez para o animal, depois me levantei e me ajoelhei perto dele. Estava morto. A cabeça pendia solta, o pescoço quebrado, quando o levantei. A pata esquerda estava manchada de sangue no lugar em que meu tiro acertara. Era bem grande, do tamanho de um gato, o maior coelho que eu já tinha visto. Obviamente eu ignorara os coelhos por tempo demais, senão saberia da existência de um animal como aquele.

Chupei a gota de sangue do meu dedo. Meu estilingue, meu orgulho e minha alegria, o Destruidor Negro, ele próprio destruído por um *coelho*! Ah, suponho que eu pudesse gastar um pouco de dinheiro e arrumar um elástico novo, ou pedir ao velho Cameron que me arranjasse algo da loja de ferragens, mas nunca mais vai ser a mesma coisa. Toda vez que eu levantar o estilingue para mirar em algo — vivo ou não — este momento vai permanecer no fundo da minha mente. O Destruidor Negro estava acabado.

Sentei de novo na areia e olhei rápido pelo lugar. Ainda não havia outros coelhos. Aquilo não me surpreendeu. Não havia tempo a perder. Só existe um jeito de reagir após um acontecimento assim.

Fiquei de pé, recuperei a espingarda, meio enterrada na areia da encosta, subi ao topo do morro, olhei em volta e resolvi arriscar, deixando tudo do jeito que estava. Apoiei a arma nos braços e fui embora em Velocidade de Emergência, desembestando a toda pelo caminho de volta à ilha, contando com a sorte e com a adrenalina para não errar o pé e terminar de cara na grama e com uma fratura múltipla no fêmur. Usava a arma para me equilibrar nos pontos mais difíceis. Tanto o chão quanto a grama estavam secos, então não era tão complicado como poderia ser. Cortei caminho e atravessei uma duna de um lado ao outro, até o ponto em que o encanamento de água e a energia que iam para casa apareciam saídos da areia, cruzando o riacho. Saltei a grade pontuda e aterrissei com os dois pés no concreto, correndo pelo cano estreito e descendo já na ilha.

De volta à casa, fui direto para o meu abrigo. Deixei a espingarda, conferi a Mochila de Guerra e prendi sua alça à cabeça, amarrando rápido uma tira pela cintura. Tranquei de novo o abrigo e marchei até a ponte, enquanto recuperava o fôlego. Quando cheguei ao portão estreito, na metade da ponte, apertei o passo.

Nos Campos de Coelho, tudo estava como eu havia deixado — o coelho no chão estrangulado pelo estilingue, a areia chutada e revolvida no lugar em que eu caíra. O vento ainda movia a grama e as flores, e não havia qualquer animal por perto. Nem mesmo as gaivotas tinham descoberto o cadáver. Fui direto ao trabalho.

Primeiro, tirei um tubo de explosivo de vinte centímetros da Mochila de Guerra. Fiz um talho no ânus do coelho. Conferi se estava tudo certo com a bomba, especialmente se os cristais brancos da mistura explosiva estavam secos, então adicionei um detonador de plástico e uma carga em volta do buraco no tubo, firmando tudo junto. Enfiei aquilo no coelho ainda quente e meio que o deixei sentado, de cócoras e olhando para as entradas das tocas na encosta. Depois, peguei algumas bombas menores e coloquei nas tocas, chutando e destruindo a entrada dos buracos para que os bichos ficassem encurralados e só os pavios aparecessem do lado de fora. Enchi a garrafa plástica de detergente e preparei o isqueiro, deixando-o no alto da encosta, onde estava a maior parte das tocas. Então, voltei até o primeiro buraco tapado e acendi o pavio com um fósforo. O cheiro de plástico derretido ficou nas minhas narinas e o brilho da mistura explosiva dançava nos meus olhos enquanto eu corria para a toca seguinte e olhava no relógio. Eu tinha plantado seis bombinhas, e demorei quarenta segundos para acendê-las.

Sentei no alto da encosta, sobre as tocas, o acendedor do lança-chamas queimando fracamente à luz do sol quando, bem na hora, o primeiro túnel explodiu. Senti o chão sob mim tremer e dei uma risada. O resto aconteceu rápido, a lufada de fumaça de cada bomba tostando a terra fumegante um segundo antes da explosão principal. Voava terra para todo lado nos Campos de Coelho, e o som de estouro vibrava pelo ar. Sorri com isso. Havia bem pouco barulho, na verdade. Seria impossível ouvir qualquer coisa da casa.

Quase toda a energia das bombas foi dissipada em explodir a terra e consumir o ar das tocas.

Os primeiros coelhos atarantados apareceram. Eram dois, os narizes sangrando, parecendo praticamente ilesos a não ser pela hesitação, por estarem quase caindo. Apertei a garrafa plástica, fazendo jorrar dela um jato de gasolina que passava pelo isqueiro, afastado alguns centímetros do bocal por um espeque de alumínio. A gasolina se incendiava ao passar pela chama do isqueiro, atravessando o ar com um estrondo e caindo, brilhando, sobre e em volta dos dois coelhos. Eles pegaram fogo e arderam, correndo, vacilando e tombando. Olhei em volta, procurando mais além dos dois primeiros incendiados no centro dos Campos, que finalmente tombavam na grama, os corpos rígidos, mas se contorcendo, estalando ao vento. Um foguinho lambeu o bocal do lança-chamas, e eu o soprei. Apareceu outro coelho, ainda menor. Acertei-o com o jato de fogo e ele escapuliu, correndo para a água que ficava no lado do morro onde eu havia sido atacado pelo coelhão. Remexi na Mochila de Guerra, peguei a pistola de ar, engatilhei e dei o tiro num movimento só. Errei, e o bicho deixou uma trilha de fumaça através do morro.

Ainda ateei fogo em outros três coelhos antes de guardar as coisas. Minha última ação foi acender o pavio do coelhão ainda sentado, empalhado, morto e ensanguentado na frente dos Campos. O fogo subiu em volta dele inteiro, então o bicho desapareceu por entre chamas alaranjadas e espirais negras. O pavio queimou rapidamente e, depois de uns dez segundos, a massa de fogo explodiu em todas as direções, atirando alguma coisa negra e fumegante a mais de vinte metros, pelo ar do fim de tarde, espalhando pedaços pelos Campos. A explosão, muito maior que as das tocas, praticamente sem nada para abafá-la, bateu contra as dunas como um chicote, deixando um zumbido nos meus ouvidos e fazendo com que até eu desse um pulo.

Seja lá o que tenha sobrado do coelho caiu muito atrás de mim. Segui o cheiro de queimado até o local da queda. Era a maior parte da cabeça, um toco imundo da coluna com algumas costelas e metade da pele. Cerrei os dentes e peguei aqueles restos ainda quentes, levei-os de volta aos Campos e os joguei lá embaixo, do alto do morro.

Fiquei parado ao sol poente, quente e amarelo em volta de mim, com o aroma de carne queimada e grama ao vento, fumaça subindo aos céus vinda das tocas e dos cadáveres, acinzentados e escuros, o cheiro doce de gasolina escorrendo do lança-chamas lá onde eu o deixei. Respirei fundo.

Com o resto de gasolina, cobri o corpo do estilingue e a garrafa de combustível onde eles estavam, caídos na areia, e taquei fogo. Sentei de pernas cruzadas na beirada das chamas, contemplando-as contra o vento até que tudo foi consumido e só o metal do Destruidor Negro permaneceu. Então peguei o esqueleto cheio de fuligem e o enterrei no lugar em que fora destruído, ao pé do morro. Aquele lugar teria um nome agora: Morro do Destruidor Negro.

O fogo estava extinto em toda parte. A grama era nova e úmida demais para arder. Não que eu me importaria se pegasse fogo. Até pensei em incendiar os arbustos, mas as flores são sempre agradáveis quando brotam, e os arbustos têm um cheiro melhor quando não estão queimados, então não o fiz. Decidi que já tinha causado bastante estrago por um dia. O estilingue havia sido vingado, o coelhão — ou o que fosse, talvez seu espírito — tinha sido desonrado e degradado, aprendendo com isso uma boa lição, e eu me sentia *bem*. Se a espingarda estivesse boa e não houvesse areia dentro da mira ou em outros lugares difíceis de limpar, quase teria valido a pena. O orçamento da Defesa poderia arcar com a compra de outro estilingue amanhã. Minha besta precisaria esperar mais uma ou duas semanas.

Com aquele ótimo sentimento de satisfação, arrumei a Mochila de Guerra e voltei exausto para casa, pensando no que tinha acontecido, tentando entender as razões daquilo tudo, procurando as lições que deviam ser aprendidas, que sinais deviam ser lidos nos acontecimentos.

No caminho, passei pelo coelho que eu pensara ter escapado, caído bem perto da água límpida do riacho. Enegrecido e torto, travado numa posição estranha e contorcida, seus olhos secos e sem vida me encaravam enquanto eu passava, acusadores.

Chutei-o para dentro d'água.

Meu outro tio morto se chamava Harmsworth Stove, um meio-tio pelo lado materno da família de Eric. Ele era um empresário em Belfast, e tomou conta de Eric, junto com a esposa, por quase cinco anos, desde que ele tinha três. Harmsworth cometeu suicídio, no fim das contas, com uma furadeira e uma broca de um quarto de polegada. Enfiou aquilo pela lateral do crânio e, percebendo que ainda estava vivo, mas com bastante dor, dirigiu até um hospital próximo, onde morreu depois. Na verdade, pode ser que eu tenha tido alguma coisa a ver com sua morte, já que isso aconteceu menos de um ano depois que os Stove perderam sua única filha, Esmerelda. Apesar de eles não saberem — e de ninguém mais saber, aliás —, ela foi uma das minhas vítimas.

Fiquei na cama aquela noite, esperando meu pai voltar e o telefone tocar, enquanto pensava sobre o que tinha acontecido. Talvez o coelhão viesse de fora dos Campos, um tipo de animal selvagem vindo de longe para aterrorizar os nativos e se proclamar dono da área, só para morrer no encontro com um ser superior sobre o qual não entendia absolutamente nada.

De todo modo, era um Sinal. Eu tinha certeza. Aquela história toda devia significar alguma coisa. Minha resposta automática poderia ser simplesmente que aquilo tinha a ver com o fogo previsto pela Fábrica, mas, lá no fundo, eu sabia que isso não era tudo, e que havia mais por vir. Os sinais estavam por toda parte, não apenas na ferocidade inesperada do bicho que eu matara, mas também na minha reação irada, quase impensada, e no destino dos coelhos inocentes que foram tomados pela minha fúria.

Aquilo também queria dizer algo com relação ao passado tanto quanto ao futuro. Meu primeiro assassinato foi por causa de coelhos morrendo queimados, encontrando a morte incendiária através de um lança-chamas praticamente idêntico ao que eu usara na minha vingança de hoje. Era demais, muito parecido e perfeito. Os acontecimentos estavam tomando forma de um jeito mais acelerado e pior do que eu podia imaginar. Eu corria o risco de perder o controle da situação. Os Campos de Coelho — aquele terreno de casa supostamente tranquilo — haviam provado isso.

Do menor ao maior, os padrões sempre mostravam a verdade, e a Fábrica me ensinara a observá-los e respeitá-los.

Aquela foi a primeira vez que eu matei, por causa do que meu primo Blyth Cauldhame fizera aos nossos coelhos, os que eram meus e de Eric. Foi Eric quem inventou o lança-chamas, e ele estava largado lá no que era, na época, o galpão das bicicletas (hoje em dia, meu galpão), quando nosso primo, cujos pais tinham vindo passar o fim de semana conosco, achou que seria divertido pedalar a bicicleta de Eric na terra fofa da parte sul da ilha. Isso ele fez mesmo, enquanto Eric e eu estávamos empinando pipa. Depois, ele voltou e encheu o lança-chamas com gasolina. Sentou-se no quintal com aquilo, num ponto em que era impossível vê-lo da janela da sala (onde seus pais e o meu estavam), em meio à brisa que soprava. Acendeu o negócio e tacou fogo nas nossas duas gaiolas, incinerando todas as nossas belezinhas.

Eric, sobretudo, ficou aborrecidíssimo. Chorou como uma menininha. Eu queria matar Blyth ali mesmo. A surra que ele levou do pai — James, irmão do meu pai — não era o bastante do meu ponto de vista, não pelo que ele causara a Eric, *o meu irmão*. Eric estava inconsolável, desesperado pela culpa de ter criado aquilo que Blyth usara para destruir nossos adorados bichinhos. Ele sempre fora um tanto sentimental, sempre o mais sensível, o mais alegre. Até essa experiência horrível, todo mundo tinha certeza de que ele iria longe. De qualquer forma, foi ali que nasceu o Solo da Caveira, o pedaço de uma duna enorme, antiga e parcialmente escavada atrás da casa, para onde iam todos os nossos bichinhos de estimação quando morriam. Começou com os coelhos queimados. O Velho Saul já estava lá antes, mas era o único.

Não contei nada para ninguém, nem para Eric, sobre o que eu queria fazer com Blyth. Eu era sábio na minha infantilidade, mesmo naquela época, aos cinco anos de idade, quando a maior parte das crianças não para de falar aos pais e amigos que os odeiam e queria mesmo é que eles estivessem mortos. Eu fiquei quieto.

Quando Blyth voltou no ano seguinte, estava ainda mais irritante do que antes, tendo perdido a perna esquerda, desde o joelho, num atropelamento (o menino com quem ele brincava de "desafio" morreu). Blyth lamentava amargamente sua deficiência. Tinha dez anos na época, e era bastante agitado. Tentava fingir que não tinha nada a ver com aquela coisa cor-de-rosa detestável a qual estava atado, como se ela não existisse. Mal conseguia andar de bicicleta, e gostava de brincar de luta e jogar bola, normalmente no gol. Eu tinha seis anos então, e embora Blyth soubesse que eu sofrera algum tipo de acidente quando era mais novo, deve ter me achado ainda mais durão que ele. Decidiu que seria divertido me atirar por aí e lutar comigo, dando socos e chutes. Fiz um teatrinho bem convincente por uma semana, mais ou menos, participando dessas brincadeiras estúpidas e dando a impressão de me divertir com elas, enquanto pensava no que faria ao nosso primo.

Meu outro irmão, Paul, ainda estava vivo na época. Ele, Eric e eu devíamos cuidar para que Blyth se divertisse. Fizemos o melhor que podíamos, levando-o aos nossos lugares favoritos, deixando que usasse os nossos brinquedos, jogando com ele. Eric e eu precisávamos segurá-lo às vezes, quando ele queria fazer algo como atirar o pequeno Paul na água para ver se ele boiava, ou quando quis derrubar uma árvore sobre os trilhos de trem que passavam por Porteneil, mas no geral nos demos surpreendentemente bem, ainda que me doesse ver Eric, que tinha a mesma idade de Blyth, morrendo de medo dele.

Então, num dia muito quente e com insetos por todo lado, quando soprava uma brisa suave vinda do mar, estávamos todos jogados no gramado do lado sul da casa. Paul e Blyth tinham adormecido, e Eric estava deitado com as mãos sob a nuca, encarando com preguiça o céu azul. Blyth tinha tirado sua perna postiça e oca, deixando-a enrolada nas próprias tiras em meio à grama alta. Observei Eric adormecendo aos poucos, sua cabeça tombando para o lado, devagar, os olhos se fechando. Levantei-me e fui dar uma volta, terminando no Abrigo. Ele ainda não tinha a importância absoluta que assumiria mais tarde na minha vida, mesmo que eu já gostasse do lugar e me sentisse à vontade no seu interior frio e escuro. Era uma velha casamata de concreto construída pouco antes da última guerra para abrigar uma artilharia que cobrisse o estuário, e ficava encravado na areia como um enorme dente acinzentado. Quando entrei, vi a serpente. Uma víbora. Levei uma eternidade para percebê-la porque estava muito ocupado enfiando um pedaço de madeira podre pelo buraco da casamata, fingindo que era uma metralhadora e atirando em navios imaginários. Foi só quando parei com essa brincadeira e fui até o canto para dar uma mijada que olhei para o outro lado, onde havia uma pilha de latas enferrujadas e garrafas velhas, e vi as manchas desenhadas da serpente que dormia.

Quase na mesma hora, resolvi o que faria. Saí devagarzinho e encontrei um pedaço de madeira do tamanho certo, voltei para o Abrigo, agarrei a serpente pelo pescoço com o pedaço de pau e a atirei dentro da primeira lata com tampa que encontrei.

Acho que a cobra não estava completamente acordada quando a peguei, e tomei cuidado para não chacoalhá-la muito enquanto corria de volta para onde estavam os meus irmãos e Blyth. Eric tinha rolado para o lado e agora dormia com a cabeça numa das mãos, a outra cobrindo os olhos. Tinha a boca um pouquinho aberta e o peito se movia lentamente. Paul estava deitado ao sol, o corpo encolhido numa bolinha, bem quieto, e Blyth estava deitado de bruços, com as mãos sob as bochechas, o toco da sua perna estirado entre flores e grama, saindo pela bermuda como se fosse uma ereção monstruosa. Cheguei perto, ainda escondendo a lata. A quina da casa olhava em nossa direção a uns quinze metros de distância, sem janela nenhuma. Lençóis brancos panejavam nos varais do quintal. Meu coração batia feito louco e eu lambi os lábios.

Sentei ao lado de Blyth, cuidando para que minha sombra não cruzasse o seu rosto. Levei a lata ao ouvido e esperei. Não dava para ouvir ou sentir o movimento da serpente. Alcancei a perna falsa de Blyth, rosada e lisa, largada à altura dos seus quadris, na sombra dele. Segurei a perna próxima da lata e tirei a tampa, enfiando-a lá dentro. Daí, virei tudo devagar, deixando a lata no alto. Sacudi e senti a cobra caindo dentro da perna. Ela não gostou daquilo e começou a se bater contra as paredes de plástico da perna e o bocal da lata, enquanto eu segurava e suava, ouvindo o zunir dos insetos e o ruído da grama, olhando fixo para Blyth, que dormia tranquilo e quieto, seus cabelos negros volta e meia bagunçados pela brisa. Minhas mãos tremiam e o suor escorria nos meus olhos.

A serpente parou de se mexer. Segurei tudo por mais um tempo, olhando outra vez para a casa. Então, levei a perna com a lata até que ela estivesse novamente no lugar em que estava antes, atrás de Blyth. No último segundo, tirei a lata com cuidado. Nada aconteceu. A serpente estava quieta dentro da perna, e eu nem podia vê-la. Levantei, andei de costas até a duna mais próxima, arremessei a lata para longe e voltei, deitando onde estivera sentado antes e fechando os olhos.

Eric acordou primeiro, então abri os olhos como se despertasse, daí acordamos o pequeno Paul e o nosso primo. Blyth me poupou o trabalho de sugerir um jogo de futebol, fazendo isso ele próprio. Eric, Paul e eu fomos buscar as traves enquanto Blyth amarrava sua perna rapidamente.

Ninguém suspeitou. Desde os primeiros momentos, quando os meus irmãos e eu olhávamos incrédulos para Blyth berrando, e pulando, e arrancando a perna fora, até a despedida cheia de choro dos seus pais e de Diggs preenchendo formulários (um pouco da história até apareceu no *Correio de Inverness*, indo parar depois em um par de outros jornalecos, pela curiosidade do fato), absolutamente ninguém sequer sugeriu que aquilo tivesse sido algo diferente de um acidente trágico e um tanto macabro. Apenas eu sabia.

Não contei a Eric. Ele estava chocado pelo que acontecera e genuinamente triste por Blyth e seus pais. Tudo que eu disse foi que achava ser justiça divina que o primo primeiro tivesse perdido a perna, colocando no lugar o instrumento da própria queda. Tudo por causa dos coelhos. Eric, que na época passava por uma fase religiosa que eu, de algum modo, imitava, achou que aquilo era algo terrível de se dizer. Deus não era daquele jeito. Eu disse que o Deus em que eu acreditava era.

De qualquer maneira, foi por esse motivo que *aquele* pedaço específico do caminho ganhou seu nome: Parque da Serpente.

Fiquei na cama, relembrando tudo isso. O pai ainda não tinha voltado. Talvez ele fosse passar a noite fora. Era uma coisa extremamente incomum, até mesmo preocupante. Talvez tivesse tomado uma surra ou caído morto de um ataque cardíaco.

Sempre tive uma postura muitíssimo ambivalente com relação a algo acontecendo ao meu pai, e ainda tenho. Uma morte é sempre excitante, sempre faz com que você perceba quão vivo e vulnerável está, mas quão sortudo é. Mas a morte de alguém próximo dá uma boa desculpa para que você fique um pouco doido por um tempo, e faça coisas que de outro modo seriam indesculpáveis. Que maravilha seria agir feito um alucinado e ainda assim ganhar a simpatia de todos!

Porém, eu sentiria a falta dele, e não sei o que a lei diria sobre eu continuar aqui por minha própria conta. Será que eu ficaria com todo o dinheiro? *Isso* seria bom. Poderia comprar minha moto logo, em vez de esperar. Deus, eu poderia fazer tantas coisas que nem sei por onde começar a pensar. Mas seria uma mudança e tanto, e não sei se já estou pronto para isso.

Podia sentir o sono chegando aos poucos. Comecei a imaginar e ver todo tipo de coisas estranhas à minha frente: formas labirínticas e manchas de cores desconhecidas se espalhando, depois umas construções fantásticas, e espaçonaves, e armas, e paisagens. Queria poder me lembrar melhor dos meus sonhos...

Dois anos depois de Blyth, matei meu irmãozinho Paul, por motivos muito mais sérios e diferentes daqueles que eu tivera para matar o meu primo. Daí, um ano depois, foi a vez da minha priminha Esmerelda, meio que por capricho.

Esse é o placar até agora. Três. Não mato ninguém há anos, e não pretendo fazer isso de novo.

Foi só uma fase pela qual passei.

NO ABRIGO
FÁBRICA DE VESPAS 3
IAIN BANKS

Meus maiores inimigos são as Mulheres e o Mar. Essas coisas eu odeio. Mulheres porque são fracas e estúpidas e vivem à sombra dos homens e não são nada comparadas a eles, e o Mar porque ele sempre me frustra, sempre destrói o que construo, inundando o que deixo para trás, varrendo do mapa as marcas que crio. E suspeito de que o Vento tenha culpa também.

O Mar é um tipo de inimigo mitológico, e eu dedico a ele o que podemos chamar de sacrifícios na minha alma, temendo-o um pouco, respeitando-o na medida do necessário, mas, na maior parte das vezes, tratando-o como um igual. Ele faz coisas ao mundo, eu também faço: nós dois devemos ser temidos. Mulheres... bom, mulheres andam perto demais para que eu fique confortável, se quer saber a minha opinião. Não gosto sequer de tê-las na ilha, nem mesmo a sra. Clamp, que vem uma vez por semana, aos sábados, para limpar a casa e trazer as compras. Ela é velha, assexuada do jeito que os muito velhos e os muito novos são, mas ela ainda assim *foi* uma mulher, e não gosto disso, pelas minhas próprias e boas razões.

Acordei no dia seguinte me perguntando se o pai voltara ou não. Sem me importar em vestir uma roupa, fui até o quarto dele. Ia tentar abrir a porta, mas pude ouvir seu ronco antes mesmo de encostar na maçaneta, então me virei e segui para o banheiro.

Lá, depois de mijar, fiz meu ritual de limpeza diário. Primeiro, tomei banho. O banho é o único momento em todas as vinte e quatro horas do dia que eu tiro a cueca. Coloquei-a no saco de roupas sujas, na prateleira. Me lavei muito bem, começando pelos cabelos e terminando entre os dedos dos pés e embaixo das unhas. Às vezes, quando preciso produzir substâncias preciosas tipo craca de unha do pé ou felpo umbigal, tenho que ficar dias e dias sem tomar banho. Odeio fazer isso, porque fico me sentindo sujo e sarnento, e a única coisa boa nessa abstinência toda é o prazer que dá tomar uma ducha no fim desse período.

Depois do banho e de uma esfregadela com toalhas de rosto e corpo, cortei as unhas. Então, escovei os dentes cuidadosamente com minha escova elétrica. Depois, a barba. Sempre uso espuma de barbear e lâminas das mais requintadas (lâminas duplas e móveis são o suprassumo do momento), removendo a penugem castanha que cresceu desde o dia anterior, com destreza e precisão. Como todas as abluções, fazer a barba segue um padrão específico e predeterminado. Passo a lâmina o mesmo número de vezes, no mesmo espaço, na mesma ordem, toda manhã. Como sempre, senti um formigamento de empolgação ao contemplar meu rosto meticulosamente afeitado.

Assoei o nariz e o limpei, lavei as mãos, limpei as lâminas de barbear, o cortador de unhas, o chuveiro e a pia, depois lavei a toalhinha e penteei os cabelos. Felizmente eu não tinha mancha alguma, então não precisava fazer mais nada além de uma última lavada nas mãos e pegar uma cueca limpa. Coloquei todo o meu material de higiene — toalhas, lâminas de barbear e tudo mais — exatamente no lugar em que deviam ficar, esfreguei uma manchinha de vapor do espelho sobre a pia e voltei para o quarto.

Lá, calcei as meias. Verdes para aquele dia. E uma camisa cáqui com bolsos. No inverno, eu vestia uma camiseta por baixo e um pulôver verde do exército bretão sobre a camisa, mas não no verão. Minhas calças verdes de lona vieram em seguida, depois meus coturnos marrons. Tudo sem logomarcas, como qualquer coisa que visto, porque não vou andar por aí servindo de propaganda para ninguém. Minha jaqueta do exército, faca, bolsas, estilingue e outros equipamentos, levei para a cozinha comigo.

Ainda era bem cedinho, e a chuva que eu ouvira prevista no jornal da noite anterior estava prestes a desabar. Tomei meu café da manhã modesto e estava pronto.

Saí na manhã fresca e úmida, andando rápido para me manter aquecido e fazendo a ronda na ilha antes de cair qualquer chuva. Os morros além da cidade estavam escondidos por nuvens, e o mar se encrespava ao sabor do vento frio. A grama estava coberta de sereno. Gotas de orvalho curvavam os botões de flores e estavam grudadas também nas minhas Estacas Sacrificiais, como sangue novo sobre as cabeças encarquilhadas e os corpinhos ressecados.

Dois jatos cortaram o céu da ilha em determinado momento. Dois jatos Jaguar em formação, a uns cem metros de altitude e muito rápidos, cruzando a ilha inteira em um piscar de olhos e continuando por sobre o mar. Olhei para eles e depois segui o meu caminho. Uma vez tomei um susto danado, com outro par desses jatos, alguns anos atrás. Tinham vindo voando mais baixo que o permitido, depois das práticas de bombardeio no estuário, pipocando sobre a ilha tão de repente que dei um pulo bem no momento de uma manobra delicada que eu fazia, tentando colocar uma vespa dentro de um jarro, no toco velho de uma árvore que ficava perto do curral em ruínas, na parte norte da ilha. Levei uma ferroada.

Fui até a cidade naquele dia, comprei um aeromodelo plástico de um Jaguar, montei-o durante a tarde e cerimoniosamente mandei-o pelos ares no teto do Abrigo, com uma bombinha caseira. Duas semanas depois, um Jaguar caiu no mar de Nairn, apesar de o piloto ter conseguido ejetar a tempo. Gostaria de pensar que era o Poder agindo, mas acho que foi apenas coincidência. Jatos de alta performance caem com tanta frequência que realmente não era surpresa que minha destruição simbólica e a destruição real acontecessem com quinze dias de distância.

Sentei no montinho de terra que dava para o Córrego Lamacento e comi uma maçã. Me recostei em uma arvorezinha que, quando muda, tinha sido a Matadora. Estava crescida agora, um bom pedaço mais alta que eu, mas, quando eu era criança e tínhamos a mesma altura, ela havia sido meu estilingue fixo que defendia a entrada meridional da ilha. Àquela altura, como agora, tinha vista para o córrego largo e para a lama cor de chumbo de onde despontam os destroços carcomidos de um velho barco de pesca.

Depois da História do Velho Saul, dei novo uso ao estilingue, e a árvore se tornou a Matadora: o flagelo dos hamsters, camundongos e ratos.

Lembro-me de que ela era capaz de arremessar uma pedra do tamanho de um punho fechado por sobre o córrego inteiro e a uns vinte metros ou mais do terreno irregular do continente. Assim que aprendi o ritmo natural da árvore, eu conseguia dar um tiro a cada dois segundos. Era possível acertar qualquer coisa em um ângulo de sessenta graus ao variar a direção em que eu puxava o ramo, para um lado ou para o outro. Eu não usava um bicho a cada dois segundos. Deixava para usá-los poucas vezes por semana. Por seis meses, fui o melhor cliente que a loja de animais de Porteneil teve, indo lá todo sábado para comprar um par de bichinhos, e uma vez por mês comprava também um tubo de petecas de badminton na loja de brinquedos. Duvido que, além de mim, alguém tenha juntado as duas coisas.

Era tudo de propósito, claro. Pouco do que faço não é de propósito, de um jeito ou de outro. Eu estava procurando a caveira do Velho Saul.

Atirei o talo da maçã no riacho. Ele se estatelou na lama da outra margem fazendo um belo som quando caiu. Resolvi que já era hora de dar uma olhada decente no Abrigo, e fui trotando pela encosta até dar a volta na duna mais ao sul e continuar na direção da velha casamata. Parei para olhar a praia. Não parecia haver nada de interessante lá, mas eu me lembrava da lição do dia anterior, quando parara para farejar o ar e tudo parecia bem, e dez minutos depois eu caía na porrada com um coelho suicida. Pensando nisso, desci a duna num trote e segui até os entulhos trazidos à praia pelo mar.

Havia uma garrafa. Um inimigo menor e vazio. Fui até a beira d'água e atirei a garrafa longe. Ela ficou boiando, gargalo para cima, a uns dez metros. O mar ainda não cobrira os seixos, então agarrei alguns e os arremessei contra a garrafa. Estava próxima o bastante para que eu atirasse com a mão, e as pedrinhas que eu escolhera tinham mais ou menos o mesmo tamanho, por isso meus tiros foram bem certeiros. Quatro pedras passaram raspando e a quinta arrebentou o gargalo da garrafa. Uma pequena vitória, apenas, já que a derrota final das garrafas ocorrera há muito tempo, pouco depois de eu aprender a arremessar, na primeira vez que entendi que o mar era um inimigo. Elas ainda tentavam avançar de vez em quando, e eu não tinha nenhuma intenção de deixá-las invadir nem um pedacinho do meu território.

A garrafa afundou e eu retornei para as dunas, subindo na que servia de base para o Abrigo semienterrado, dando uma olhada em volta com o meu binóculo. A costa estava limpa, mesmo que o tempo não estivesse. Entrei no Abrigo.

Tinha consertado as portas de aço havia anos, desemperrando as dobradiças enferrujadas e endireitando as trancas. Peguei a chave do cadeado e abri a porta. Lá dentro, o cheiro familiar era de cera, um aroma de queimado. Fechei a porta e a escorei com um pedaço de madeira, parando por um segundo para que minha vista se acostumasse à escuridão e minha mente se sentisse em casa naquele lugar.

Depois de pouco tempo, eu já podia enxergar vagamente na luz fraca que passava pelos sacos de aniagem, pendurados nas duas frestinhas que eram as únicas janelas do Abrigo. Deixei minha mochila e meu binóculo pendurado num prego no concreto meio esfarelado. Peguei a lata com os fósforos e acendi as velas. Elas queimavam numa luz amarela, e me ajoelhei, juntando as mãos e pensando. Eu encontrara o kit para fazer velas no armário sob a escada cinco ou seis anos antes, e experimentei cores e consistências por meses até ter o estalo de usar a cera como prisão de vespas. Olhei para cima e vi a cabeça de uma vespa despontando do alto de uma vela no altar. A vela acesa, novinha, vermelho-sangue e grossa como meu pulso, tinha a chama tranquila e aquela cabecinha presa na sua cratera como a peça de um jogo alienígena. Enquanto eu olhava, a chama, um centímetro distante da cabeça encerada da vespa, derreteu a cera das antenas, que pegaram fogo por um segundo, antes de serem consumidas. A cabeça começou a soltar fumaça conforme a cera ia derretendo, então o fumo pegou fogo e o corpo da vespa, uma segunda chama dentro da cratera, crepitou e estalou enquanto as chamas incineravam o inseto.

Acendi a vela dentro do crânio do Velho Saul. Aquele orbe de osso, oco e amarelado, era o que tinha matado todas aquelas criaturinhas que encontraram seu fim na lama distante do riacho. Observei o fogo e a fumaça ondeando pelo espaço onde ficava o cérebro do cachorro e fechei os olhos. Vi novamente os Campos de Coelho, os corpos em chamas saltando e correndo. Vi novamente aquele que escapara dos Campos e morrera quase alcançando o rio. Vi o Destruidor Negro, relembrando sua partida. Pensei em Eric e me perguntei sobre o que teria sido o alerta da Fábrica.

Vi a mim mesmo, Frank L. Cauldhame, e vi a mim mesmo como poderia ter sido: um homem alto e esbelto, forte, determinado e abrindo caminho no mundo, seguro e convicto. Abri os olhos e engoli em seco, respirando fundo. Um clarão fétido ardia pelas órbitas do Velho Saul. As velas de ambos os lados do altar tremularam com a chama da caveira, num sopro.

Passei os olhos pelo Abrigo. As cabeças degoladas de gaivotas, coelhos, corvos, ratos, corujas, toupeiras e lagartinhos olhavam para mim. Estavam penduradas, secas, em pequenos nós de cordão negro suspensos em metros de corda estirada por todo o lugar, e sombras turvas se moviam lentamente nas paredes às suas costas. No chão, perto das paredes, em bases de madeira ou pedra, ou em garrafas e latas que o mar tinha rejeitado, minha coleção de caveiras me olhava. Os crânios amarelados de cavalos, cães, pássaros, peixes e bodes encaravam o Velho Saul, alguns com bocas ou bicos abertos, alguns fechados, os dentes expostos como presas à mostra. À direita do altar de tijolos, madeira e concreto, onde ficavam a caveira e as velas, estavam meus frascos de fluidos preciosos. À esquerda, assomava um conjunto alto de gavetas de plástico projetadas para guardar parafusos, arruelas, pregos e ganchos. Cada gaveta, não muito maior que uma caixinha de fósforos, guardava o corpo de uma vespa que havia passado pela Fábrica.

Apanhei uma lata grande à minha direita, abri a tampa encrencada com a ponta da faca e usei uma colherzinha de chá para tirar dali um pouco da mistura branca e colocá-la no prato redondo de metal em frente à caveira do velho cão. Então, peguei o cadáver da vespa mais antiga, que estava numa bandejinha, e o coloquei no meio da pilha de grãos brancos. Coloquei a lata e a gaveta plástica de volta no lugar e acendi a pequena pira com um fósforo.

A mistura de açúcar e herbicida chiou e pegou fogo. A luz intensa passou queimando por mim, e nuvens de fumaça se ergueram em volta da minha cabeça enquanto eu prendia a respiração e meus olhos lacrimejavam. O clarão se apagou em um segundo, e tanto a mistura quanto a vespa eram agora apenas um amontoado preto de detritos chamuscados, que, pouco a pouco, perdiam o calor brilhante e amarelo. Fechei os olhos para inspecionar os padrões, mas só a imagem da explosão permanecia queimando, se desmanchando como o brilho no prato metálico. Ela dançou rapidamente nas minhas retinas, depois desapareceu. Eu esperava que o rosto de Eric aparecesse, ou alguma pista melhor sobre o que estava para acontecer, mas não consegui ver nada.

Inclinei-me um pouco, soprei as velas de vespa, da direita para a esquerda, então soprei por um olho e apaguei a vela na caveira do cachorro. Ainda ofuscado pelo clarão, fui tateando até a porta, por entre a escuridão e a fumaça. Saí, deixando toda a fumaça se espalhar pelo ar úmido. Espirais azuladas e cinzentas se desprendiam do meu cabelo e das minhas roupas enquanto eu ficava ali, parado, tomando fôlego. Fechei os olhos um pouquinho, depois voltei ao Abrigo para arrumar as coisas.

Fechei a porta com a chave. Tinha voltado para casa na hora do almoço e encontrado meu pai rachando lenha no quintal.

"Bom dia", disse ele, enxugando a testa. O tempo estava úmido, talvez até um pouco quente, e ele vestia apenas uma camiseta.

"Oi", respondi.

"Você ficou bem ontem?"

"Sim."

"Eu voltei bem tarde."

"Já tinha ido dormir."

"Imaginei. Você deve estar com fome."

"Posso cozinhar hoje, se quiser."

"Não, tudo bem. Pode rachar a lenha, se estiver a fim. Vou fazer o almoço." Deixou o machado de lado e esfregou as mãos na calça, me olhando. "Foi tudo tranquilo ontem?"

"Foi, sim." Fiz que sim com a cabeça, ainda parado ali.

"Não aconteceu nada?"

"Nada demais", assegurei, largando minhas coisas e tirando a jaqueta. Ergui o machado. "Tudo bem tranquilo, na verdade."

"Que bom", respondeu, aparentemente convencido, e entrou na casa. Comecei a brandir o machado sobre as pilhas de lenha.

Depois do almoço, fui até a cidade com minha bicicleta, a Cascalho, e algum dinheiro. Tinha dito ao meu pai que voltaria antes do jantar. Quando eu estava a meio caminho de Porteneil, começou a chover, então parei para vestir minha capa. A estrada estava ruim, mas cheguei lá sem contratempos. A cidade, na claridade fraca da tarde, estava sombria e deserta. Os carros zuniam pela estrada, seguindo para o norte, e alguns tinham os faróis acesos, o que deixava tudo ainda mais sombrio. Fui à loja de armas primeiro, para ver o velho Mackenzie e arrumar outro dos seus estilingues de caça americanos, além de mais chumbinhos para a espingarda.

"E como você vai hoje, rapazinho?"

"Muito bem, e o senhor?"

"Ah, não tão mal, sabe como é", respondeu, sacudindo a cabeça grisalha sem pressa, os olhos amarelados e o cabelo ainda mais pálido pela luz elétrica da loja. Sempre dizíamos as mesmas coisas um para o outro. Muitas vezes eu ficava mais tempo na loja do que precisava, porque ela tinha um cheiro muito bom.

"E como vai indo aquele seu tio? Já não o vejo faz... ah, faz um tempão."

"Vai bem."

"Ah, que bom, que bom", respondeu o sr. Mackenzie, estreitando os olhos com uma expressão vagamente dolorida e concordando com a cabeça, devagar. Concordei também e olhei meu relógio.

"Bom, tenho que ir", disse, começando a sair, pondo o estilingue novo na mochila e guardando os chumbinhos, enrolados em papel pardo, no bolso da minha jaqueta militar.

"Ah, tudo bem. Se você tem que ir, então tem que ir", Mackenzie respondeu, balançando a cabeça na direção do balcão de vidro, como se inspecionasse as iscas, os carretéis e os apitos de caça ali dentro. Tirou um pedaço de pano de perto da caixa registradora e passou a esfregá-lo lentamente sobre o tampo do balcão, erguendo a cabeça apenas uma vez enquanto eu saía, dizendo: "Tchau, então".

"Sim, tchau."

No café Vista ao Mar, aparentemente situado num terrível terreno de precipitação desde que fora nomeado, já que dali seria preciso ter pelo menos um segundo andar para sequer vislumbrar a água, tomei um café e joguei *Space Invaders*. Tinham um fliperama novo, mas, depois de uma ficha ou duas, eu já estava dominando os controles e havia ganhado uma nave extra. Fiquei entediado com aquilo e sentei com o café.

Observei os cartazes na parede do lugar para ver se tinha algo interessante acontecendo na região num futuro próximo, mas não havia muita coisa além do cineclube. Iam projetar *O Tambor* em breve, mas aquele era um livro que meu pai havia comprado para mim anos antes — um dos poucos presentes de verdade que ele já me deu — e, por isso, eu evitava lê-lo, com todas as minhas forças, como tinha feito com *Myra Breckinridge*, outro dos seus raros presentes. Normalmente meu pai me dava o dinheiro que eu pedia e me deixava comprar o que eu quisesse. Não acho que ele se importe de verdade. No entanto, por outro lado, ele não me negaria nada. Até onde sei, temos um tipo de acordo tácito no qual, enquanto eu continuar quieto sobre não existir oficialmente, posso fazer mais ou menos o que quiser na ilha, e comprar mais ou menos o que quiser na cidade. A única coisa sobre a qual tínhamos discutido nos últimos tempos era a moto, que ele disse que compraria quando eu fosse um pouco mais velho. Sugeri que seria uma boa ideia comprá-la no meio do verão, pois assim eu teria bastante tempo para praticar antes que o tempo ruim começasse, mas ele achava que nessa época teria muito tráfego de turistas pela cidade e nas estradas vizinhas. Eu acho que ele só está tentando enrolar. Pode ser que esteja apavorado com a possibilidade de eu ganhar muita independência, ou talvez só tenha medo de que eu me mate como um monte de jovens parece fazer quando pega uma moto. Não sei. Nunca sei exatamente o quanto ele se importa comigo. Pensando bem, nunca sei exatamente o quanto eu me importo com ele.

Tinha bastante esperança de encontrar alguém que eu conhecesse enquanto estava na cidade, mas as únicas pessoas que vi foram o sr. Mackenzie na loja de armas e a srta. Stuart no café, gorda e entediada detrás do seu balcão de fórmica, lendo um romance vagabundo. Não que eu conheça tanta gente assim, devo dizer. Jamie é o meu único amigo de verdade, ainda que através dele eu tenha mais ou menos conhecido um pessoal da minha idade. Não ir à escola e ter que fingir o tempo inteiro que não moro na ilha fez com que eu crescesse sem contato com ninguém da minha idade (a não ser Eric, claro, mas mesmo ele esteve longe por muito tempo), e bem na época em que eu pensava em me aventurar por aí e conhecer mais pessoas, Eric enlouqueceu, e as coisas ficaram um pouco desconfortáveis na cidade, por um tempo.

As mães diziam às crianças para se comportarem, senão *Eric Cauldhame* as pegaria e faria coisas horríveis a elas, com larvas e minhocas. Como não poderia deixar de ser, a história foi pouco a pouco se transformando, e dizia-se que Eric colocaria fogo nas crianças, não só nos seus bichinhos de estimação. E, como também acredito que não poderia deixar de ser, as crianças passaram a achar que *eu* era Eric, ou que eu fazia as mesmas coisas. Ou talvez seus pais desconfiassem de Blyth, Paul e Esmerelda. De todo modo, eles corriam de mim, ou gritavam desaforos à distância, então eu me mantinha discreto e reduzia minhas idas à cidade ao mínimo necessário. Recebo olhares desconfiados na rua, de crianças, jovens e adultos, e sei que algumas mães dizem para os filhos se comportarem ou *"Frank vai pegar vocês"*, mas isso não me incomoda. Posso levar numa boa.

Montei na bicicleta e voltei para casa um tanto despreocupado, atravessando poças pelo caminho e chegando ao Salto — um trecho onde há uma ladeira comprida de uma duna e um montinho alto de onde é fácil sair do chão — a uns bons quarenta quilômetros por hora, aterrissando com um baque lamacento que por pouco não me arremessou nos espinhos e me deixou com um hematoma bem doído, quase berrando de dor. Mas cheguei são e salvo. Disse ao meu pai que eu estava bem e estaria pronto para o jantar em mais ou menos uma hora, daí segui ao barracão para limpar a Cascalho. Depois disso, preparei algumas bombas para substituir as que eu usara no dia anterior, e mais algumas sobressalentes. Liguei o velho aquecedor elétrico no galpão, não para me aquecer, mas para manter o potente higroscópio ligado e absorvendo a umidade do ar.

O que eu realmente queria, na verdade, era não precisar carregar sacos e sacos de açúcar e latas de herbicida desde a cidade para encher os canos e tubos que Jamie, o anão, arrumava para mim lá na empreiteira de Porteneil em que trabalhava. Tendo um porão com explosivo suficiente para varrer meia ilha do mapa, isso parecia um tanto desnecessário, mas meu pai não me deixaria chegar perto daquilo.

Tinha sido o pai dele, Colin Cauldhame, quem tirara os explosivos de um desmanche de embarcações que ficava mais abaixo no litoral. Um dos seus parentes trabalhava lá e encontrara algum barco antigo de guerra com o depósito ainda cheio de cordite, o explosivo em questão. Colin o comprou e usou para acender o fogo. Solto, a cordite serve como um bom acendedor. Ele havia comprado o suficiente para abastecer a casa por uns duzentos anos, mesmo que seu filho continuasse usando, então talvez Colin pensasse em vender. Sei que o meu pai usara a cordite por um período, acendendo o fogão com aquilo, mas já tinha algum tempo que não fazia mais isso. Só Deus sabe o quanto ainda tem lá embaixo. Eu cheguei a ver grandes pilhas e fardos ainda com a marca da Marinha da Grã-Bretanha neles, e sonhava acordado com vários jeitos diferentes de conseguir um pouco, mas a menos que eu cavasse um túnel desde o barracão e tirasse a cordite pelos fundos, para parecer que os fardos continuavam intocados para quem via do porão, não sei como seria possível. Meu pai confere o lugar a cada poucas semanas, descendo nervoso com uma lanterna, contando os fardos, cheirando o local e verificando o termômetro e o higrômetro.

O porão é agradável e fresco, nada úmido, apesar de eu achar que ele fica acima do nível d'água, e meu pai parece saber o que está fazendo, confiante de que os explosivos não vão ficar instáveis. Mas acho que ele se preocupa com isso, e tem se preocupado desde o Círculo da Bomba. (Minha culpa outra vez. Foi durante minha segunda morte, quando acho que a família começou a suspeitar.) Porém, se ele tem tanto medo assim, então não sei por que não joga tudo fora. Acho que tem suas próprias superstições com relação à cordite. Qualquer coisa como um vínculo com o passado, um demônio maligno que nos espreita, símbolo de todos os crimes da nossa família. Esperando, talvez, para um dia nos surpreender.

Seja como for, não tenho acesso a isso, e preciso carregar metros de tubos negros de metal desde a cidade, trabalhar neles, torcê-los, e cortá-los, e furá-los, e pregá-los, e dobrá-los de novo, forçando-os no torno até que a bancada e o galpão comecem a gemer com o meu esforço. Imagino que seja um tipo de artesanato, de algum modo, e com certeza preciso de alguma perícia, mas às vezes fico cansado e foco meu pensamento no uso que darei àqueles pequenos torpedos negros, senão não teria forças para continuar carregando e torcendo.

Deixei tudo em ordem e limpei o barracão depois de fabricar umas bombas; em seguida, fui jantar.

"Estão procurando por ele", meu pai disse de repente, entre uma colherada e outra de couve e proteína de soja. Seus olhos escuros me fitaram como uma rajada de fogo e cinzas, depois baixaram outra vez. Tomei um gole da cerveja que tinha aberto. O novo lote de cerveja caseira estava mais saboroso que o último, e mais forte.

"Eric?"

"Sim, Eric. Estão procurando por ele nas charnecas."

"Nas charnecas?"

"Acham que pode ser onde ele está."

"É, isso explica por que eles estão procurando por lá."

"Exatamente", meu pai concordou. "Por que você está cantarolando, Frank?"

Pigarreei e continuei comendo meu hambúrguer, fingindo não tê-lo escutado.

"Eu estava pensando", disse ele, depois deu mais uma colherada na mistura verde-amarronzada e mastigou por um tempão. Aguardei para ouvir o que meu pai diria em seguida. Apontou a colher para o alto da escada, num movimento lerdo, e falou: "De que tamanho você acha que é o fio do telefone?".

"Esticado ou enrolado?", perguntei rapidamente, baixando meu copo de cerveja. Ele resmungou e não disse mais nada, voltando ao seu prato. Parecia satisfeito, até mesmo contente. Bebi.

"Tem alguma coisa especial que você queira que eu compre na cidade?", perguntou, por fim, enquanto engolia a comida com suco natural de laranja. Sacudi a cabeça, tomando minha cerveja.

"Não, só o de sempre", disse, dando de ombros.

"Purê pré-cozido, hambúrgueres, açúcar, bolinhos, cereais e besteiras desse tipo, imagino." Deu uma risadinha, caçoando, ainda que tivesse dito tudo com certa indiferença.

Concordei. "É, essas coisas. Você sabe do que gosto."

"Você não se alimenta direito. Eu devia ter sido mais rígido nisso."

Não respondi nada, mas continuei a comer devagar. Dava para sentir que ele me observava do outro lado da mesa, girando o copo de suco e olhando para mim enquanto eu comia debruçado sobre o prato. Sacudiu a cabeça e saiu da mesa, levando o prato até a pia para lavá-lo.

"Vai sair hoje à noite?", perguntou, abrindo a torneira.

"Não, vou ficar aqui em casa. Amanhã à noite eu saio."

"Espero que não vá encher a cara outra vez. Qualquer dia vai acabar sendo preso, e aí, onde vamos parar?" Olhou para mim. "Hein?"

"Eu não encho a cara", assegurei. "Só bebo um pouquinho, para ser sociável, e pronto."

"Bom, você faz bastante barulho quando chega em casa, para alguém que só é sociável, ah, isso faz." Olhou novamente para mim de um jeito sombrio e se sentou.

Balancei os ombros. Claro que eu enchia a cara. Para que diabos ia beber se não fosse para ficar bêbado? Mas eu tomo cuidado. Não quero causar nenhum problema.

"Bom, é só ter juízo, então. Dá para saber quanto você bebeu só pelos peidos que solta." Ele fez um som de gases com a boca.

Meu pai tem uma teoria sobre a ligação entre a mente e o intestino ser tanto fundamental quanto direta. É outra das suas ideias que ele tenta transmitir às pessoas como algo interessante. Ele tem um manuscrito sobre o assunto ("O Peido Perfeito") que volta e meia envia às editoras de Londres, que, obviamente, o remetem de volta. De um jeito ou de outro, ele sempre diz que é capaz de saber, pelo peido, não apenas o que a pessoa comeu e bebeu, mas também que tipo de pessoa ela é, o que *deveria* comer, se está emocionalmente instável ou preocupada, se está guardando segredos, tirando sarro de você pelas costas ou tentando agradá-lo, e até o que ela está pensando no exato momento do peido (sobretudo pelo barulho). Não faz o menor sentido.

"Hum", respondi, sem vestir a carapuça.

"Ah, dá para saber", ele disse quando terminei de comer e me recostei, limpando a boca com as costas da mão, mais para aborrecê-lo do que por outro motivo. Ele continuou meneando a cabeça. "Sei quando você toma cerveja escura ou *lager*. E já senti cheiro de Guinness também."

"Eu não bebo Guinness", menti, secretamente impressionado. "Não quero pé de atleta na garganta."

A piadinha não pareceu surtir nenhum efeito nele, que continuou a falar sem nenhuma pausa: "É dinheiro jogado fora. Não espere que eu vá sustentar seu alcoolismo".

"Ah, quanta besteira", respondi e me levantei.

"Eu sei do que estou falando. Já vi homens melhores que você achando que podiam controlar a bebida e terminarem na sarjeta com uma garrafa de conhaque."

Se ele queria me ofender com aquela alfinetada, não conseguiu. "Homens melhores do que você" já tinha deixado de funcionar há muito tempo.

"Bom, a vida é minha, não é?", falei, e saí da cozinha depois de colocar o prato na pia. Meu pai não respondeu.

Naquela noite assisti à televisão e escrevi algumas coisas, atualizando os mapas para incluir o novo Morro do Destruidor Negro. Adicionei algumas descriçõezinhas do que eu tinha feito aos coelhos e registrei tanto o efeito das bombas usadas quanto o processo de manufatura das novas. Resolvi que deixaria a Polaroid na Mochila de Guerra dali em diante. Expedições punitivas pouco arriscadas, como aquela contra os coelhos, compensariam o peso extra e o tempo gasto a mais para utilizá-la. Claro que, no caso de ações bem diabólicas em que a Mochila de Guerra precisa ser autossuficiente, a câmera seria uma desvantagem, mas eu não tinha uma ameaça de verdade já havia dois anos, desde a vez em que uns moleques mais velhos na cidade resolveram me intimidar em Porteneil e armar uma emboscada no caminho.

Pensei que as coisas ficariam bem difíceis por um tempo, mas elas nunca se complicaram tanto quanto eu esperava. Eu os ameacei com a minha faca certa vez, depois que pararam minha bicicleta e ficaram me empurrando e exigindo dinheiro. Naquela situação, eles recuaram, mas uns dias depois tentaram invadir a ilha. Mantive-os longe com estilingadas e pedras, e eles atiraram de volta com pequenas armas de pressão, e por um tempinho aquilo foi empolgante, mas então a sra. Clamp apareceu dando sermão e ameaçando chamar a polícia. Depois que os moleques a xingaram um pouco, foram embora.

Foi aí que desenvolvi o sistema de esconderijos, deixando estoques de bolinhas de aço, pedras, parafusos e chumbos de pesca em sacos plásticos enterrados em pontos estratégicos da ilha. Também preparei algumas armadilhas e sistemas com fios presos a garrafas de vidro no meio do mato, nas dunas perto do córrego. Dessa forma, se alguém tentasse se esgueirar por ali, acabaria preso na armadilha ou arrebentando os fios, arrancando as garrafas dos buracos na areia e derrubando-as todas. Fiquei de guarda pelas seis noites seguintes, com a cara na claraboia do sótão, os ouvidos atentos a qualquer vidro quebrando ou gente praguejando em voz baixa, ou aos sinais mais comuns dos pássaros assustados alçando voo, mas não aconteceu nada. Eu simplesmente evitei os moleques na cidade por um tempo, indo até lá apenas com o meu pai ou quando sabia que estariam na escola.

O sistema de esconderijos sobreviveu, e eu ainda adicionei um par de bombas incendiárias em um ou dois dos pontos escondidos no provável caminho de um ataque vindo por onde as garrafas se espatifariam, mas os sistemas de fios eu desmanchei e guardei no galpão. Meu Manual de Defesa, que contém coisas como mapas da ilha com os esconderijos marcados, rotas de ataque esperadas, um sumário de táticas e a lista de armamentos que eu tinha ou poderia fabricar, incluía nesta última categoria algumas coisas bastante desagradáveis, como fios e armadilhas montadas a um braço de distância de cacos de vidro escondidos na grama, minas elétricas detonáveis, enterradas na areia, feitas com canos e pregos pequenos, além de umas poucas armas interessantes, apesar de improváveis, como frisbees com navalhas encravadas nas bordas.

Não que eu queira matar alguém agora, isso tudo é muito mais para defesa do que para ofensivas, e faz eu me sentir muitíssimo mais seguro. Logo vou ter dinheiro para uma besta poderosa de verdade, e realmente não vejo a hora. Vai ajudar com o fato de eu nunca ter convencido meu pai a comprar uma espingarda ou uma escopeta que eu pudesse usar de vez em quando. Tenho minhas atiradeiras, meus estilingues e minhas espingardas de chumbinho — e, sob certas circunstâncias, todos eles podem ser letais —, mas não têm o alcance de longa distância que eu tanto quero. As bombas caseiras são a mesma coisa. Elas precisam ser plantadas, ou no máximo arremessadas perto do alvo, e mesmo atirar as pequeninas com um estilingue é um processo impreciso e lento. Posso pensar em algumas coisas horríveis acontecendo com a arma também. As bombas-para-atirar precisam de um pavio realmente curto se eu quero que elas explodam logo que atinjam o alvo e não deem tempo para serem arremessadas de volta. E já aconteceu algumas vezes de elas explodirem quase imediatamente após saírem da atiradeira.

Tentei com armas, claro, tanto as armas simples de projéteis quanto de morteiros, que poderiam disparar as bombas caseiras bem alto, mas elas sempre eram desajeitadas, arriscadas e lentas, com uma propensão enorme a explodir.

Uma escopeta seria ideal, apesar de que eu teria que me contentar com uma .22, mas uma besta vai ter que servir. Talvez um dia eu consiga contornar minha não existência oficial e fazer uma requisição de arma de fogo, apesar de mesmo assim eu correr o risco de não consegui-la. Ah, viver nos Estados Unidos, volta e meia penso nisso.

Eu marcava os esconderijos das bombas incendiárias cuja evaporação eu já não inspecionava havia tempo, quando o telefone tocou. Olhei no relógio, surpreso com a hora avançada: quase onze. Desci correndo as escadas até o aparelho, ouvindo meu pai se aproximar da porta do seu quarto conforme eu passava.

"Porteneil, 531." Bipes soaram.

"Caralho, Frank, eu tô com uns calos no pé que nem as crateras da Lua. Como diabos estão as coisas aí com o meu irmãozinho?"

Olhei para o fone, depois para o pai, que se apoiava no corrimão do andar de cima, enfiando o pijama dentro das calças. Falei: "Oi, Jamie, por que você está ligando tão tarde?".

"Mas qu...? Ah, o velho tá por aí, é?", Eric disse. "Diga que ele é um saco de pus borbulhante, por mim."

"Jamie está mandando oi", falei alto para o meu pai, que se virou para voltar ao quarto sem dizer nada. Ouvi a porta se fechando. Voltei ao fone. "Eric, onde você está agora?"

"Ora, porra, não vou contar. Adivinhe."

"Bom, *eu* não sei... Glasgow?"

"Ha, ha, ha, ha, ha", ele gargalhou. Eu cerrei o punho.

"Como você está? Tudo bem?"

"Tudo. E você?"

"Ótimo. Escuta, você está comendo? Tem algum dinheiro? Está pegando caronas ou o quê? Eles tão atrás de você, sabe, mas ainda não saiu nada nos jornais. Você não..." Parei antes de dizer algo que pudesse aborrecê-lo.

"Tô indo bem. Comendo cães! Ha, ha, ha."

Suspirei. "Meu Deus, isso não é verdade, é?"

"O que mais eu posso comer? É ótimo, Frank, meu velho. Estou ficando nos campos e nos bosques, andando bastante e pegando caronas, e quando chego perto de alguma cidade, eu procuro por um cachorro bem gordão e suculento, e faço amizade com ele, e levo-o para o meio do bosque, e daí mato e como ele. Dava para ser mais simples? Adoro a vida ao ar livre."

"Você está *cozinhando* os bichos, né?"

"Claro que estou cozinhando os bichos, caralho", meu irmão respondeu, indignado. "O que acha que eu sou?"

"E só tá comendo isso?"

"Não. Também roubo umas coisas. Em lojas. É tão fácil. Roubo coisas que nem dá para comer, só porque eu posso. Tipo absorventes, e sacos de lixo, e pacotes tamanho família de salgadinhos, e uma centena de palitos de dente, e doze velinhas de aniversário de todas as cores, e porta-retratos, e capas de volante imitando couro, e porta-guardanapos, e lenços de pano, e purificadores de ar para tirar aquele cheiro de fritura, e umas caixinhas bonitinhas para sei lá o quê, e caixas de fitas cassete, e tampas de tanque de combustível com chaves, e limpador de discos de vinil, e listas telefônicas revistas de dietas suporte de panelas etiquetas com nomes cílios postiços caixas de maquiagem produto antifumo brinquedos relógios..."

"Você não gosta de salgadinhos?", perguntei de repente.

"Hein?" Eric pareceu confuso.

"Você mencionou pacotes tamanho família de salgadinhos como algo que não dá para comer."

"Deus do céu, Frank, *você* conseguiria comer um pacote de salgadinhos tamanho família?"

"E como está indo?", emendei. "Quero dizer, você deve estar dormindo mal. Não está ficando resfriado nem nada?"

"Não estou dormindo."

"Não está *dormindo*?"

"Claro que não. Você não precisa dormir. É só um negócio que *eles* dizem para *controlar* você. Ninguém tem que dormir. Você é *ensinado* a dormir, quando criança. Se tiver bastante determinação, consegue superar isso. Eu dispensei a necessidade de sono. Nunca durmo agora. Desse jeito é muito mais fácil ficar de olho e ter certeza de que eles não vão te *agarrar*. E dá para continuar sempre em movimento. Nada como não parar nunca. Você se torna quase um navio."

"Quase um navio?" Agora eu estava confuso.

"Pare de repetir tudo que eu digo, Frank." Ouvi-o colocar mais moedas no telefone. "Vou te ensinar a não dormir quando eu voltar."

"Obrigado. E quando você espera chegar aqui?"

"Mais cedo ou mais tarde. Ha, ha, ha, ha, ha!"

"Escuta, Eric, por que você está comendo cachorros se pode roubar todas aquelas coisas?"

"Já disse, seu *idiota*. Não dá para comer aquelas merdas."

"Mas, então, por que não rouba coisas que dá para comer, para de roubar as que não pode comer e deixa os cachorros em paz?", sugeri. Soube na hora que não era uma boa ideia: podia ouvir o tom da minha voz subindo mais e mais conforme eu dizia a frase, e aquilo era sempre um sinal de que eu estava entrando em um tipo de bagunça verbal.

Eric berrou: "Tá *maluco*? Qual o problema com você? Qual o sentido disso? São *cachorros*, não são? Não é como se eu estivesse matando gatos, ou camundongos, ou peixinhos dourados, ou nada disso. Estou falando de *cachorros*, seu doido fanático. *Cachorros!*".

"Não precisa gritar comigo", falei com a voz calma, mesmo que estivesse começando a ficar bravo. "Só estava perguntando por que você perde tanto tempo roubando coisas que nem pode comer e depois gasta mais tempo roubando cães quando podia roubar e comer ao mesmo tempo, só isso."

"'Só isso'? '*Só isso*'? Que porra você está tagarelando aí?" Eric berrava, a voz abafada, rouca, contralto.

"Ah, não comece com a gritaria", resmunguei, passando a mão pela testa e pelos cabelos, fechando meus olhos.

"Eu grito se quiser!", berrava. "Pra que você acha que tô fazendo isso tudo? Hein? Pra que caralho você acha que tô fazendo isso tudo? São *cães*, seu saco de merda desmiolado! Não sobrou nada nessa cabeça? O que aconteceu com todo o seu *cérebro*, Frankiezinho? O gato comeu sua língua? Eu perguntei: o gato comeu sua *língua*?"

"Não bata com o fone...", eu disse, sem realmente falar no bocal.

"Eeeeeaaarrrggghhh Bllleeeaarrrgggrrrllleeeooouurrgghh!" Eric cuspiu e largou a linha, e logo começou o ruído do fone sendo esmagado contra as paredes da cabine. Suspirei e coloquei o fone no gancho, pensativo. Parecia que eu não sabia lidar com o meu irmão ao telefone.

Voltei para o quarto, tentando esquecê-lo. Queria estar logo na cama para poder acordar cedo e não perder a cerimônia de nomeação do novo estilingue. Eu pensaria numa forma melhor de lidar com Eric depois que tivesse resolvido aquilo.

...Quase um navio, claro. Que doido.

O CÍRCULO DA BOMBA

FÁBRICA DE VESPAS
IAIN BANKS

4

Muitas vezes, eu pensava em mim mesmo como um território. Um país ou, no mínimo, uma cidade. Era como se as ideias que eu tinha, os cursos de ação que tomava, fossem que nem as diferentes medidas políticas que os países assumem. Sempre me pareceu que as pessoas não votam num novo governo porque elas realmente concordam com a sua política, mas só porque querem uma mudança. De alguma forma, elas acham que as coisas vão ser melhores com um pessoal novo. Bom, as pessoas são estúpidas, mas essas coisas sempre parecem ter mais a ver com humores, caprichos e atmosfera social do que com argumentos bem-pensados. Consigo sentir o mesmo tipo de situação se passando na minha cabeça. Às vezes, os pensamentos e as sensações que tenho não concordam uns com os outros, então acho que devo ter um monte de gente diferente no meu cérebro.

Por exemplo, há uma parte de mim que se sente culpada pela morte de Blyth, Paul e Esmerelda. Essa mesma parte agora sente culpa por ter se vingado de coelhos inocentes só por causa de um coelhão selvagem. Mas eu comparo isso a um partido de oposição no parlamento ou a críticas da imprensa. Agem como uma consciência, um freio, mas não estão no poder e dificilmente vão assumi-lo. Outra parte de mim é racista, provavelmente porque eu quase nunca encontro gente de cor e porque o que sei delas chega a mim pelos jornais e pela televisão, onde negros costumam ser referidos por números e como culpados até que se prove o contrário. Essa parte em mim ainda é bastante forte, ainda que eu saiba, claro, que não existe nenhum motivo lógico para o ódio racial. Sempre que vejo gente de cor em Porteneil, comprando lembrancinhas ou parando para um lanche, torço para que eles me perguntem algo para eu poder mostrar quão educado sou e como meu lado racional é mais forte que os instintos estúpidos ou que o costume.

Por isso mesmo, não existia nenhuma *necessidade* de me vingar dos coelhos. Nunca existe, nem no mundo lá fora. Eu acho que as represálias contra pessoas que têm ligações tênues ou muito distantes com aquelas que cometeram algum erro, na verdade, só servem para fazer com que o indivíduo que está se vingando se sinta bem. Tipo a pena de morte. Você quer pena de morte porque ela faz com que *você* se sinta melhor, não porque seja uma medida de restrição ou qualquer besteira assim.

Pelo menos os coelhos não vão saber que Frank Cauldhame fez o que fez a eles, do jeito que um grupo de pessoas sabe sobre o que os bandidos fizeram, com a vingança resultando no efeito contrário ao desejado, estimulando mais do que pondo um fim à resistência. Pelo menos eu admito que fiz tudo para reforçar meu ego, recuperar meu orgulho e me dar prazer, não para salvar a nação, garantir justiça ou honrar os mortos.

Então, há partes de mim que estavam rindo com certo escárnio na cerimônia de nomeação do novo estilingue. No território da minha cabeça, é como se intelectuais em um país zombassem de uma religião, ainda que não pudessem negar o efeito de massa que ela tem sobre as pessoas. Na cerimônia, untei o metal, a borracha e o plástico do novo equipamento com cera de ouvido, catarro, sangue, urina, felpo umbilical e craca de unha do pé. Batizei-o atirando com o estilingue vazio numa vespa sem asas que se arrastava pela Fábrica, e também com um tiro no meu pé descalço, que ficou marcado.

Partes de mim acham tudo isso um absurdo, mas são uma minoria ínfima. O restante de mim sabe que esse tipo de coisa *funciona*. Que me dá poder, faz de mim parte do que possuo e de onde estou. Faz eu me sentir bem.

Encontrei uma foto de Paul bebezinho num dos álbuns que guardo no sótão e, depois da cerimônia, escrevi o nome do novo estilingue nas costas da foto, pressionei-a contra uma bolinha de aço e prendi com uma fitinha. Depois desci, para fora do sótão e da casa, rumo à garoa gelada de um novo dia.

Fui até as ruínas da doca velha, no extremo norte da ilha. Estirei a borracha até quase o máximo e lancei a bolinha amarrada à foto, chiando e girando, no meio do mar. Não vi onde caiu.

O estilingue ficaria a salvo enquanto ninguém soubesse seu nome. Isso não ajudara o Destruidor Negro, é claro, mas ele tinha morrido por causa de um erro meu, e meu poder é tão forte que, quando dá errado, o que quase nunca acontece, mesmo as coisas em que investi bastante proteção se tornam vulneráveis. Outra vez, na cabeça-território, eu sentia a raiva por ter cometido aquele erro e uma determinação de não deixar acontecer de novo. Era como se um general que tivesse perdido uma batalha ou um território importante recebesse uma punição ou um tiro.

Bom, eu tinha feito o que podia para proteger o novo estilingue, e mesmo que estivesse triste pelo que acontecera nos Campos de Coelho e pela perda de uma arma confiável com tantas honras de batalha no seu nome (para não falar de um pedaço considerável do orçamento da Defesa), pensava que tinha sido melhor assim. A parte de mim que cometera o erro com o coelhão, deixando-o levar a melhor por um momento, poderia ainda estar por perto se não fosse por aquela situação difícil. O general incompetente ou desencaminhado fora dispensado. A volta de Eric poderia exigir que todo o meu poder e todos os meus reflexos estivessem no auge da eficiência.

Ainda era bem cedo e, embora a neblina e a garoa pudessem ter me abrandado um pouco, eu ainda me sentia bem e confiante pela cerimônia de nomeação.

Tive vontade de dar uma Corrida, então deixei a jaqueta perto da Estaca onde eu estivera no dia em que Diggs apareceu com as notícias e prendi o estilingue bem firme na cintura. Apertei as botas, depois de conferir se as meias estavam esticadas e sem dobras, então comecei a correr devagar até a linha na areia batida, entre as algas e marcas da maré. A garoa ia e vinha, e era possível ver o sol de vez em quando, através da neblina e das nuvens, como um disco vermelho e borrado. Um vento fraco soprava do norte, e fui na sua direção. Pouco a pouco aumentei o ritmo, em uma corrida suave e de passos largos que botou meus pulmões para funcionar direito e deixou as pernas bem-dispostas. Os braços, travados no começo, se moviam num ritmo fluido, jogando primeiro um e depois o outro ombro para a frente. Respirei fundo, pisando a areia. Cheguei aos braços de rio que trançavam a areia, ajustando meus passos para poder pular por eles sem dificuldade, um salto por vez. Mais uma vez, baixei a cabeça a acelerei. Cabeça e punhos golpeavam o ar, os pés se dobravam, tomavam impulso, firmavam o passo e me impeliam.

O ar me açoitava, pequenas rajadas de chuva fina ardiam ao bater em mim. Meus pulmões se enchiam e esvaziavam, se enchiam e esvaziavam. Torrões de areia úmida se soltavam de minhas solas, voando cada vez mais alto quanto mais eu acelerava, fazendo arcos no ar e se espatifando de volta enquanto eu corria já longe. Levantei o rosto e joguei a cabeça para trás, oferecendo o pescoço ao vento como um amante, à chuva como uma oferenda. O fôlego arranhava minha garganta, e a leve tontura que eu começara a sentir por causa da superoxigenação diminuiu assim que os músculos supriram meu sangue de energia. Acelerei, aumentando a velocidade enquanto a linha ondulada de algas mortas, e madeira podre, e latas, e garrafas deslizava sob mim. Eu me sentia uma conta num cordão sendo puxado pelo ar, sugado pela garganta, pelos pulmões e pelas pernas, como um pulso de energia contínua. Mantive a aceleração o máximo que pude. Então, quando senti que começava a diminuir, relaxei, voltando a simplesmente correr rápido por um tempo.

Arremeti praia afora, as dunas à minha esquerda se movendo como arquibancadas numa pista de corrida. À frente, eu podia ver o Círculo da Bomba, onde eu pararia ou desviaria. Acelerei de novo, cabeça baixa e gritando por dentro, berrando mentalmente, minha voz como uma prensa, pressionando firme para tirar das pernas um último esforço. *Voei* pela areia, o corpo dobrado para a frente de um jeito louco, os pulmões explodindo, as pernas pesadas.

O momento ficou para trás e logo diminuí o ritmo, passando a um trote conforme me aproximava do Círculo da

Bomba, quase tombando dentro dele, me atirando deitado na areia, cansado, ofegante, olhando para o céu cinzento e a garoa invisível, braços abertos no meio das pedras. Meu peito subia e descia, o coração martelava. Um ruído entorpecido encheu meus ouvidos, e meu corpo inteiro formigava e tremia. Os músculos das minhas pernas pareciam estar num tipo de tensão tremida ou dormente. Deixei a cabeça cair para um lado, a bochecha sobre a areia molhada e fria.

Imaginei qual seria a sensação de morrer.

O Círculo da Bomba, a perna do meu pai e sua bengala, talvez sua relutância em me dar uma moto, as velas na caveira, as legiões de ratos e hamsters mortos — tudo culpa de Agnes, a segunda esposa do meu pai e minha mãe.

Não consigo me lembrar da minha mãe, porque se lembrasse, eu a odiaria. Do jeito que é, odeio seu nome, a ideia dela. Foi ela quem deixou os Stove levarem Eric para Belfast, para longe da ilha, longe do que ele conhecia. Eles achavam que meu pai era um pai ruim porque vestia Eric como uma menina e deixava ele solto por aí, e minha mãe deixou que o levassem porque ela não gostava de crianças, em geral, e de Eric, em particular. De algum modo, ela achava que ele era ruim para seu carma. Talvez o mesmo desgosto por crianças tenha feito com que ela me abandonasse assim que me deu à luz, e também tenha causado seu retorno unicamente pelo fato de que ela era ao menos em parte responsável pelo meu pequeno acidente. Considerando tudo, acho que tenho bons motivos para odiá-la. Fiquei ali, deitado no Círculo da Bomba, onde matei seu outro filho, desejando que ela também estivesse morta.

Voltei correndo devagar, pulsando de energia e me sentindo ainda melhor do que me sentira no começo da Corrida. Já estava ansioso para sair à noite — umas cervejinhas e um papo com Jamie, meu amigo, e alguma música barulhenta e suadoura no Arms. Dei um pique curto, só para sacudir a cabeça enquanto corria e tirar a areia dos cabelos, e então voltei ao trote calmo.

As pedras do Círculo da Bomba normalmente me deixavam pensativo, e agora não foi exceção, especialmente se considerarmos que fiquei deitado lá dentro como um tipo de Cristo ou algo assim, aberto aos céus, sonhando com a morte. Bom, Paul se foi tão rápido quanto possível. Eu decididamente fui altruísta naquela vez. Blyth teve bastante tempo para entender o que estava acontecendo, pulando pelo Parque da Serpente e berrando enquanto a cobra furiosa e enraivecida mordia seu cotoco várias vezes, e a pequena Esmerelda pode ter suspeitado do que aconteceria a ela, enquanto era lentamente soprada para longe.

Meu irmão Paul tinha cinco anos quando o matei. Eu tinha oito. Já fazia mais de dois anos que eu matara Blyth com a víbora quando vi uma oportunidade de me livrar de Paul. Não que eu tivesse algo contra ele. Eu apenas sabia que ele não podia ficar. Sabia que não poderia me livrar do cão até que ele se fosse (Eric, o coitadinho, e bem-intencionado, e brilhante, mas ignorante Eric, ainda achava que eu não podia, e eu não consegui dizer a ele porque eu sabia que podia).

Paul e eu tínhamos saído para dar uma volta na praia, na parte norte, em um dia calmo e claro de outono, depois de uma noite de tempestade violenta, que arrancara tábuas inteiras do telhado de casa, derrubado uma das árvores perto do antigo curral e até arrebentado um dos cabos de sustentação da ponte. Meu pai levou Eric para consertar as coisas e limpar tudo, enquanto eu e Paul saíamos do caminho deles.

Sempre me dei bem com Paul. Talvez porque eu soubesse, desde pequeno, que ele não duraria muito neste mundo, tentava fazer com que o tempo dele fosse o mais agradável possível, e, por isso, acabava tratando-o muito melhor do que crianças costumam tratar seus irmãos mais novos.

Percebemos que a tempestade havia mudado muita coisa assim que chegamos ao rio que marca o fim da ilha. Ele estava absurdamente fundo, cavando canais imensos na areia, as ondas de água marrom abrindo valas e arrancando pedaços das margens, sem parar, arrastando-os para longe. Tivemos que seguir direto quase até o mar, no limite da maré baixa, antes de conseguirmos atravessar. Continuamos, eu segurando a mão de Paul, nenhuma malícia no meu coração. Paul cantava sozinho e fazia perguntas daquele tipo que crianças fazem, sobre por que os pássaros não eram todos levados na tempestade ou por que o mar não transbordava se o rio estava tão cheio?

Conforme andávamos pela areia em silêncio, parando para olhar todas as coisas interessantes que a maré trazia, a praia pouco a pouco desapareceu. Onde antes havia areia se esticando como uma linha dourada até o horizonte, agora víamos cada vez mais pedras expostas, até que, à distância, as dunas alcançavam um limite de pura pedra. A tempestade havia soprado toda a areia durante a noite, começando bem na margem do rio e continuando para muito além dos lugares que eu nomeara ou mesmo que conhecia. Era uma visão impressionante, que me deixou um pouco assustado no começo, porque era uma mudança realmente enorme, e eu fiquei preocupado que aquilo acontecesse com a ilha, algum dia. Mas eu lembrei do meu pai falando que aquele tipo de coisa já havia acontecido antes, e que a areia sempre voltava nas semanas ou nos meses seguintes.

Paul se divertiu muito correndo e pulando de pedra em pedra, atirando seixos nas poças de água. Poças no meio das pedras eram novidade para ele. Continuamos seguindo pela praia devastada, ainda encontrando pedaços interessantes de lixo na maré e finalmente chegando ao que eu pensei ser uma caixa d'água enferrujada ou uma canoa meio enterrada na areia, quando a vi de longe. Estava atolada em uma porção de areia, inclinada num ângulo bem íngreme, com mais ou menos um metro para fora. Paul tentava pegar peixes em uma das poças enquanto eu olhava para ela.

Toquei a lateral do cilindro afilado, curioso, sentindo algo bastante tranquilo e poderoso naquilo, ainda que eu não soubesse por quê. Então dei um passo para trás e olhei novamente. Sua forma ficou clara, e enfim pude adivinhar mais ou menos quanto daquilo ainda estava enterrado na areia. Era uma bomba, com o bico para fora.

Voltei com cuidado até lá, passando a mão nela devagar e sussurrando, pedindo calma. Era vermelho-ferrugem e negra na sua decadência arredondada, cheirando mal e projetando uma sombra envolvente. Segui a linha da sombra pela areia, subindo as pedras, e me deparei com o pequeno Paul, chapinhando feliz numa poça, batendo na água com uma tábua de madeira quase tão grande quanto ele. Sorri, chamando-o para perto.

"Está vendo isso?", perguntei. Era uma pergunta retórica. Paul fez que sim, com os olhos arregalados e fixos. "Isso", eu disse, "é um sino. Que nem aqueles na igreja da cidade. O barulho que a gente ouve aos domingos, sabe?"

"Sei. Logo dipois do fé da manhã, Frank?"

"O quê?"

"O barulho dipois do fé da manhã de domingo, Frank." Paul tocou suavemente meu joelho com a mãozinha gorda.

Concordei. "É, isso mesmo. Sinos fazem aquele barulho. São coisas enormes de metal oco cheias de barulhos dentro, e deixam os barulhos saírem aos domingos de manhã depois do café. É isso que é."

"Um fé da manhã?" Paul ergueu o olhar para mim com a testinha incrivelmente enrugada. Balancei a cabeça, paciente.

"Não. Um sino."

"S de sino", Paul falou com calma, balançando a cabeça e encarando o dispositivo enferrujado. Provavelmente relembrando alguma lição. Era uma criança esperta. Meu pai pretendia mandá-lo para uma escola de verdade quando chegasse a hora e já havia começado a ensinar-lhe o alfabeto.

"Isso mesmo. Bom, esse sino velho deve ter caído de algum navio ou talvez tenha encalhado aqui com alguma enxurrada. Já sei o que vamos fazer: eu vou até o alto das dunas e você bate nele com seu pedaço de pau, daí eu vejo se consigo ouvi-lo de lá. Vamos fazer isso? Que tal? Vai fazer um barulhão e você provavelmente vai ficar com medo."

Eu me ajoelhei para ficar com o rosto no nível do dele. O menino fez que não com a cabeça, com força, e apertou o nariz contra o meu. "Não! Num vô ficá com medo!", gritou. "Eu vô..."

Estava prestes a passar direto por mim e acertar a bomba com o pedaço de madeira — já o havia levantado bem acima da cabeça e tomado fôlego — quando me virei e o agarrei pela cintura.

"*Ainda não*", falei. "Espere até eu estar bem longe. É um sino velho, pode ter sobrado só um barulho dentro. Você não quer desperdiçá-lo, quer?"

Paul tentou se livrar de mim, e a expressão no seu rosto mostrava que ele não se importaria em desperdiçar nada, contanto que pudesse bater no sino com sua tábua de madeira. "Tá", ele disse, e parou de se contorcer. Larguei-o. "Mas posso bater com muita, *muita* força?"

"Com toda a força que você tiver, quando eu acenar do alto daquela duna ali. Certo?"

"Posso dreinar?"

"Treine batendo na areia."

"Posso bater nas poças?"

"Pode. Treine batendo nas poças d'água. Ótima ideia."

"Posso bater *nesta* poça?" Apontou, com o pedaço de pau, para a poça lamacenta em torno da bomba. Sacudi a cabeça.

"Não, isso pode deixar o sino bravo."

Ele franziu a testa. "Os sinos ficam *bavos*?"

"Ficam, sim. Estou indo agora. Você bate no sino com bastante força e eu ouço o barulho bem forte, certo?"

"Sim, Frank."

"Não vai bater no sino antes que eu acene, vai?"

Ele negou com a cabeça. "Pometo."

"Ótimo. Não vou demorar." Virei-me e corri para as dunas num ritmo lento. Sentia uma coisa estranha. Olhei em volta enquanto corria, conferindo se não havia ninguém por perto. Apenas algumas gaivotas voavam pelo céu rajado de nuvens. Quando olhei para trás, sobre o ombro, vi Paul. Ele ainda estava perto da bomba, golpeando a areia com a tábua, segurando com as duas mãos e descendo o braço com toda a força, pulando e gritando ao mesmo tempo. Corri mais rápido, passando pelas pedras até a areia firme, depois pela subida de areia dourada, fina e seca, e de lá para a grama no topo da duna mais próxima. Cheguei ao topo e olhei para a areia e as pedras, onde Paul estava, um pontinho contra o brilho refletido pelas poças e pela areia úmida, encoberto pelo cone de metal inclinado às suas costas. Fiquei de pé, esperando até que ele me visse, dei mais uma olhada em volta e então acenei com a mão bem alta e me atirei no chão.

Enquanto estava deitado lá, esperando, percebi que não tinha dito a Paul *onde* ele devia bater na bomba. Nada aconteceu. Fiquei deitado, sentindo minha barriga afundar lentamente na areia do topo da duna. Dei um suspiro e resolvi olhar.

Paul era uma marionete distante, se sacudindo, e pulando, e jogando os braços para trás, e golpeando a lateral da bomba repetidas vezes. Eu conseguia ouvir seus berros enérgicos por sobre o sussurro do vento na grama. "Merda", disse a mim mesmo, e apoiei o queixo com a mão bem na hora em que Paul, depois de olhar rapidamente na minha direção, passou a atacar o nariz da bomba. Ele bateu uma vez antes de eu tirar o apoio do queixo e me preparar para me proteger. Paul, a bomba, sua pequena pocinha e todas as coisas por uns dez metros subitamente desapareceram numa coluna de areia, fumaça e pedras voando, tudo detonado de uma vez, por dentro, naquele momento breve e ofuscante da explosão.

A torre ascendente de destroços cresceu e se espalhou, voltando a cair no momento em que a onda de choque me atingia na duna. Eu percebia vagamente que as dunas próximas desmoronavam um pouco. Então, o barulho cobriu tudo, um estrondo cortante e ruidoso de trovão. Vi um círculo aumentando a partir do centro da explosão, conforme os destroços caíam de volta à terra. A coluna de gás e areia foi soprada pelo vento, escurecendo o solo sob sua sombra e criando uma cortina de fumaça como aquelas que se veem em nuvens muito carregadas às vezes, quando a chuva começa a cair. Eu já conseguia enxergar a cratera.

Corri para lá. Parei a uns cinquenta metros da cratera ainda fumegante. Não olhei diretamente para nenhum dos troços e negócios caídos em volta, só espiando de rabo de olho, querendo e não querendo ver carne ensanguentada ou farrapos de roupa. O barulho ecoou de volta, distorcido, vindo dos morros para além da cidade. A borda da cratera estava marcada por lascas enormes de rochas arrancadas de debaixo da areia; elas despontavam como dentes quebrados por todo o cenário, apontando para o céu ou tombadas em volta. Assisti à nuvem da explosão ser levada pelo vento através do estuário, dispersa, então me virei e corri de volta para casa.

Hoje em dia, posso dizer que era uma bomba alemã de quinhentos quilos, e que foi abandonada por um avião He. 111 danificado enquanto tentava voltar à base norueguesa depois de uma incursão fracassada contra a base de hidroaviões que ficava no fim do estuário. Gosto de pensar que foi a arma no meu abrigo que o acertou e fez com que ele precisasse dar meia-volta, abandonando suas bombas.

As pontas de algumas daquelas lascas enormes de rocha incandescente ainda aparecem acima da superfície da areia, que enfim voltou. Formam o Círculo da Bomba, o monumento mais apropriado para o coitado do Paul: um círculo blasfemo de pedra, onde as sombras brincam.

Tive sorte, mais uma vez. Ninguém viu nada, ninguém conseguia acreditar que eu tinha *feito* aquilo. Dessa vez, eu estava perturbado pela dor, dilacerado pela culpa, e Eric precisou cuidar de mim enquanto eu representava meu papel à perfeição — embora seja eu quem fale isso. Não gostei de enganar Eric, mas sabia que era necessário. Não podia contar a ele que eu fizera aquilo, porque ele não teria entendido o *motivo* de eu ter feito. Teria ficado horrorizado, e muito provavelmente nunca mais seria meu amigo. Então, precisei fazer o papel da criança torturada, que se sentia culpada, e Eric precisou me consolar enquanto meu pai estava de luto.

Na verdade, eu não gostara do jeito que Diggs tinha me interrogado sobre o que acontecera, e em alguns momentos pensei que ele pudesse ter adivinhado, mas minhas respostas pareceram satisfazê-lo. Não ajudava o fato de eu ter que chamar meu pai de "tio" e Eric e Paul de "primos". Tinha sido ideia do meu pai, para tentar enganar a polícia sobre meu parentesco, caso o policial saísse fazendo perguntas e descobrisse que eu não existia oficialmente. Minha história era que eu era o filho órfão do irmão mais novo do meu pai, morto há muito tempo e que só passava algumas temporadas mais longas na ilha, sendo jogado de parente para parente até que meu futuro estivesse resolvido.

De todo modo, sobrevivi a esse período complicado, e até o mar colaborou dessa vez, tendo subido logo depois da explosão e limpado qualquer pista que eu pudesse ter deixado por lá, pouco mais de uma hora antes de Diggs chegar para inspecionar a cena.

A sra. Clamp estava em casa quando voltei, esvaziando o cesto gigante de vime que levava preso à frente da bicicleta antiga, encostada na mesa da cozinha. Estava ocupada enchendo nossos armários, a geladeira e o congelador com a comida e os suprimentos que trouxera da cidade.

"Bom dia, sra. Clamp", falei alegremente ao entrar na cozinha. Ela se virou para me olhar. A sra. Clamp é muito velha e pequena. Olhou-me de cima a baixo e disse: "Ah, é *você*, é?", e voltou-se para o cesto da bicicleta, enfiando as duas mãos lá dentro, tirando dele uns embrulhos grandes enrolados em jornal. Arrastou-se até o congelador, subiu num banquinho ali ao lado, desembalou os embrulhos e deixou à mostra os meus pacotes de hambúrguer congelado, colocando-os no congelador, inclinando-se na direção dele até que estava quase toda lá dentro. Percebi como seria fácil...

sacudi a cabeça, espantando as ideias estúpidas. Sentei-me à mesa da cozinha para ver a senhora Clamp trabalhar.

"Como estão as coisas, sra. Clamp?", perguntei.

"Ah, *eu* estou bem", ela disse, balançando a cabeça e descendo do banquinho, pegando mais alguns hambúrgueres e voltando para o congelador. Fiquei pensando se ela não congelaria. Tinha certeza de poder ver cristaizinhos de gelo brilhando no buço da velha.

"Nossa, quanta coisa a senhora trouxe hoje. Estou surpreso por não ter caído no meio do caminho."

"Você não vai *me* ver caindo, não." A sra. Clamp balançou a cabeça mais uma vez, foi até a pia, ficou na ponta dos pés e abriu a água quente. Lavou as mãos, enxugou-as no avental xadrez azul e tirou da bicicleta um pouco de queijo.

"Posso oferecer um copo de alguma coisa, sra. Clamp?"

"Não para *mim*", respondeu ela, sacudindo a cabeça dentro do congelador, bem perto do compartimento de fazer gelo.

"Ah, bom, então não vou fazer nada." Vi-a lavar as mãos mais uma vez. Quando ela começou a separar a alface do espinafre, aproveitei para sair e subir para o meu quarto.

Comemos o almoço normal de sábado: peixe com batatas do jardim. A sra. Clamp estava na outra ponta da mesa, de frente para o meu pai, e não eu, como de costume. Sentei no meio da mesa, de costas para a pia, organizando espinhas de peixe em padrões ordenados no prato enquanto o pai e a sra. Clamp trocavam gracejos bastante formais, quase ritualizados. Fiz um esqueletinho humano com as espinhas de peixe e coloquei um pouco de ketchup em cima, para deixar mais realista.

"Mais chá, sr. Cauldhame?", a sra. Clamp perguntou.

"Não, obrigado, sra. Clamp", meu pai respondeu.

"Francis?", ela me ofereceu.

"Não, obrigado", respondi. Uma ervilha daria um belo crânio verde para o esqueleto. Coloquei-a no lugar. O pai e a sra. Clamp matraquearam sobre isso e aquilo.

"Ouvi dizer que o policial esteve por aqui, outro dia, se você não se importa que *eu* mencione isso", disse a sra. Clamp, e tossiu educadamente.

"De fato", disse meu pai, e enfiou tanta comida na boca que não seria capaz de falar pelo próximo minuto ou mais. A sra. Clamp inclinou a cabeça para o peixe salgado demais e tomou um gole de chá. Cantarolei, de lábios fechados, e meu pai me encarou com os dentes cerrados de um boxeador.

Nada mais foi dito sobre o assunto.

Sábado à noite no Cauldhame Arms, e lá estou eu, como de costume, parado no fim da sala cheia, enfumaçada, nos fundos do hotel, com um copo de plástico cheio de cerveja na mão, as pernas um tanto estiradas à minha frente, as costas contra a pilastra recoberta por papel de parede e Jamie, o anão, sentado nos meus ombros, volta e meia apoiando seu *pint* de cerveja escura na minha cabeça e puxando papo.

"O que você anda fazendo, Frank?"

"Nada demais. Matei uma porção de coelhos outro dia e continuo recebendo ligações estranhas do Eric, mas é basicamente isso. E você?"

"Não muita coisa. Como assim o Eric tá te ligando?"

"Você não soube?", falei, olhando para ele, que se curvou para a frente e olhou para baixo. É engraçado olhar rostos de ponta-cabeça. "Ah, ele fugiu."

"*Fugiu?*"

"Psiu! Se as pessoas ainda não sabem, não tem por que contar a elas. É, ele escapou. Ligou pra casa umas duas vezes e disse que tá vindo para cá. Diggs apareceu e nos contou no dia que ele fugiu."

"Jesus. E estão procurando por ele?"

"Foi o que Angus disse. Não apareceu nada no jornal? Pensei que você pudesse ter ouvido alguma coisa."

"Nada. Caramba. Você acha que vão avisar o pessoal na cidade, caso não consigam pegá-lo?"

"Sei lá." Eu teria dado de ombros.

"E se ele ainda estiver botando fogo em cachorros? Que merda. E aquelas minhocas que ele tentou fazer as crianças comerem? O pessoal daqui vai ficar maluco." Eu podia senti-lo balançando a cabeça.

"Acho que vão manter isso em segredo. Provavelmente acham que podem pegá-lo."

"E você acha que vão conseguir?"

"Ah, não sei dizer. Ele pode ser doido, mas é esperto. Não teria escapado, para começo de conversa, se não fosse, e quando telefonou ele parecia alerta. Alerta, mas maluco."

"Você não parece tão preocupado assim."

"Espero que ele consiga. Gostaria de vê-lo de novo. E gostaria de vê-lo fazendo todo o caminho de volta até aqui porque... porque sim." Tomei um trago.

"Merda. Espero que ele não cause nenhum estrago."

"Pode ser que cause. É só com isso que estou preocupado. Parece que ele ainda não gosta muito de cachorros. Mas as crianças estão seguras, no entanto."

"Como ele está viajando? Ele contou como está tentando chegar aqui? Ele tem dinheiro?"

"Deve ter algum, para conseguir fazer as ligações, mas na maior parte das vezes está só roubando coisas."

"Deus. Bom, pelo menos ele não tem como conseguir perdão depois de escapar do manicômio."

"É", falei. A banda começou a tocar, um grupo de quatro punks de Inverness chamado Vomits. O vocalista tinha o cabelo moicano e um monte de correntes e zíperes. Agarrou o microfone enquanto os outros três maltratavam os instrumentos e berrou:

"Minha gata me chutou
e eu me sinto um mendigão,
Perdi o emprego, e quando bato uma
não consigo gozar, não..."

Firmei mais os ombros contra a pilastra e tomei um gole da cerveja, enquanto Jamie batia com os pés no meu peito e a música barulhenta uivava, ribombando pela sala suarenta. Parecia que ia ser divertido.

No intervalo, quando um dos garçons foi até a frente do palco com um balde e um esfregão, no lugar onde todo mundo andava cuspindo, segui até o bar para pegar mais bebidas.

"O de sempre?", perguntou Duncan detrás do balcão, e Jamie fez que sim. "E como é que tá, Frank?", indagou ele, servindo uma cerveja *lager* e uma escura.

"Tudo certo. E você?", perguntei.

"Caminhando, caminhando. Ainda precisa de garrafas?"

"Não, obrigado. Já consegui o bastante para minha cerveja caseira."

"Mas ainda vamos ver você por aqui, né?"

"Ah, claro", falei. Duncan se estirou para entregar o *pint* de Jamie e eu apanhei o meu, deixando o dinheiro no balcão ao mesmo tempo.

"Saúde, meus camaradas", disse Duncan enquanto voltávamos para a pilastra.

Algumas cervejas depois, quando o Vomits estava fazendo o primeiro bis, Jamie e eu estávamos dançando, pulando para cima e para baixo, Jamie gritando, batendo palmas e se sacudindo sentado em meus ombros. Não ligo de dançar com garotas quando é pelo meu amigo, apesar de uma vez, com uma garota alta, ele quis que eu fosse junto lá fora para ele poder beijá-la. Só de pensar nos peitos dela contra a minha cara tive vontade de vomitar, e precisei desapontá-lo. De todo modo, a maioria das meninas punk não cheira a perfume, e só umas poucas usam saias, que, ainda por cima, costumam ser de couro. Jamie e eu levamos uns empurrões e quase caímos algumas vezes, mas conseguimos terminar a noite sem nenhum arranhão. Infelizmente, Jamie terminou conversando com uma mulher, mas eu estava ocupado demais respirando fundo e tentando fazer o mundo parar de girar, então não dei a mínima.

"É, estou para arranjar uma moto logo, logo. Duzentos e cinquenta, claro", Jamie dizia. Eu estava ouvindo sem prestar atenção. Ele não estava para pegar moto nenhuma, porque não conseguiria alcançar os pedais, mas eu não diria nada, nem se pudesse, porque ninguém espera que as pessoas falem a verdade para as mulheres e, além disso, é para isso que servem os amigos. A garota, quando consegui vê-la direito, era uma tosca de uns vinte anos, e tinha tantas camadas de maquiagem nos olhos quanto um pavão tem na cauda. Fumava um cigarro francês horrível.

"Minha colega arrumou uma moto. Sue. Uma Suzuki 185GT que o irmão dela pilotava, mas ela tá juntando dinheiro pruma Gold Wing."

Já estavam colocando as cadeiras sobre as mesas e limpando a bagunça, os copos quebrados e os pacotes de salgadinho vazios, e eu ainda não me sentia muito bem. Quanto mais eu ouvia a garota, pior ela parecia. Seu sotaque era horroroso, de algum lugar da costa oeste. Glasgow, eu não me espantaria.

"Nã, eu não arrumaria uma dessas. Pesada demais. Uma quinhentas seria suficiente. Realmente curto uma Moto Guzzi, mas não tenho certeza sobre a tração traseira..."

Deus do céu, eu estava a ponto de vomitar em cima daquela garota toda, na jaqueta, nos rasgos da roupa, nos zíperes, e nos bolsos, e provavelmente arremessaria Jamie para o outro lado da sala, direto nos engradados de cerveja sob os alto-falantes, na primeira golfada, e lá estavam aqueles dois, compartilhando sonhos motociclísticos absurdos.

"Quer fumar?", a garota perguntou, erguendo um maço para Jamie, passando pelo meu nariz. Continuei vendo rastros e luzes do maço azul, mesmo depois que ela o guardou de volta. Jamie deve ter pego um cigarro, mesmo que eu soubesse que ele não fumava, porque vi o isqueiro erguido, a chama surgindo na frente dos meus olhos, numa chuva de faíscas que se parecia com fogos de artifício. Quase podia sentir meu lobo occipital derretendo. Pensei em fazer algum comentário espertinho para Jamie, sobre o cigarro atrapalhar seu crescimento, mas todos os caminhos do meu cérebro, indo e voltando, pareciam estar repletos de mensagens urgentes vindas das minhas tripas. Podia sentir um revertério horrível lá embaixo, e tinha certeza de que aquilo só poderia terminar de um jeito, mas não conseguia me mexer. Eu estava preso ali como se fosse um espigão entre o chão e a pilastra, e Jamie continuava tagarelando com a garota sobre o ruído que a Triumph faz e a alta velocidade a que chegou às margens do Loch Lomond, certa noite.

"Você está, tipo, de férias?"

"Tipo isso, eu e as minhas amigas. Tenho um namorado, mas ele trabalha embarcado."

"Saquei."

Eu ainda respirava com dificuldade, tentando refrescar a cabeça com oxigênio. Não conseguia entender Jamie. Ele tinha metade do meu tamanho, metade do meu peso (ou até menos), e não importava o quanto bebêssemos, ele nunca parecia se afetar. Ele com certeza não jogava fora sua bebida escondido, pois eu ficaria ensopado se ele fizesse isso. Reparei que a garota finalmente havia me percebido. Cutucou meu ombro, e aos poucos compreendi que não era a primeira vez.

"Ei", falou.

"Quê?", balbuciei.

"Você tá bem?"

"Tô", balancei a cabeça devagar, torcendo para que ela ficasse satisfeita com isso, depois desviei o rosto e olhei para cima, como se de repente tivesse encontrado algo bem interessante e importante para ser olhado no teto. Jamie me cutucou com o pé. "Quê?", repeti, sem tentar olhar para ele.

"Vai ficar aqui a noite toda?"

"Hein?", falei. "Não. O quê, você tá pronto? Certo." Coloquei as mãos para trás, procurando a pilastra, encontrei-a e me empurrei para longe dela, esperando que os meus pés não derrapassem no chão molhado de cerveja.

"Talvez seja melhor você me deixar descer, meu velho", Jamie falou, cutucando com força. Olhei meio para cima e para o lado, de novo, como se o olhasse, e concordei. Deixei minhas costas escorregarem pela pilastra até ficar praticamente agachado no chão. A garota ajudou Jamie a pular fora. O cabelo ruivo dele e o loiro dela pareciam berrantes, de repente, olhados daquele ângulo e no ambiente agora bem iluminado. Duncan vinha se aproximando com um escovão e um balde grande, esvaziando cinzeiros e esfregando coisas. Lutei para ficar de pé, daí senti Jamie e a garota me pegarem cada um por um braço e me ajudarem a levantar. Eu começava a ver tudo triplicado e me perguntar como podia ser isso, se eu só tinha dois olhos. Não sabia ao certo se estavam falando comigo ou não.

Soltei um "É!", só para o caso de estarem, e senti me conduzirem até o ar fresco lá fora, pela saída de emergência. Eu precisava ir ao banheiro, e cada passo que eu dava parecia contorcer mais as minhas tripas. Vinha essa imagem horrível do meu corpo dividido quase completamente em dois compartimentos do mesmo tamanho, um com mijo e outro com cerveja, uísque, batatinhas e amendoim torrado não digeridos, cuspe, catarro, bílis e um pedaço ou dois de peixe e batatas. Alguma parte doida da minha cabeça imaginou, de repente, um ovo frito besuntado na manteiga, acompanhado por bacon, colheradas generosas de nata e a gordura escorrendo e deixando manchas pelas beiradas do prato. Lutei contra a ânsia horrível que me subia do estômago. Tentei pensar em coisas *agradáveis*; então, quando não consegui me lembrar de nenhuma, tentei me concentrar no que estava acontecendo ao meu redor. Estávamos fora do Arms, andando pela calçada do banco, Jamie de um lado e a garota do outro. A noite estava nublada e fria, com os postes pouco iluminados. Deixamos o cheiro do pub para trás, e tentei arejar um pouco a cabeça. Percebia que estava trocando as pernas, apoiando às vezes em Jamie, às vezes na garota, mas não tinha muito o que eu pudesse fazer com relação a isso. Eu me sentia mais como um daqueles enormes dinossauros antigos, tão grandes que precisavam de um cérebro separado só para controlar as pernas. Era como se eu tivesse um cérebro para cada membro, mas estavam todos de relações cortadas. Vacilei e fui tropeçando o melhor que podia, contando com a sorte e com as duas pessoas que me ajudavam. Para ser honesto, eu não tinha muita confiança em nenhum deles. Jamie era pequeno demais para me segurar caso eu capotasse, e a garota era uma garota. Provavelmente muito fraca. E, mesmo que não, eu esperava que ela fosse me deixar rachar a cabeça no asfalto, só porque mulheres gostam de ver os homens desamparados.

"'Cês trepam sempre assim?"

"A gente o quê?", Jamie respondeu, com quase nada da indignação que deveria, na minha opinião.

"Você trepado nos ombros dele."

"Ah, não, é só porque dá para ver melhor a banda."

"Graças a Deus. Tava pensando que cês iam mijar trepados daquele jeito."

"Mas claro. A gente entra no banheiro, daí Frank usa a privada enquanto eu mijo na descarga de cordinha."

"Tá brincando!"

"É", foi a resposta de Jamie, distorcida por um risinho. Eu acompanhava da melhor forma que podia, ouvindo essa besteira toda. Me incomodava um pouco que Jamie, mesmo brincando, falasse qualquer coisa sobre eu ir ao banheiro. Ele sabe que eu não gosto de falar sobre o assunto. Só uma ou duas vezes havia me desafiado naquele joguinho interessantíssimo de ir ao banheiro do Cauldhame Arms (ou de qualquer outro lugar, imagino) e mijar em cima das bitucas afogadas do mictório.

Admito que assisti a Jamie fazer isso e fiquei bem impressionado. O Cauldhame Arms possuía uma bela arena para esse jogo, com um urinol que parecia uma calha correndo por uma parede inteira, virando por metade da outra e com um ralo só. Segundo Jamie, o objetivo do jogo é levar a bituca empapada do lugar em que ela estiver até o buraco, mantendo o curso o máximo possível. Dá para fazer mais pontos de acordo com a quantidade de azulejos que a bituca ultrapassa (com pontos a mais se você realmente chega até a caçapa, e mais ainda se ela estiver no outro extremo do mictório), com a quantidade de destruição causada — aparentemente, é bem difícil desintegrar a guimba que sobra do cigarro — e, no decorrer da noite, com o número de bitucas despachadas.

Também dá para jogar, de forma mais limitada, nos mictórios individuais que andam na moda hoje em dia, mas Jamie nunca pôde nem tentar, porque, para usá-los, ele precisa se afastar quase um metro e mirar de lá a água do joelho.

Seja como for, parece um jeito de deixar aquela mijada demorada bem mais interessante. Mas não para mim, por causa da minha má sorte.

"Ele é teu irmão ou qualquer coisa do tipo?"

"Nada, é meu amigo."

"Cês sempre ficam assim?"

"Aham, normalmente no sábado à noite."

Mentira deslavada, claro. Eu quase nunca fico bêbado a ponto de não andar em linha reta. Teria falado isso a Jamie, se não precisasse me concentrar em colocar um pé na frente do outro. Já não tinha tanta certeza de que vomitaria, mas aquela parte irresponsável e destrutiva do meu cérebro — só alguns neurônios, provavelmente, mas imagino que existam uns poucos em todo cérebro, e só precisa de um baderneiro para todo mundo levar a má fama — continuava pensando no prato de ovos fritos com bacon, e a cada pensamento eu quase golfava. Precisei de muita força de vontade para pensar na brisa fresca das montanhas ou no padrão que a maré deixa na areia molhada — coisas que sempre me pareceram encarnar a clareza e o frescor, ajudando a distrair meu cérebro do conteúdo no meu estômago.

Ainda assim, eu estava desesperado para mijar, mais do que antes. Jamie e a garota estavam a poucos centímetros de mim, cada um me segurando por um braço, trombando o tempo inteiro, mas minha embriaguez chegara a um ponto — como se as duas últimas cervejas que virei e o uísque que as acompanhou tivessem chegado às minhas veias — que eu bem poderia estar em um planeta diferente, pela dificuldade que tinha de fazê-los entender do que eu precisava. Andavam um de cada lado, conversando entre eles e falando as coisas mais sem sentido como se fossem de suma importância, e eu ali, com mais cérebro que os dois juntos, com informações da mais profunda natureza, sem conseguir articular nada.

Tinha que haver um jeito. Tentei sacudir a cabeça e respirar fundo. Firmei os passos. Pensei com muito cuidado sobre as *palavras* e como elas são formadas. Conferi minha língua e testei a garganta. Eu *precisava* me recompor. Tinha que me *comunicar*. Olhei em volta enquanto cruzávamos uma rua, vi a placa da Union Street pregada num murinho. Virei para Jamie, para a garota, pigarreei e falei com toda a clareza: "Não sei se vocês já compartilharam — ou, na verdade, se ainda compartilham, neste caso, até onde sei, ao menos entre vocês, mutuamente, mas com certeza sem me incluir nisso — do engano que eu, por acaso, depositava sobre o sentido daquela placa logo ali, mas o fato é que acreditei que a palavra 'união' designava, nessa nomenclatura, uma associação de trabalhadores, e isso me pareceu algo bastante socialista para que os fundadores da cidade usassem como nome de uma rua. Então fui tomado pela impressão de que as coisas não estavam ainda completamente perdidas, considerando as perspectivas de uma possível paz ou ao menos um cessar-fogo na luta de classes, caso esse reconhecimento da dignidade de associações de trabalhadores e sindicatos encontrasse espaço em placas tão importantes e respeitáveis como essa, mas tenho que admitir que, infelizmente, fui corrigido dessa ideia deveras otimista quando meu pai — que seu senso de humor descanse em paz — informou que a placa era para a então recente união confirmada entre os parlamentos da Inglaterra e da Escócia, e que os responsáveis locais — em conformidade com centenas de outros conselhos municipais que faziam parte do que, até então, era um reino independente — estavam celebrando de modo tão solene e decidido, sem dúvidas com vistas às oportunidades de ganhos futuros que uma adesão antecipada ofereceria".

A garota olhou para Jamie. "Ele disse alguma coisa?"

"Achei que estava só limpando a garganta", Jamie respondeu.

"Acho que falou alguma coisa sobre bananas."

"*Bananas*?", disse Jamie, incrédulo, olhando para ela.

"Não", ela disse, olhando para mim e sacudindo a cabeça. "Você está certo."

Quanta comunicação, pensei. Estavam os dois tão bêbados que claramente não compreendiam nem mesmo a fala mais correta. Suspirei fundo enquanto olhava primeiro para um, depois para a outra, conforme avançávamos devagar pela rua principal, passando por supermercados e semáforos. Olhei para a frente e tentei pensar no que diabos eu poderia fazer. Ambos me ajudaram a cruzar a rua seguinte, comigo quase tropeçando ao subir no meio-fio. Tive a súbita consciência da vulnerabilidade do meu nariz e dos meus dentes, se por acaso viessem a se encontrar com o granito da calçada de Porteneil a qualquer velocidade maior que um metro por segundo.

"É, eu e uma amiga estávamos passando pelas trilhas da reserva florestal, morro acima, indo a, sei lá, cinquenta por hora, derrapando como se fosse uma pista de corrida."

"Caralho!"

Meu Deus! Eles ainda estavam falando sobre motos.

"Pra onde é que estamos indo, hein?"

"Pra casa da minha mãe. Se ela ainda estiver acordada, vai fazer um chá pra gente."

"Sua *mãe*?"

"É."

"Tsc."

De repente, tive um estalo. Era tão óbvio que não entendia por que não vira antes. Sabia que não havia tempo a perder nem qualquer motivo para hesitação — eu explodiria a qualquer segundo —, então joguei o peso do corpo para a frente e me livrei de Jamie e da garota, correndo pela rua. Eu tinha escapado, tinha dado uma de Eric para poder mijar em paz, num canto tranquilo.

"Frank!"

"Ah, mas que caralho, dá um sossego pro cara, o que você tem a ver com isso?"

O chão ainda estava sob os meus pés, se movendo mais ou menos do jeito que deveria estar. Ouvia Jamie e a garota correndo atrás de mim e gritando, mas já passara pela lanchonete velha e pelo memorial de guerra, e corria cada vez mais. Minha bexiga inchada não estava ajudando muito, mas também não atrapalhava tanto quanto eu temia.

"Frank! Volta aqui! Frank, para! O que aconteceu? Frank, seu louco do caralho, você vai quebrar o pescoço!"

"Ah, deixa pra lá. Deve ter se escondido."

"Não! Ele é meu amigo! *Frank!*"

Virei a esquina na Bank Street, quase dando de cara com dois postes, depois virei à esquerda na Adam Smith Street e cheguei até o posto McGarvie. Derrapei pela entrada, indo me esconder atrás de uma bomba de gasolina, engasgando, arrotando e sentindo a cabeça latejar. Afrouxei a calça e me agachei, apoiando as costas na bomba de gasolina e respirando fundo enquanto a poça de mijo fumegante corria pelas reentrâncias do chão de concreto.

Ouvi passos se aproximando e uma sombra à minha direita. Virei-me para encarar Jamie.

"Ah... ha... ha...", ofegou, colocando uma mão na bomba de gasolina para se firmar, curvando um pouco o corpo para olhar os pés, apoiando a outra mão no joelho e com o peito carregado. "Alc... alcan... uf... alcancei você... uf..." Sentou-se na base da bomba de gasolina e olhou para o vidro escuro do escritório, por um tempo. Sentei-me também, escorregando contra a bomba, sacudindo as últimas gotas. Tombei de costas e caí sentado com tudo no chão, depois me ergui e subi as calças.

"Por que fez isso?", perguntou Jamie, ainda ofegante.

Fiz um sinal qualquer para ele, lutando para apertar o cinto. Estava começando a me sentir mal outra vez, batendo nas roupas para tirar toda aquela fumaça de pub de cima de mim.

"Foi...", comecei a dizer "foi mal", mas a frase se transformou numa ânsia de vômito. Aquela parte antissocial do meu cérebro de repente voltou a pensar em ovos oleosos e bacon, e meu estômago entrou em erupção. Dobrei o corpo, tomado pela ânsia, sentindo as tripas se contraírem como se alguém as amassasse com a mão. De forma involuntária, viva, como deve ser a sensação de uma grávida que tem a barriga chutada pelo bebê. Minha garganta queimou com a força do jato.

Jamie me segurou quando eu quase tombava. Fiquei ali como se fosse um canivete meio aberto, lavando o concreto com um barulhão. Jamie me agarrou pelo cinto, para evitar que eu caísse de cara, e pôs a outra mão na minha testa, murmurando alguma coisa. Continuei passando mal, meu estômago começando a doer que nem o inferno. Meus olhos lacrimejavam, meu nariz escorria e minha cabeça inteira parecia um tomate maduro, prestes a explodir. Tentei respirar entre cada contração, vomitando, tossindo e cuspindo ao mesmo tempo. Ouvia a mim mesmo fazendo um barulho horrível, como Eric ficando louco ao telefone, e torcia para que ninguém passasse e me visse numa posição tão frágil e indigna. Parei, sentindo-me melhor, daí comecei de novo e me senti dez vezes pior. Jamie me ajudou a ir um pouco para o lado, e caí de joelhos num pedaço razoavelmente limpo do concreto, onde as manchas de óleo pareciam mais antigas. Tossi, forçando o vômito algumas vezes, e me apoiei nos braços de Jamie, trazendo os joelhos até o queixo para aliviar as dores no meu estômago.

"Melhorou?", perguntou Jamie. Fiz que sim. Joguei o corpo para a frente, sentado e apoiando o peso também nos calcanhares, com a cabeça entre os joelhos. Jamie bateu nas minhas costas. "Aguenta um pouco, meu velho." Senti-o se afastar por alguns segundos. Voltou com umas toalhas de papel vagabundas que pegou no posto, limpando minha boca com uma e o rosto com outra. Até mesmo as jogou no lixo depois.

Ainda que eu continuasse me sentindo bêbado, meu estômago doesse e minha garganta estivesse como se um par de porcos-espinhos tivesse saído na porrada dentro dela, eu me sentia bem melhor. "Obrigado", dei um jeito de dizer, e tentei me levantar. Jamie me ajudou a ficar de pé.

"Pai do céu, mas que estado lamentável, Frank."

"É", respondi, enxugando os olhos com as mangas e olhando em volta para ver se ainda estávamos a sós. Dei uns tapinhas no ombro de Jamie e nós dois seguimos para a rua.

Caminhamos pela via deserta comigo respirando fundo e Jamie me segurando por um cotovelo. A garota tinha ido embora, obviamente, mas eu não lamentava nem um pouco.

"Por que você saiu correndo daquele jeito?"

Sacudi a cabeça. "Precisava mijar."

"Quê?", Jamie riu. "Por que você não falou?"

"Não consegui."

"Só porque tinha uma garota com a gente?"

"Não", disse, tossindo. "Não consegui falar. Muito bêbado."

"O quê?", gargalhou Jamie.

Assenti. "É", falei. Ele riu de novo e balançou a cabeça. Continuamos andando.

A mãe de Jamie ainda estava acordada e fez chá para nós. Ela é uma senhora bem grande que sempre está vestindo um roupão verde quando a vejo, nas noites depois do pub em que, como costuma acontecer, seu filho e eu terminamos na casa dela. A mãe de Jamie não é completamente desagradável, mesmo que finja gostar de mim mais do que sei que gosta.

"Oh, rapazinho, você não está com a melhor das aparências. Aqui, sente-se enquanto preparo um chá. Pobre coitado..." Fui colocado em uma cadeira na sala de estar do apartamento num conjunto habitacional, enquanto Jamie pendurava nossos casacos. Dava para ouvi-lo pulando no corredor.

"Obrigado", grasnei, a garganta seca.

"Aí está, meu bem. Diga, quer que eu acenda o fogo para você? Está com muito frio?"

Balancei a cabeça, e ela sorriu, anuindo, deu tapinhas em minhas costas e voltou para a cozinha. Jamie se aproximou e sentou no sofá ao lado da minha cadeira. Olhou para mim, riu e sacudiu a cabeça.

"Que estado. Mas que *estado*!" Apoiou as mãos no sofá e se empurrou para trás, com as pernas esticadas à sua frente. Cansado, desviei o olhar. "Desencana, meu chapa. Duas xícaras de chá e você vai estar bem."

"Ô", consegui dizer, e estremeci.

Fui embora por volta de uma da manhã, mais sóbrio e inundado de chá. Meu estômago e minha garganta estavam quase normais, apesar da minha voz ainda soar rouca. Desejei boa-noite a Jamie e à sua mãe e caminhei pelas beiradas da cidade até o caminho de volta à ilha, depois pela trilha escura, às vezes usando minha lanterninha, até a ponte e a casa.

Foi uma caminhada tranquila através do brejo, das dunas e dos campos irregulares. Fora os poucos ruídos que fiz no caminho, tudo que consegui ouvir foram os barulhos distantes dos caminhões de carga pela cidade. Nuvens cobriam quase o céu inteiro e havia pouco luar — e absolutamente nenhum à minha frente.

Lembrei que uma vez, no meio do verão dois anos antes, quando trilhava esse caminho no fim da tarde, depois de um dia inteiro de caminhada pelas colinas e pela cidade, vi luzes estranhas na noite que se formava, movendo-se no ar bem além da ilha. Elas se agitavam e se moviam de um jeito inacreditável, reluzindo, e mudando o curso, e cortando o céu de um modo sólido e firme, como nada poderia fazer em pleno voo. Parei e as observei por um tempo, apontando meu binóculo na direção delas e parecendo discernir, de vez em quando, em meio às imagens de luz mutáveis, estruturas à sua volta. Um calafrio percorreu meu corpo e passei a matutar explicações para o que eu estava vendo. Desviei o olhar das luzes, rapidamente, e depois voltei a observar aquelas torres chamejantes ao longe, totalmente silenciosas. Dependuravam-se no céu como se fossem rostos de fogo olhando para baixo, para a ilha, como algo à espreita.

Então, me dei conta do que era aquilo.

Uma miragem, o reflexo de camadas de ar em alto-mar. Eu estava observando as chamas das plataformas de petróleo talvez a uma distância de centenas de quilômetros, no Mar do Norte. Olhando outra vez para aquelas formas difusas em torno das chamas, pareciam ser plataformas vagamente refletidas no brilho dos próprios gases. Segui meu caminho feliz depois daquilo — de fato, mais feliz do que eu estivera antes de ver as aparições estranhas — e me veio à cabeça que alguém menos lógico e imaginativo teria chegado rapidamente à conclusão de que havia visto óvnis.

Por fim, cheguei à ilha. A casa estava às escuras. Fiquei ali, olhando para ela, percebendo seus contornos sob um luar pálido e minguante, e pensei que parecia ainda maior do que de fato era. Como a cabeça de um gigante de pedra, uma caveira enorme e banhada pela lua, cheia de formas e memórias, encarando o mar e presa a um corpo vasto e poderoso enterrado na rocha e na areia abaixo. Pronto a se exumar dali em resposta a um comando ou uma sugestão desconhecidos.

A casa encarava o mar e a noite lá fora, e segui para dentro.

O RAMALHETE DE FLORES
FÁBRICA DE VESPAS
IAIN BANKS

5

Matei a pequena Esmerelda porque senti que devia isso a mim mesmo e ao mundo como um todo. Eu havia, no fim das contas, matado dois meninos, e isso dava às mulheres um tipo de vantagem estatística. Se eu realmente estivesse seguro das minhas convicções, pensei, precisava reequilibrar a balança ao menos um pouco. Minha prima era simplesmente o alvo mais fácil e óbvio.

Como sempre, eu não tinha nada contra ela. Crianças não são pessoas de verdade, no sentido de não serem homens e mulheres em miniatura, mas uma espécie separada que (provavelmente) se tornará uma coisa ou outra no devido tempo. Crianças pequenas em particular, antes de serem tocadas pela influência maléfica e insidiosa da sociedade e dos pais, são abertamente assexuais e, por isso, perfeitamente adoráveis. Eu gostava de Esmerelda (mesmo achando seu nome um tanto piegas) e brincávamos bastante quando ela ficava na minha casa. Era filha de Harmsworth e Morag Stove, meus meio-tios por parte da primeira esposa do meu pai. Foi o casal que cuidou de Eric quando ele era mais novo. Às vezes, vinham de Belfast para passar o verão conosco. Meu pai costumava se dar bem com Harmsworth, e como eu tomava conta de Esmerelda, eles conseguiam descansar quando vinham de férias para cá. Acho que a sra. Stove ficou um pouco mais preocupada em confiar sua filha a mim naquele verão, o primeiro depois que acabei com a raça do pequeno Paul, mas, aos nove anos de idade, eu era com certeza uma criança feliz e bem ajustada, responsável e elogiada, e demonstrava claro pesar quando a morte do meu irmãozinho era mencionada. Tenho certeza de que apenas minha consciência genuinamente limpa permitiu que eu convencesse os adultos à minha volta de que eu era inocente. Inventei até mesmo uma dupla representação, fingindo me sentir responsável *pelos motivos errados*, e por isso os adultos diziam que eu não devia me culpar por não ter podido avisar Paul a tempo. Eu fui brilhante.

Resolvi que tentaria matar Esmerelda antes mesmo que ela e os pais chegassem para o feriado. Eric estava fora, em uma excursão da escola, então seríamos só eu e ela. Era arriscado, tão próximo à morte de Paul, mas eu precisava fazer algo para equilibrar o jogo. Sentia bem lá no fundo, nos meus ossos: eu *precisava*. Era como uma comichão, algo que não dava para resistir, igual à vez em que dei uma topada com um calcanhar na calçada de Porteneil. Eu *precisei* bater o outro pé também, mais ou menos com a mesma força, para me sentir bem de novo. Que nem raspar um braço na parede ou num poste. Preciso raspar o outro também, o mais rápido possível, ou pelo menos arranhá-lo com a mão. Em uma série de coisas desse tipo, eu tento manter o equilíbrio, mesmo sem ter ideia do por quê. É simplesmente algo que precisa ser feito. Do mesmo jeito, eu tinha que dar cabo de *alguma* mulher, para colocar peso no outro lado da balança.

Eu começara a fazer pipas, naquele ano. Era 1973, acho. Usava várias coisas para construí-las: varetas, varões, cabides de metal, armações de alumínio e folhas de papel e plástico, sacos de lixo e lençóis, cordas, fios de náilon e barbante, além de tudo quanto é presilha, amarra, pedaço de cordão, elástico e arame, alfinete, parafuso, prego, peças roubadas de plasti-modelismo e vários brinquedos. Montei uma manivela com duas manoplas e uma alavanca, e espaço para meio quilôme-tro de linha no carretel. Fiz vários tipos de rabiola para as pi-pas que precisavam delas, uma dúzia de pipas grandes e pe-quenas, e algumas de acrobacia. Eu as deixava no galpão, e às vezes colocava as bicicletas do lado de fora, cobertas por uma lona, quando a coleção ficava grande demais.

Naquele verão, levei Esmerelda para empinar pipa mui-tas vezes. Deixei que brincasse com uma pequena, de uma li-nha só, enquanto manobrava com uma acrobata. Dava uma porção de investidas contra a pipa dela, acima e abaixo, ou rasantes até o chão enquanto ficava na beirada das dunas, demolindo torres de areia enormes que eu construíra antes, depois subindo de novo ao céu, a pipa deixando um rastro de areia atrás de si, da torre destruída. E mesmo que tenha de-morado um pouco e me custado uma ou duas quedas, certa vez consegui demolir um dique com a pipa. Fui dando rasan-tes que arrancavam um pedaço da barragem a cada investida, pouco a pouco criando uma rachadura na barreira de areia por onde a água podia escorrer, arrasando rapidamente com o dique inteiro e a cidade de areia correnteza abaixo.

Então, um dia, eu estava no topo de uma duna, lutando contra o vento que arrastava a pipa, segurando, embican-do, ajustando, sentindo e desviando o voo, quando uma das linhas virou quase uma forca no pescoço de Esmerelda. Foi assim que tive a ideia. Eu usaria as pipas.

Pensei com calma sobre o assunto, ainda parado ali como se não houvesse nada na minha mente além das manobras automáticas com a pipa, e aquilo me pareceu razoável. Enquanto eu pensava, a ideia foi tomando forma, desabrochando sozinha, desenvolvendo o que por fim compreendi ser o destino da minha prima. Dei um risinho, lembro bem, e arremeti a acrobata contra a grama e as águas, a areia e a rebentação, voando através do vento e avançando sobre a menina, imediatamente subindo antes de acertá-la, sentada ali, no alto da duna, segurando e às vezes soltando a linha que tinha na mão, ligada ao céu. Ela se virou, sorriu e cerrou os olhos, ofuscados pela luminosidade do verão. Ri também, controlando o que ia no céu acima e o que se passava na minha cabeça, abaixo, de forma igualmente competente.

Construí uma pipa enorme.

Era tão grande que nem mesmo cabia no galpão. Fiz com armações de alumínio, algumas que encontrara no sótão um tempão atrás, outras que pegara no lixão da cidade. O corpo, a princípio, era de sacos de lixo, mas logo substituí por lona que encontrei também no sótão.

Usei uma linha de pesca laranja, forte, para o carretel, enrolada numa manopla especial que eu reforçara e completara com um suporte para o tronco. Tinha uma rabiola de folhas de revista trançadas — *Munição e Armas*, que eu comprava regularmente naquela época. Pintei a cabeça de um cachorro na pipa, com tinta vermelha, porque ainda pensava que meu signo era Cachorro. Meu pai dissera muitos anos antes que eu era Cachorro porque a estrela Sirius estava no céu quando nasci. Seja como for, era só um símbolo.

Saí bem cedinho numa manhã, logo depois de o sol nascer e muito antes de qualquer pessoa acordar. Fui até o galpão, peguei a pipa, caminhei bastante pelas dunas e a montei, enfiando um espeque de barraca no chão, amarrando uma corda de náilon nele e pondo a pipa no ar com pouca linha, por um tempo. A brisa estava fraca e, ainda assim, fiquei cansado de tentar controlá-la, e minhas mãos ficaram esfoladas mesmo com as luvas grossas que eu estava usando. Concluí que a pipa serviria, e a guardei de volta.

Naquela tarde, com o mesmíssimo vento, agora mais frio, soprando através da ilha em direção ao Mar do Norte, Esmerelda e eu saímos como de costume, parando no galpão para pegar a pipa desmontada. Ela me ajudou a carregá-la pelas dunas, levando as linhas e a manopla com todo o cuidado contra o seu corpinho, fazendo soar a catraca do carretel, até que chegamos a um ponto bem longe da casa. Era uma duna alta com a face voltada para as distantes Noruega ou Dinamarca, com a grama parecendo cabelos caídos no rosto de alguém.

Esmerelda foi procurar flores enquanto eu montava a pipa com uma lentidão solene e apropriada. Ela conversava com as flores, lembro disso, como se tentasse convencê-las a se mostrarem para a coleta, para serem arrancadas e reunidas. O vento soprava seus cabelos loiros sobre o rosto enquanto andava, agachava, rastejava e falava, e eu montava a pipa.

Finalmente estava tudo pronto, a pipa montada e largada no chão como uma barraca caída na grama, verde sobre verde. O vento soprava e panejava a lona — como o som de chicotes que agitassem a pipa e a fizessem parecer viva, a cara de cachorro olhando feio. Desenrolei a linha de náilon e comecei a amarrá-la, ajeitando fio a fio, nó a nó.

Chamei Esmerelda. Ela trazia um punhado de florezinhas e me fez esperar pacientemente enquanto descrevia uma a uma, inventando nomes quando esquecia algum ou simplesmente não sabia. Aceitei de forma graciosa a margarida que me deu, e a coloquei na botoeira do bolso esquerdo do meu casaco. Falei que terminara de construir a pipa nova e que ela poderia me ajudar a testá-la ao vento. Ela estava empolgada, querendo segurar as cordas. Concordei, mas disse que obviamente eu seguraria o controle principal. Esmerelda queria segurar as flores também, e eu disse que aquilo talvez fosse possível.

Ela falou "uau" e "minha nossa" pelo tamanho da pipa e pelo cão feroz pintado nela. Estava sobre a relva balançada pelo vento como uma arraia impaciente, ondulando. Peguei as manoplas principais e passei a Esmerelda, mostrando como e onde segurá-las. Tinha feito alças para prender no pulso, contei, para não perder a firmeza. Ela pôs as mãos pelo náilon trançado, segurando uma linha com força e pegando o buquê de florezinhas e a segunda linha com a outra mão. Tomei minha parte das linhas principais e lacei a pipa. Esmerelda saltitava, dizendo para que eu me apressasse e colocasse a pipa no ar. Dei mais uma olhada em volta, e só precisei dar um chute leve na ponta da pipa para que ela levantasse um pouco e fosse levada pelo vento. Corri rapidamente para trás da minha prima, enquanto a linha solta entre ela e a pipa era rapidamente estirada.

A pipa se ergueu ao céu como algo selvagem, balançando a rabiola com o barulho de papelão ao vento. Sacudia-se e rangia as armações. Fiquei atrás de Esmerelda e segurei as linhas bem por trás dos seus cotovelinhos sardentos, esperando o puxão. As linhas se retesaram e veio o tranco. Precisei cravar os calcanhares no chão para me manter firme. Trombei contra Esmerelda e ela berrou. Havia perdido as linhas logo na primeira tensão mais forte, e estava ali, parada, olhando para mim e depois para cima, enquanto eu me esforçava para controlar a potência daquilo que estava acima de nós. Ela ainda agarrava as flores, e os puxões que eu dava nas linhas mexiam os seus braços como uma marionete, presos às alças. A manivela estava apoiada no meu peito, com uma cordinha entre ela e as minhas mãos. Esmerelda olhou uma última vez para mim, dando uma risadinha, e eu ri também. Então, soltei as linhas.

A manivela acertou suas costas e ela gritou. Depois, foi erguida conforme as linhas subiam e os laços apertavam seus pulsos. Dei uns passos para trás, em parte para evitar qualquer suspeita caso alguém por acaso visse a cena, em parte porque havia perdido o equilíbrio ao soltar as manoplas. Caí no chão ao mesmo tempo em que Esmerelda o abandonava para sempre. A pipa continuava rangendo, e ondulando, e ondulando, e rangendo, e ergueu a menina céu afora, com manivela e tudo. Fiquei deitado assistindo àquilo por um segundo, então levantei num pulo e corri atrás dela o mais rápido que pude, novamente por saber que seria impossível alcançá-la. Ela gritava e sacudia as pernas com toda a sua força, mas os laços cruéis do náilon nos seus pulsos não a soltavam, a pipa seguia nas garras do vento e ela já estava totalmente fora de alcance mesmo se eu quisesse alcançá-la de verdade.

Corri e corri, me atirando de uma duna e rolando pela encosta que dava para o mar, vendo a minúscula figura se debatendo e sendo içada para cada vez mais longe no céu, arrastada pela pipa. Eu mal conseguia ouvir seus gritos e lamentos, um choro tênue levado pelo vento. Ela voou sobre areia e rochas, na direção do mar, enquanto eu corria, agitado, por baixo dela, vendo como o carretel dependurado se balançava sob os pés nervosos. O vestido ondulava à sua volta.

Ela ganhava altitude e eu continuava correndo, agora ultrapassado pelo vento e pela pipa. Passei pelas poças agitadas na beira do mar e entrei nele até os joelhos. Naquele momento algo caiu dela, algo que parecia sólido à primeira vista, mas que logo se separou e desmanchou. Na mesma hora pensei que ela tivesse mijado nas calças, mas então vi as flores despencando do céu e caindo na água à minha frente, como uma chuva estranha. Eu me arrastei pelo mar até chegar a elas, pegando as que conseguia, desviando o olhar da minha colheita para ver Esmerelda e a pipa isoladas no Mar do Norte. Passou pela minha cabeça que ela bem poderia cruzar a porra do mar e voltar à terra antes que o vento cessasse, mas concluí que mesmo que isso acontecesse, eu fizera meu melhor e satisfizera a minha honra.

Vi-a diminuir cada vez mais, até mudar o rumo e seguir para a margem.

Eu sabia que três mortes nas redondezas, num período de quatro anos, *tinham* que parecer suspeitas, e já preparara cuidadosamente a minha reação. Não corri imediatamente para casa, mas voltei para as dunas e me sentei lá, segurando as flores. Cantei umas músicas, inventei histórias, fiquei com fome, rolei um pouco pela areia, coloquei um tanto dela nos meus olhos e tentei parecer o que julgava ser um estado mental deplorável para qualquer menininho. Ainda estava sentado no comecinho da noite, olhando fixamente o mar, quando um lenhador da cidade me encontrou.

Era um dos membros do grupo de busca reunido por Diggs para nos encontrar, depois que meu pai e seus parentes não conseguiram nos localizar e chamaram a polícia. O rapaz veio pelo alto das dunas, assobiando e golpeando casualmente uns pedaços de junco e grama com um bastão.

Sequer dei atenção a ele. Continuei encarando o mar e tremendo, agarrado às flores. Meu pai e Diggs vieram logo que o rapaz mandou o aviso pela série de pessoas espalhadas ali nas dunas, mas também não dei atenção a nenhum dos homens. No fim das contas, dúzias de pessoas se aglomeravam em torno de mim, me encarando e fazendo perguntas, coçando as cabeças, olhando para os relógios e observando os arredores. Não dei atenção a nenhuma delas. Formaram novamente um grupo de busca e saíram procurando Esmerelda, enquanto eu era carregado para casa. Ofereceram-me sopa, que eu desejava desesperadamente, mas fingi não perceber. Fizeram perguntas que respondi com um silêncio e olhar catatônicos. Meu tio e minha tia me sacudiram pelos ombros, os rostos vermelhos e os olhos úmidos, mas não dei atenção a eles. Depois de algum tempo, meu pai me levou para o quarto, tirou minhas roupas e me pôs na cama.

Alguém ficou comigo a noite inteira no quarto, e fosse meu pai, Diggs ou qualquer outro indivíduo, eu os mantive acordados o tempo todo, deitado em silêncio por algum tempo, fingindo dormir e, de repente, gritando a plenos pulmões, caindo da cama e me estatelando no chão. Toda vez eu era posto no colo, ninado e posto na cama. Toda vez fingia dormir e enlouquecia uns minutos depois. Se algum deles falasse comigo, eu permanecia deitado e trêmulo na cama, encarando-os, surdo e mudo.

Fiz isso até o amanhecer, quando a equipe de busca voltou sem Esmerelda, e aí me deixei dormir.

Levei uma semana para me recuperar, e foi uma das melhores semanas da minha vida. Eric voltou da excursão da escola, e eu passei a falar um pouco, depois do seu retorno.

Apenas coisas sem sentido, no começo, então algumas sugestões desconexas do que havia acontecido, sempre berrando e ficando catatônico depois.

Mais ou menos no meio da semana, deixaram que o dr. MacLennan me visse um pouco, assim que Diggs conseguiu vencer a recusa do meu pai a deixar qualquer um além dele me examinar. Mesmo assim, meu pai ficou no quarto, de cara feia e olhar suspeito, se assegurando de que o exame não extrapolasse certos limites. Fiquei feliz por ele não ter deixado o médico me examinar inteiro, o que compensei ao ficar um pouquinho mais lúcido.

No fim da semana, eu ainda tinha o tal pesadelo falso, ficando muito calmo de repente e aí me estremecendo todo, mas já comia mais ou menos direito e respondia a perguntas com alguma boa vontade. Falar sobre Esmerelda e sobre o que acontecera a ela ainda me dava uns ataques, em que eu gritava e me fechava por um tempo, mas depois de muitas perguntas e paciência, deixei meu pai e Diggs saberem o que eu queria que eles acreditassem ter acontecido: uma pipa gigante, Esmerelda ficando enrolada nas linhas, eu tentando ajudá-la, a manivela escapando por entre meus dedos, corrida alucinada e, depois, um branco total.

Falei que tinha medo de trazer má sorte, de trazer morte e destruição para todos à minha volta, e que também tinha medo de ir para a cadeia porque as pessoas pensavam que eu matara Esmerelda. Chorei e abracei o meu pai, e abracei até mesmo Diggs, fungando no tecido azul do seu uniforme e quase sentindo-o amolecer e acreditar em mim. Pedi que ele fosse até o galpão, pegasse todas as minhas pipas e tocasse fogo nelas, o que ele prontamente fez, num lugar que hoje é chamado de Várzea da Pipa Cremada. Lamentei pelas pipas, e sabia que teria que desistir de empiná-las para sempre, para que aquilo tudo parecesse real, mas valeu a pena. Esmerelda nunca foi encontrada. Ninguém mais a tinha visto depois de mim, nem pescadores, nem trabalhadores das plataformas de perfuração, de acordo com o que descobriram as investigações de Diggs.

Assim, equilibrei um pouco o placar e tive uma semana fantástica, mesmo que puxada, desfrutando daquela atuação. As flores que eu ainda trazia quando me carregaram para casa foram arrancadas dos meus dedos e colocadas num saquinho plástico em cima da geladeira. Descobri-as duas semanas depois, encarquilhadas, abandonadas e esquecidas. Certa noite, levei-as para o relicário no sótão, e desde então elas ficam numa garrafinha de vidro, aquelas trancinhas amarronzadas de plantas murchas, que nem fita adesiva amassada. Às vezes, me pergunto onde minha prima foi parar, se no fundo do mar, ou encalhada em alguma praia escarpada e deserta, ou soprada montanha acima para ser devorada por gaivotas e águias...

Gosto de pensar que ela morreu ainda presa à pipa, voando, que deu a volta ao mundo, subindo mais alto enquanto morria de fome e desidratação, perdendo peso até se transformar, no fim, em um pequeno esqueleto empinado pelos ventos do planeta. Um tipo de Holandesa Voadora. Mas duvido que essa imagem romântica realmente corresponda à realidade.

Passei o domingo quase todo na cama. Depois do porre da noite anterior, queria descanso, muita água, pouca comida e o fim daquela ressaca. Quase resolvi nunca mais ficar bêbado, mas sendo tão jovem, imaginei que aquela fosse uma resolução meio irrealista. Em vez disso, resolvi nunca mais ficar bêbado *daquele jeito*.

Meu pai veio bater à porta quando não apareci para o café.

"E qual o problema com você, se é que eu preciso perguntar?"

"Nenhum", grasnei para a porta.

"Logo, logo passa", meu pai disse, sarcasticamente. "E quanto foi que você bebeu ontem?"

"Não muito."

"Hum", respondeu.

"Já vou descer", falei, rolando na cama para fazer barulhos que soassem como se eu estivesse me levantando.

"Era você no telefone ontem à noite?"

"Como?", perguntei à porta, parando de rolar na cama.

"Era você, não era? Pensei que fosse, tentando disfarçar a voz. No que estava pensando, ligando àquela hora?"

"Ah... não me lembro de ter ligado, pai, de verdade", respondi, com cuidado.

"Hum... Você é um idiota, garoto", ele disse, arrastando-se escada abaixo. Fiquei deitado, pensando. Tinha quase certeza de não ter ligado para casa na noite anterior. Estivera com Jamie no pub, depois com ele e com a garota pela rua, daí sozinho, correndo, depois de novo com Jamie e, posteriormente, com ele e a mãe dele, tendo voltado sozinho para casa, quase sóbrio. Não havia nenhum branco na minha memória. Imaginei que tivesse sido Eric a ligar. Dava para perceber que meu pai não falava com ele havia muito tempo, senão reconheceria a voz do próprio filho. Continuei deitado na cama, torcendo para Eric ainda estar solto e vindo para casa, e também torcendo para que minha cabeça e meu estômago parassem de me lembrar do quanto podiam ser desconfortáveis.

"Olha só para você", meu pai falou, quando por fim desci de roupão para assistir a um filme velho na TV, à tarde. "Espero que esteja orgulhoso. Espero que esteja se sentindo um verdadeiro homem." Meu pai balançou a cabeça, lamentando, e voltou à leitura da *Scientific American*. Sentei-me devagar numa das poltronas da sala.

"Fiquei um pouco bêbado ontem à noite, pai, admito. Peço desculpas se isso o aborrece, mas garanto que estou sofrendo."

"Bom, espero que tenha aprendido uma lição. Faz ideia de quantos neurônios você conseguiu matar ontem à noite?"

"Uns bons milhares", respondi, depois de uma pequena pausa para fazer as contas.

Meu pai assentiu, com vontade. "No mínimo."

"Bom, vou tentar não fazer mais isso."

"Sei..."

"Puuum!", disse meu ânus em voz alta, surpreendendo tanto a mim quanto ao meu pai. Ele baixou a revista e ficou me encarando com um sorriso sarcástico enquanto eu pigarreava, abanando a bainha do roupão com toda a naturalidade que podia. Conseguia ver suas narinas se dilatando.

"Cerveja e uísque, hein?", disse, anuindo para si mesmo e pegando a revista outra vez. Senti meu rosto corar e cerrei os dentes, aliviado por ele ter se recolhido por trás daquelas páginas. Como ele *fazia* aquilo? Fingi que nada acontecera.

"Ah, aliás", falei, "espero que você não se importe, mas contei a Jamie que Eric escapou."

Meu pai olhou por cima da revista, sacudiu a cabeça e voltou a ler. "Idiota", disse.

À noite, após um lanche, que não era propriamente uma refeição, subi ao sótão e dei uma olhada pela ilha, através do telescópio, me assegurando de que nada acontecera enquanto eu descansava. Tudo parecia tranquilo. Saí para uma caminhada rápida no frio, sob as nuvens, indo pela praia até o extremo sul da ilha e voltando. Depois, fiquei em casa e assisti a um pouco mais de televisão, enquanto a chuva caía soprada por um vento leve, tamborilando nas janelas.

Já tinha ido para a cama quando o telefone tocou. Levantei rápido, já que mal deitara quando ele soou, e corri para atendê-lo antes do meu pai. Não sabia se ele ainda estava acordado.

"Sim?", falei, sem fôlego, enfiando a camisa do pijama dentro das calças. Ouvi uns bipes, depois uma voz bufou do outro lado.

"Não."

"O quê?", eu disse, franzindo a testa.

"Não", anunciou a voz do outro lado da linha.

"Ahn?", respondi. Não tinha nem certeza de que era Eric.

"Você disse 'sim'. Eu falei 'não'."

"O que você queria que eu dissesse?"

"Porteneil, 531."

"Certo. Porteneil, 531. Alô?"

"Ok. Adeus." A voz riu, e o telefone ficou mudo. Olhei-o com raiva e pus o fone no gancho. Hesitei. O telefone voltou a tocar, e o atendi no meio do primeiro toque.

"Si...", comecei, mas os bipes estavam soando. Esperei até que parassem e disse: "Porteneil, 531".

"Porteneil, 531", Eric falou. Eu pensava que era ele, ao menos.

"Sim", eu disse.

"Sim, o quê?"

"Sim, aqui é Porteneil, 531."

"Mas pensei que *aqui* fosse Porteneil, 531."

"É *aqui*. Quem fala? É você..."

"Sou eu. É de Porteneil, 531 que falam?"

"Sim!", gritei.

"E quem é?"

"Frank Cauldhame", respondi, tentando me acalmar. "Quem tá falando?"

"Frank Cauldhame", respondeu Eric. Olhei em volta, para o andar de cima e o de baixo, mas não vi sinal do meu pai.

"Oi, Eric", falei, sorrindo. Resolvi que, acontecesse o que acontecesse, naquela noite eu não o deixaria irritado. Eu desligaria antes de falar qualquer coisa errada que acabasse com meu irmão destruindo outra propriedade pública.

"Acabei de dizer que meu nome é Frank. Por que está me chamando de Eric?"

"Qual é, Eric, conheço a sua voz."

"Sou Frank. Pare de me chamar de Eric."

"Certo, certo. Vou chamá-lo de Frank."

"Então quem é você?"

Pensei por um momento. "Eric?", arrisquei.

"Você acabou de dizer que seu nome é Frank."

"Bem", suspirei, apoiando uma mão na parede e pensando no que responder. "Era... era uma piada. Meu Deus, eu sei lá." Fiz uma careta ao telefone e esperei meu irmão dizer alguma coisa.

"Seja como for, Eric", disse ele, "quais são as novidades?"

"Ah, nada demais. Saí ontem à noite. Fui ao pub. Você telefonou ontem?"

"Eu? Não."

"Ah. Papai disse que alguém ligou, e pensei que pudesse ter sido você."

"Por que eu ligaria?"

"Bom, não sei." Dei de ombros. "Pelo mesmo motivo que está ligando agora. Sei lá."

"E por que acha que estou ligando agora?"

"Não sei."

"Pai do céu, você não sabe por que liguei, não tem certeza nem do próprio nome e ainda errou o meu. Você não é muito esperto, né?"

"Ai, caramba", falei, mais para mim mesmo do que para ele. Podia sentir a conversa seguindo um caminho totalmente errado.

"Não vai perguntar como *eu* estou?"

"Sim, sim", disse. "Como você está?"

"Péssimo. E você?"

"Bem. Por que você está péssimo?"

"Você não se importa de verdade."

"Claro que me importo. O que aconteceu?"

"Nada que te interesse. Pergunte outra coisa, tipo como está o clima ou onde eu estou, qualquer coisa. Sei que você não liga para como estou."

"Claro que ligo. Você é meu irmão. É natural que eu me importe", protestei. Bem naquele instante, ouvi a porta da cozinha se abrir, e, segundos depois, meu pai apareceu ao pé da escada e, com a mão sobre a grande bola de madeira esculpida no fim do corrimão, ficou ali, me encarando. Ergueu a cabeça e a inclinou para o lado, tentando ouvir melhor. Deixei passar um pouco do que Eric dizia, e só entendi:

"...importa com o que sinto. Toda vez que ligo é a mesma história. 'Onde você está?' É só com isso que você se importa. Não quer saber como anda minha cabeça, só por onde eu ando. Nem sei por que me preocupo, não sei mesmo. Podia nem me dar ao trabalho de telefonar."

"Hum. Que bom. Então é isso", falei, sorrindo para o meu pai lá embaixo. Ele continuava parado, quieto e sem se mexer.

"Está vendo? É tudo o que você sabe dizer. 'Hum. Que bom. Então é isso.' Porra, muito obrigado. Isso mostra o quanto você se importa."

"De jeito nenhum. Muito pelo contrário", respondi a ele, então afastei o bocal do fone e gritei: "É Jamie outra vez, *pai*!".

"... por que me preocupo em tentar, sinceramente eu não...", murmurava Eric, aparentemente sem sequer notar o que eu acabara de dizer. Meu pai também me ignorou, parado na mesma posição, com a cabeça inclinada.

Umedeci os lábios e disse: "Bom, Jamie...".

"O quê? Tá vendo? Já esqueceu meu nome de novo. De que adianta? É isso que eu queria saber. Hein? De que adianta? *Ele* não me ama. *Você*, por outro lado, ama, não é?" A voz dele se tornava mais fraca e começava a ecoar. Devia ter se afastado do bocal. Fazia parecer que estava falando com alguém na mesma cabine que ele.

"Claro, Jamie. Com certeza." Sorri para o meu pai e concordei com a cabeça, colocando a mão sob o braço, tentando parecer o mais relaxado possível.

"Você me ama, não ama, querido? Como se seu coraçãozinho estivesse em chamas por mim...", murmurava Eric ao longe. Engoli em seco e sorri de novo para o pai.

"Bom, as coisas são assim, Jamie. Eu estava falando disso mesmo para *o meu pai aqui* hoje cedo." Acenei a ele.

"Você está fervendo de amor por mim, não está, docinho?"

Meu coração e estômago pareceram colidir um contra o outro quando ouvi uma respiração rápida vindo pelo fone, por trás do murmúrio de Eric. Um leve ganido e alguns barulhos meio úmidos fizeram percorrer calafrios pelo meu corpo todo. Estremeci. Sacudi a cabeça como se tivesse virado uma dose de uísque com tudo. O som ofegava e gania, ofegava e gania. Meu Deus do céu, tinha um cachorro lá com ele. Não, não.

"Olha! Escuta! Escuta, Jamie! O que você acha?", falei alto e em desespero, imaginando se o pai percebia os meus calafrios. Meus olhos deviam estar saltando das órbitas também, mas não havia nada a fazer. Estava me esforçando ao máximo para encontrar o que dizer a Eric que o distraísse. "Eu... hum... estava pensando que a gente realmente devia... devia convencer Willy a emprestar o carro velho dele outra vez. O Mini que ele usa para cruzar as dunas de vez em quando, sabe? Foi bem divertido daquela vez, não foi?" Àquela altura, minha voz já falhava, minha garganta estava seca.

"O quê? Do que você está falando?", soou, de repente, a voz de Eric, outra vez próximo ao bocal. Engoli em seco e sorri de novo ao meu pai, cujos olhos pareciam ter se estreitado um pouco.

"Você se lembra, Jamie? Pegar o carro do Willy emprestado. Eu realmente queria convencer *meu pai aqui*" — silvei essas palavras — "a me arrumar um carro com o qual eu pudesse andar pelas dunas."

"Você está falando merda. Nunca dirigi o carro de ninguém pelas dunas. Você esqueceu de novo quem eu sou", respondeu Eric, ainda sem escutar o que eu dizia. Parei de olhar para o meu pai e virei o rosto para a parede, ofegando e sussurrando "Ai, meu Deus" para mim mesmo, longe do fone.

"Sim. Sim, você está certo, Jamie", continuei, desesperado. "O meu irmão ainda está no caminho para cá, até onde sei. Eu e *o meu pai aqui* estamos torcendo para que ele esteja bem."

"Seu bostinha! Você fala como se eu nem mesmo estivesse aqui! *Deus*, odeio quando fazem isso! *Você* não faria isso comigo, faria, meu fofinho?" Sua voz se afastou de novo, e ouvi barulhos de um cão — de um filhote, se prestasse atenção — ao telefone. Eu comecei a suar.

Ouvi passos no andar de baixo, depois a luz da cozinha se apagou. Os passos voltaram e começaram a subir os degraus. Virei-me rapidamente, sorrindo para o meu pai, que se aproximava.

"Bom, então é isso aí, Jamie", falei de modo patético, emudecendo tanto metafórica quanto literalmente.

"Não fique tempo demais nesse telefone", disse meu pai enquanto passava por mim, continuando escada acima.

"Pode deixar, pai!", gritei animado, começando a sentir uma dor em algum ponto perto da bexiga, dor que costumava sentir quando as coisas estavam ruins e eu não via qualquer meio de fuga.

"*Aaaaaauuuu!*"

Afastei de uma vez o fone do ouvido, encarando-o por um segundo. Não conseguia saber se fora Eric ou o cachorro quem fizera o barulho.

"Alô? Alô?", sussurrei nervosamente, erguendo os olhos para ver se a sombra do meu pai já havia sumido da parede do andar de cima.

"Aaauuu-*aaaauuuuuu!*", veio o grito através da linha. Tremi e vacilei. Meu Deus, o que ele estava *fazendo* com aquele bicho? Então o fone caiu, ouvi um grito rogando uma praga, e o fone batendo outra vez e despencando. "Seu putinho... Argh! Caralho! Merda! Volte aqui, seu filho da..."

"Alô! Eric! Quero dizer, Frank! Digo... alô! O que está acontecendo aí?", sussurrei, procurando sombras no andar de cima, agachando sobre o telefone e cobrindo o bocal com a mão livre. "Alô?"

Ouvi um estrondo, e então "Isso é culpa sua!" explodiu perto do fone, depois outro baque. Pude ouvir alguns ruídos por um tempo, mas, mesmo me esforçando, não dava para identificar o que eram, e podiam ser apenas ruídos da linha. Fiquei em dúvida se devia desligar, e estava quase fazendo isso quando a voz de Eric surgiu de novo, murmurando alguma coisa que não pude entender.

"Alô? Como é?", perguntei.

"Ainda está aí, hein? Perdi o desgraçado. Foi culpa sua. Deus, para que você serve?"

"Desculpa", disse com sinceridade.

"Tarde demais agora. E me mordeu, o merdinha. Vou pegá-lo outra vez, pode deixar. Filho da puta." Soaram bipes. Ouvi mais moedas sendo usadas. "Imagino que você esteja feliz, não está?"

"Feliz por quê?"

"Feliz porque o maldito *cachorro* fugiu, cuzão."

"O quê? Eu?", fingi surpresa.

"Você não está tentando dizer que *sente muito* por ele ter fugido, está?"

"Ah..."

"Você fez isso de propósito!", gritou Eric. "Foi de propósito! Queria que ele fugisse! Você não me deixa brincar com nada! Prefere que o cachorro se divirta do que eu! Seu merda! Puto do caralho!"

"Ha, ha", ri de um jeito forçado. "Certo, obrigado por ligar, ahn... Frank. Até mais." Bati o fone e esperei por um instante, feliz por ter conseguido lidar bem com a situação, apesar de tudo. Enxuguei a testa, que estava um pouco suada, e dei uma última olhada para a parede sem sombras acima.

Sacudi a cabeça e me arrastei pela escada. Mal tinha chegado ao último degrau quando o telefone tocou de novo. Congelei. Se eu atendesse... mas se eu não atendesse, o meu pai...

Voei até lá, atendi e ouvi moedas sendo inseridas, então "Seu merda!" e depois uma série de baques surdos enquanto o plástico se chocava contra metal e vidro. Fechei os olhos e ouvi os estalos e choques até que um em especial terminou com um zunido baixo que telefones normalmente não fazem. Coloquei o fone no gancho, virei-me, encarei o andar de cima e voltei, cansado, a subir os degraus.

Fiquei estirado na cama. Cedo ou tarde precisaria encontrar uma solução mais duradoura para esse problema. Era o único jeito. Precisaria tentar induzir as coisas a partir da raiz de tudo aquilo: o próprio Velho Saul. Precisava de algum remédio pesado, senão Eric destruiria cada telefone da Escócia com as próprias mãos, e dizimaria a população canina do país. Antes, no entanto, eu precisaria consultar a Fábrica mais uma vez.

Não tinha sido exatamente culpa minha, mas eu estava totalmente envolvido e talvez pudesse fazer algo a respeito, com a caveira do velho cão, a ajuda da Fábrica e um pouco de sorte. Considerando o estado mental dele, eu não gostava muito de pensar no quão suscetível meu irmão estaria às vibrações que eu viesse a lhe enviar, mas precisava fazer algo.

Rezava para que o filhotinho *tivesse* fugido a salvo. Diabos, *eu* não culpava todos os cachorros pelo que acontecera. O Velho Saul era o culpado, ele entrara na nossa história e na minha mitologia pessoal como o Castrador, mas, graças às criaturinhas que enxameavam o estuário, ele agora estava sob o meu poder.

Eric era completamente louco, ainda que fosse meu irmão. Ele tinha sorte de que alguém são ainda gostasse dele.

O SOLO DA CAVEIRA
FÁBRICA DE VESPAS
IAIN BANKS

Quando Agnes Cauldhame chegou, grávida de oito meses e meio, pilotando sua moto BSA 500 com o guidão recurvado e o olho de Sauron pintado no tanque, meu pai, talvez de modo compreensível, não ficou muito feliz em vê-la. Afinal, ela o abandonara quase imediatamente após o meu nascimento, deixando um bebê chorão nos braços dele. Sumir por três anos, sem telefonemas ou sequer um cartão-postal, e depois dar as caras na cidade, cruzando-a e atravessando a ponte — com as manoplas de borracha raspando as laterais — carregando o filho ou os filhos de outro homem, esperando ser recebida, alimentada, cuidada e atendida pelo meu pai era um pouco demais.

Como eu tinha apenas três anos, não me lembro de muita coisa. Na verdade, não me lembro de absolutamente nada, assim como não me lembro de nada antes dos meus três anos. Mas então, é claro, eu tenho meus bons motivos para isso. Pelo pouco que pude recolher de informações do meu pai, consegui ter uma ideia possivelmente correta do que aconteceu. A sra. Clamp também deixou escapar alguns detalhes, de forma esporádica, ainda que eles não sejam mais confiáveis do que aquilo que meu pai contou.

Eric estava fora, na época. Morava em Belfast com os Stove.

Agnes, bronzeada, enorme, cheia de colares e envolta numa túnica, decidida a dar à luz em posição de lótus (que dizia ser a mesma posição de quando concebeu a criança) entoando um "Om", recusava-se a responder as perguntas do meu pai sobre onde estivera por três anos, e com quem. Ela lhe respondia que não fosse tão possessivo em relação a ela e ao seu corpo. Estava bem, e grávida, e isso era tudo que ele precisava saber.

Ela foi se alojar no que havia sido o quarto dos dois, a despeito dos protestos do meu pai. Se ele estava secretamente feliz por ela ter voltado, e se por acaso tinha alguma ideia ingênua sobre Agnes ter voltado para ele, não sei dizer. Não acredito que ele seja assim tão enérgico, apesar da expressão ameaçadora que faz quando quer impressionar. Imagino que a natureza obviamente determinada da minha mãe era suficiente para domá-lo. Em todo caso, ela fez o que quis, passando um par de semanas em grande estilo naquele verão de paz e amor etc.

Meu pai ainda tinha as duas pernas muito boas naqueles tempos, e as usava para correr escada acima e abaixo, entre cozinha e quarto, sempre que Agnes tocava os sininhos costurados na cintura da sua calça jeans, dobrada e pendurada ao lado da cama. Ainda por cima, ele tinha que tomar conta de mim. Eu perambulava por todos os cantos, travesso como qualquer menino normal e saudável de três anos de idade.

Como eu disse, não me lembro de nada, mas me contaram que eu parecia gostar de importunar o Velho Saul, o buldogue ancião, branco e coxo que era do meu pai — foi o que me disseram — porque o animal era muito feio e não gostava de mulheres. Ele também não gostava de motos, e ficou enlouquecido quando Agnes chegou pela primeira vez, latindo e a atacando. Ela o chutou para o meio do jardim, e ele saiu correndo, ganindo e indo se esconder nas dunas, reaparecendo apenas quando Agnes já estava completamente fora de cena, confinada à cama. A sra. Clamp insiste que meu pai devia ter dado fim ao cachorro muitos anos antes do ocorrido, mas acho que o bicho babão, de olhos remelentos e catinga de peixe, ganhou a simpatia do meu pai justamente por ser repulsivo.

Agnes entrou em trabalho de parto na hora do almoço de um dia quentíssimo, suando e entoando o Om para si mesma enquanto meu pai fervia um monte de água e outras coisas, e a sra. Clamp enxugava a testa de Agnes, provavelmente contando a ela sobre todas as mulheres que sabia terem morrido ao dar à luz. Eu brincava do lado de fora, correndo para todo canto, de shorts e — imagino — muito satisfeito por toda aquela história de gravidez, porque aquilo me dava mais liberdade para fazer o que quisesse na casa e no jardim, sem meu pai para ficar me vigiando.

O que eu fiz para irritar o Velho Saul, se foi o calor que o deixou arisco, se Agnes realmente tinha chutado sua cabeça quando chegou, como disse a sra. Clamp — nada disso eu sei. Mas o molequinho descabelado, sujo e arteiro que eu era pode muito bem ter feito alguma coisa ao animal.

Aconteceu no jardim, num pedaço de terra que mais tarde meu pai fez de horta, quando ele entrou nessa história de alimentação saudável. Minha mãe ofegava e rosnava, empurrando e respirando fundo, já por mais ou menos uma hora, amparada tanto pelo meu pai quanto pela sra. Clamp, quando do os três (ou pelo menos dois; imagino que Agnes pudesse estar ocupada o bastante) ouviram um latido furioso e um berro altíssimo e horrível.

Meu pai voou até a janela, olhou para o jardim e, gritando, correu para fora do quarto, deixando a sra. Clamp espantada e sozinha.

Ele correu até o jardim e me agarrou, levando-me de volta à cozinha e gritando pela sra. Clamp enquanto me colocava sobre a mesa, tentando estancar o sangue o máximo que podia com algumas toalhas. A sra. Clamp, ainda sem saber de nada e bastante furiosa, apareceu com o remédio que ele pedira, quase desmaiando ao ver a bagunça entre minhas pernas. Meu pai pegou a sacola que ela trazia e mandou a velha de volta para minha mãe.

Recobrei a consciência uma hora mais tarde, deitado na minha cama, medicado e sem sangue. Meu pai havia saído, com a espingarda que possuía, para procurar o Velho Saul.

Encontrou-o em alguns minutos, antes mesmo de sair propriamente da casa. O cachorro estava escondido perto da porta do porão, na sombra dos degraus. Ganiu, tremendo, e o meu sangue jovem se misturou à baba no seu focinho pegajoso, os olhos remelentos se erguendo em súplica para o meu pai, que o pegou e o estrangulou.

Agora, enfim, fiz meu pai me contar essa parte. E, de acordo com ele, foi apenas quando arrancou o último sopro de vida daquele cachorro que ouviu outro grito, agora vindo de cima, de dentro da casa, e era o menino Paul nascendo. Que tipo de ideias bagunçadas estavam na mente do meu pai na hora de decidir o nome não consigo nem imaginar, mas foi aquele o nome que Angus escolheu para o seu novo filho. Teve de decidir sozinho, porque Agnes não ficou por muito mais tempo. Levou dois dias para se recuperar, demonstrou-se chocada e horrorizada pelo que acontecera comigo, depois montou na moto e deu o fora. Meu pai tentou impedi-la ficando no caminho, então ela o atropelou e estraçalhou sua perna, a caminho da ponte.

Foi assim que a sra. Clamp se viu cuidando do meu pai, enquanto ele insistia em cuidar de mim. Ainda se recusava a deixar a velha chamar outro médico, e consertou a própria perna, mesmo que não perfeitamente (e, por isso, manca). A sra. Clamp teve que levar o recém-nascido para o pequeno hospital local, um dia depois que sua mãe foi embora. Meu pai protestou, mas, como a idosa fez questão de ressaltar, já era suficiente ter dois inválidos numa mesma casa, sem precisar se preocupar com os cuidados constantes de um bebê.

Então, essa foi a última visita da minha mãe à ilha e à casa. Ela deixou um morto, um recém-nascido e dois aleijados para sempre, de um jeito ou de outro. Nada mau para uma quinzena do fantástico e psicodélico verão de paz, amor e gentileza generalizada.

O Velho Saul acabou sendo enterrado no morro atrás da casa, que mais tarde chamei de Solo da Caveira. Meu pai diz que cortou a barriga do bicho e encontrou minha genitália no seu estômago, mas nunca fiz com que ele me contasse que fim deu àquilo.

Paul, naturalmente, era Saul. Aquele inimigo era — deve ter sido — esperto o bastante para se transferir ao garoto. Por isso meu pai escolheu aquele nome para o meu novo irmão. Foi pura sorte eu ter descoberto isso logo e feito algo a respeito, ainda bem novo, ou só Deus sabe no que aquela criança poderia ter se transformado, possuída pelo espírito de Saul. Mas a sorte, a tempestade e eu o levamos até a Bomba, e aquilo encerrou a história.

Em relação aos animais pequenos, os ratinhos, camundongos e hamsters, estes tiveram que encontrar uma morte atolada na lama para que eu pudesse pegar a Caveira do Velho Saul. Catapultei os animaizinhos sobre o riacho, na direção do lodo da outra margem, para que pudesse realizar alguns funerais. De outra forma, meu pai jamais me deixaria começar a cavar nosso cemitério de animais, então eles precisaram ir, abandonando esta vida usando um traje infame feito de meia peteca de badminton. Eu costumava comprar as petecas na loja de brinquedos e esportes da cidade, cortando fora a parte de borracha delas para enfiar ali o relutante porquinho-da-índia (de fato usei um deles, certa vez, para fazer valer o nome, mas eles eram muito caros e um pouco grandes demais), empurrando-o pelo tubo de plástico até que este se ajustasse ao bichinho como um vestido. Quando prontos, eu os arremessava por sobre a água e a lama para seu sufocante fim. Depois os enterrava, usando como caixão as grandes caixas de fósforos que deixávamos perto do fogão, que eu guardava havia anos para usar de depósito de soldadinhos, casas de brinquedo e essas coisas.

Disse ao meu pai que eu estava tentando arremessá-los até a margem oposta, no continente, e que aqueles que precisavam ser enterrados, os que caíram muito antes, eram vítimas de pesquisa científica, mas duvido que eu realmente precisasse dessa desculpa. Meu pai nunca se importou com o sofrimento das pequenas formas de vida, mesmo tendo sido um hippie, talvez por causa da sua formação médica.

Mantive um registro, é claro, e segundo as anotações, precisei de menos de trinta e sete destes supostos experimentos de voo antes que a minha pá velha de guerra, cavando a superfície do Solo da Caveira, batesse contra algo mais duro que o chão arenoso. Naquele momento, eu finalmente soube onde os ossos do cachorro estavam.

Teria sido bom se tivessem passado dez anos entre a morte do cachorro e a exumação do seu crânio, mas na verdade foram só alguns meses. De todo modo, o Ano da Caveira terminou com o meu velho inimigo sob o *meu* poder. Aquela cuia de osso saiu da terra como se fosse um dente muito podre numa noite tenebrosa de tempestade, lanterna e Fincadora, a pá, enquanto meu pai dormia e eu devia estar fazendo o mesmo, e os céus tremiam com trovões, chuva e ventania.

Eu estava tremendo na hora que levei aquilo ao Abrigo, assombrado pelas minhas alucinações paranoicas, mas resisti. Coloquei o crânio nojento lá e o limpei, pondo uma vela na caveira e a envolvendo com magia pesada, coisas importantes, voltando todo molhado e com frio para a minha cama quentinha e segura.

Então, levando tudo em consideração, acho que resolvi bem, lidando com o meu problema da melhor forma possível. Meu inimigo foi morto duas vezes, e eu *ainda* o tenho. Não sou um homem completo, e nada vai poder mudar esse fato. Mas eu sou eu, e considero isso compensação suficiente.

Esse papo de queimar cachorros é pura besteira.

INVASORES DO ESPAÇO
FÁBRICA DE VESPAS
IAIN BANKS

7

Antes de perceber que os pássaros eram aliados ocasionais, eu costumava fazer coisas bem desagradáveis a eles: usava-os de isca, atirava neles, prendia-os a estacas com a maré baixa, plantava bombas-relógio embaixo dos seus ninhos, essas coisas.

 A brincadeira de que eu mais gostava era capturar dois deles usando iscas e uma rede, para depois amarrá-los juntos. Normalmente eram gaivotas, e eu prendia suas patas com linha de pesca bem grossa. Depois sentava sobre uma duna e observava. Às vezes, eu conseguia uma gaivota e um corvo, mas independentemente de serem da mesma espécie ou não, logo descobriam não poder voar direito — apesar da linha ser, em teoria, longa o bastante — e acabavam (após uma série de hilariantes acrobacias desajeitadas) brigando.

 Quando um morria, entretanto, o sobrevivente — normalmente ferido — ainda não estava em condições muito boas, amarrado a um cadáver pesado em vez de a um oponente vivo. Vi um par de bichos mais determinados arrancando a pata do inimigo derrotado a bicadas, mas a maioria não era capaz disso, ou não tinha essa ideia, e acabava sendo comido pelos ratos durante a noite.

Eu tinha outras brincadeiras, mas essa sempre me parecia ser a mais amadurecida das minhas invenções. Simbólica, até, e com uma boa mistura de dureza e ironia.

Uma ave cagou na Cascalho enquanto eu pedalava até a cidade, numa terça-feira de manhã. Freei, dei uma olhada nas gaivotas sobrevoando junto a um par de tordos, daí peguei um pouco de grama para limpar a merda branco-amarelada da bicicleta. Era um dia claro e ensolarado, com uma brisa fresca soprando. A previsão para os dias seguintes era boa, e eu esperava que o tempo agradável durasse até a chegada de Eric.

Encontrei Jamie no bar da entrada do Cauldhame Arms, para almoçarmos, e jogamos um pouco de videogame em uma das televisões.

"Se ele é louco desse jeito, não entendi por que não o pegaram ainda", disse Jamie.

"Eu já falei. Ele é louco, mas é esperto. Não é *burro*. Sempre foi bem inteligente, desde pequeno. Aprendeu a ler bem novo, e sempre ouvia dos tios e das tias aquele papo de 'Nossa, eles crescem tão rápido hoje em dia' antes mesmo de eu nascer."

"Mas ele é maluco, ainda assim."

"É o que *eles* dizem, mas eu não sei."

"E o lance com os cachorros? E as minhocas?"

"Tá, aquilo realmente pareceu loucura, admito, mas, às vezes, eu acho que ele está armando alguma coisa, que talvez não seja realmente insano, no fim das contas. Vai ver que ele só se encheu de agir normalmente e resolveu dar uma de doido, e o prenderam porque ele exagerou."

"E agora ele está louco de raiva deles." Jamie riu, bebendo sua cerveja enquanto eu dizimava uma onda de pequenas naves coloridas e esquivas que desciam pela tela. Dei uma risada. "É, se você está dizendo. Mas, sei lá. De repente ele é louco de verdade. De repente eu que sou. Talvez todo mundo seja. Ou, pelo menos, todo mundo da minha família."

"*Isso* é verdade."

Olhei-o por um segundo, então sorri. "Às vezes, fico pensando nisso. Meu pai é um excêntrico... imagino que eu também seja." Dei de ombros, concentrando-me outra vez na batalha espacial. "Mas isso não me incomoda. Tem um monte de gente mais maluca por aí."

Jamie ficou sentado, em silêncio, enquanto eu cruzava telas e telas repletas de naves serpenteantes. No fim, minha sorte acabou e elas me pegaram. Peguei meu copo enquanto Jamie se preparava para explodir aquelas esquadras luminosas. Vi o alto da sua cabeça na hora que ele sentou. Estava ficando careca, apesar de eu saber que só tinha vinte e três anos. Pensei novamente numa marionete, com a cabeça desproporcional e os bracinhos atarracados, as pernas tremendo com o seu esforço em apertar o botão de disparo e manobrar o controle.

"É", falou, depois de um tempo, ainda atacando as naves que apareciam, "e parece que um monte delas são políticos, e presidentes, e esses troços."

"Hein?", perguntei, em dúvida sobre o que ele estava falando.

"As pessoas mais malucas. Uma porção delas parece estar na liderança de países ou religiões. Ou exércitos. Os malucos de verdade."

"É, acho que sim", respondi, pensativo, assistindo à batalha na tela. "Ou talvez eles sejam os únicos sãos. Afinal, são os únicos com poder e riquezas. São eles que mandam todo mundo fazer exatamente o que eles querem, tipo morrer por eles ou trabalhar por eles, e colocá-los no poder para protegê-los, e pagar impostos, e comprar-lhes brinquedinhos novos, e são os únicos que vão sobreviver a uma nova grande guerra, em seus abrigos e túneis. Então, considerando as coisas do jeito que estão, quem é que vai dizer que eles são loucos por não fazerem o que o zé-ninguém acha que devia ser feito? Se eles pensassem do mesmo jeito que o zé-ninguém, eles *seriam* zés-ninguém, e alguma outra pessoa estaria se divertindo no lugar deles."

"Sobrevivência do mais apto."

"É."

"Sobrevivência do...", Jamie prendeu o fôlego e puxou o controle com tanta força que quase caiu do banquinho, mas conseguiu se esquivar da rajada de tiros amarelos que haviam soltado contra ele no canto da tela, "...mais desprezível." Ergueu os olhos para mim e sorriu rápido, antes de se debruçar sobre o controle de novo. Eu bebi, concordando.

"Como queira. Se o mais desprezível sobrevive, então estamos na merda."

"Estamos. Todos nós, os zés-ninguém", disse Jamie.

"É, ou qualquer um. A espécie inteira. Se formos mesmo tão maus e idiotas, se usarmos todas aquelas bombas H e bombas de *nêutron* uns contra os outros, então talvez seja melhor que sejamos varridos do mapa de uma vez, antes de sair pelo espaço fazendo coisas horríveis a outras raças."

"Quer dizer que nós seremos os Invasores do Espaço?"

"Isso!", ri, girando na cadeira. "É isso! É o que a gente é!" Ri mais e bati na tela, em cima de uma formação de coisinhas verdes e vermelhas se mexendo, na hora em que uma delas, escapando pela borda da formação principal, desceu atirando contra a nave de Jamie, errando os tiros, mas o acertando com sua asa verde conforme desaparecia no fim da tela. Com isso, a nave de Jamie explodiu num clarão vermelho e amarelo.

"Merda", disse, se largando no assento. Balançou a cabeça. Sentei-me a postos e esperei minha nave surgir.

Só um pouco bêbado pelas três cervejas, voltei assobiando de bicicleta para a ilha. Sempre gostava dos almoços com Jamie. Às vezes, conversávamos nas saídas de sábado à noite, mas não escutávamos nada quando as bandas estavam no palco, e depois eu ficava bêbado demais para conversar ou, quando conseguia falar, bêbado demais para me lembrar do que estava dizendo. O que, pensando bem, era bom o bastante, a julgar pelas pessoas normalmente sensíveis que se transformavam em idiotas tagarelas, rudes, cheias de opinião e polêmicas assim que as moléculas de álcool em suas veias superavam o número dos seus neurônios, ou algo assim. Felizmente, só era possível perceber isso estando sóbrio, então a solução era tão agradável (pelo menos naquela hora) quanto óbvia.

Quando voltei, meu pai estava dormindo na espreguiçadeira do jardim da frente. Deixei a bicicleta no barracão e o observei ali do umbral, por um tempo, numa posição que pareceria, caso ele acordasse, que eu estava apenas fechando a porta. A cabeça dele estava meio tombada para o meu lado e sua boca, ligeiramente aberta. Estava com óculos escuros, mas eu conseguia ver seus olhos fechados através das lentes.

Precisava mijar, então não o observei por muito tempo. Não que eu tivesse qualquer motivo particular para observá-lo; era apenas algo que eu gostava de fazer. Eu me sentia bem por saber que podia observá-lo sem que ele me visse, e que eu estava alerta e completamente consciente, enquanto ele não estava.

Entrei em casa.

Havia passado a segunda-feira inteira, depois de uma visita rápida às Estacas, fazendo um ou dois reparos e melhorias na Fábrica, trabalhando a tarde toda até os meus olhos estarem cansados e o pai me chamar para descer e jantar.

Choveu à noite, então fiquei em casa e assisti à televisão. Fui cedo para a cama. Eric não telefonou.

Depois de me livrar de quase metade da cerveja que bebera no Arms, fui dar outra olhada na Fábrica. Fui até o sótão, banhado pelo sol, morno e cheirando a livros antigos e interessantes, e resolvi limpar um pouco o lugar.

Coloquei brinquedos velhos em caixas, uns carpetes enrolados e rolos de papel de parede de volta aos seus lugares de onde haviam caído, recoloquei dois mapas na madeira do teto, e limpei algumas das ferramentas, peças e outras coisas que usara no conserto da Fábrica, enchendo todas as partes dela que precisavam ser preenchidas.

Encontrei alguns objetos interessantes enquanto fazia tudo aquilo: um astrolábio caseiro que eu mesmo entalhara, uma caixa com partes dobradas de um modelo das defesas bizantinas, os restos da minha coleção de peças isolantes de postes telegráficos e alguns cadernos de quando meu pai me ensinou francês. Enquanto os folheava, não encontrei nenhuma mentira absurda. Ele não me ensinara a dizer nada obsceno no lugar de "Com licença?" ou "Pode me dizer onde fica a estação de trem, por favor?", mas aposto que a tentação havia sido quase irresistível.

Terminei por limpar o sótão, fungando algumas vezes pela poeira brilhante que subia no ar dourado. Olhei novamente para a Fábrica reformada, só porque gostava de olhar para ela, e consertá-la, e tocá-la, e pressionar algumas das suas pequenas alavancas, dispositivos e portas. Por fim, saí de lá, dizendo a mim mesmo que em breve teria uma chance de usá-la como deveria. Capturaria uma vespa viva naquela tarde, para usá-la na manhã seguinte. Queria interrogar a Fábrica de novo, antes de Eric voltar. Queria uma ideia melhor do que estava para acontecer.

Era um pouco arriscado, claro, fazer a mesma pergunta duas vezes, mas pensei que circunstâncias excepcionais exigiam aquilo, e a Fábrica era minha, no fim das contas.

Peguei a vespa sem qualquer dificuldade. Ela praticamente entrou andando no pote de geleia cerimonial que eu sempre usava para colher as vítimas da Fábrica. Segurei o jarro, fechei a tampa com furinhos e o deixei junto de algumas folhas e um montinho de casca de laranja, numa sombra à margem do rio enquanto eu passava a tarde construindo uma represa.

Suei trabalhando sob o sol do fim da tarde e começo da noite, enquanto meu pai pintava os fundos da casa e a vespa reconhecia o terreno do jarro, com as antenas balançando.

Com o trabalho pela metade — talvez não exatamente no melhor momento —, achei que seria divertido fazer daquela represa um Detonador, então deixei a água correndo e fui até o barracão para pegar a Mochila de Guerra. Trouxe-a de volta e ajeitei a menor bomba que eu tinha num circuito elétrico de detonação. Conectei as pontas desencapadas do fio no interruptor da lanterna, pelo furo no seu corpo metálico, enrolando a bomba em saquinhos plásticos. Enterrei-a de ponta-cabeça na base do dique principal, conduzindo os fios para fora dali, passando pela água estagnada e chegando quase até o jarro onde a vespa rastejava. Cobri os fios, para que tudo parecesse mais natural, e voltei à construção da represa.

O sistema de barragem terminou sendo bem grande e complexo, incluindo não uma, mas duas vilas, uma entre dois diques e outra no fim do curso d'água. Construí pontes e estradinhas, um castelinho com quatro torres e duas vias cruzando túneis. Pouco antes da hora do chá, conectei o último fio à lanterna e levei o jarro com a vespa para o alto da duna mais próxima.

Conseguia ver o meu pai ainda pintando as áreas em volta das janelas da sala. Lembro-me dos desenhos que havia na fachada da casa, na parte que dava para o mar. Estavam praticamente apagados, mas eram exemplos menores de arte psicodélica, pelo que lembro. Espirais gigantes serpenteando, grandes mandalas que saltavam da casa como se fossem tatuagens em Technicolor, contornando janelas e se debruçando sobre a porta. Uma relíquia dos dias de hippies do meu pai, os desenhos agora já estavam completamente acabados, apagados por vento, areia, chuva e sol. Apenas os contornos mais vagos ainda eram perceptíveis, junto a uns pedaços esmaecidos das cores reais, como pele descamada.

Abri a tampa da lanterna, coloquei as pilhas, segurei-as ali e apertei o interruptor. A corrente fluiu a partir das baterias de nove volts lá dentro, seguindo pelos fios que atravessavam o lugar onde costumava haver uma lâmpada e depois alcançando a bomba. Em algum lugar perto do seu centro, a palha de aço começou a brilhar, primeiro de um jeito fraco, depois mais forte e passando a derreter o material, até que a mistura branca explodiu, rasgando o metal — que me custara muito suor, tempo e esforço para dobrar — como se fosse papel.

Bum! A frente do dique principal foi aos ares. Uma mistura de vapor e fumaça, água e areia subiu aos céus e caiu, espatifando-se no chão. O barulho foi bom e abafado, e o tremor que senti no solo onde estava sentado, logo antes de ouvir a explosão, veio num impacto só.

A areia no ar se espalhou, caiu espalhada na água e em pequenos torrões sobre ruas e casas. A água represada vazou pelo buraco criado na areia, escorrendo pelo seu caminho abaixo e cavando as margens, espirrando uma onda escura sobre a primeira vila, atravessando-a e se acumulando no dique seguinte, ondulando, desmoronando construções de areia, cercando um dos lados do castelo e cavando suas torres já debilitadas. Os suportes das pontes ruíram, a madeira caiu boiando na água e o dique começou a transbordar, até que, em pouco tempo, seu topo estava completamente lavado e corroído pela força da água que descia do primeiro dique, pressionada pela correnteza que vinha de uns cinquenta metros riacho acima. O castelo se desintegrou, indo ao chão.

Larguei o jarro e corri duna abaixo, feliz pela onda que se derramava na superfície ondulada do riacho, atingindo casas, seguindo estradas e correndo pelos túneis, depois atingindo o último dique, transbordando-o rapidamente e seguindo para destruir o resto das casas, agrupadas na segunda vila. Os diques se desintegravam, as casas se desfaziam na água, pontes e túneis caíam e os montes de areia desabavam por toda parte. Uma sensação maravilhosa de ânimo borbulhava no meu estômago e subia como uma onda até a minha garganta, enquanto eu me divertia com aquela devastação aquática.

Vi os fios à deriva num dos lados do curso d'água, então olhei para onde a água jorrava, correndo em direção ao mar, se espalhando pela areia há muito seca. Sentei-me do lado oposto de onde estivera a primeira vila, onde emergiam compridas trombas d'água e lama, avançando lentamente, esperando a tormenta se acalmar, de pernas cruzadas, os cotovelos nos joelhos e o rosto nas mãos. Sentia-me confortável, feliz e com um pouco de fome.

Por fim, quando o riacho já voltara quase ao normal, com quase nada restando das minhas horas de trabalho, encontrei o que procurava: os destroços negros e prateados da bomba, enfiados na areia, contorcidos e aos pedaços, pouco abaixo do dique que fora destruído. Não tirei as botas, mas, com a ponta dos pés ainda em terra firme, fui me esticando, apoiado nas mãos até estar com o corpo quase inteiro sobre a água. Peguei os destroços da bomba do leito do riacho, coloquei seu corpo cuidadosamente dentro da boca e engatinhei de volta até conseguir me colocar de pé.

Esfreguei a peça de metal com um trapo que tirei da Mochila de Guerra, guardei a bomba, peguei o jarro com a vespa e voltei para casa, para o chá, saltando as águas bem no ponto em que elas estiveram mais acumuladas.

Nossas vidas são símbolos. Tudo que fazemos é parte de um padrão que, pelo menos em parte, decidimos. O forte cria o seu próprio padrão e influencia o de outras pessoas, o fraco tem seus caminhos traçados por alguém. O fraco, e o azarado, e o idiota. A Fábrica de Vespas é parte do padrão porque é parte da vida e — até mais do que isso — parte da morte. Assim como a vida, ela é complexa, por isso todos os seus componentes. O motivo pelo qual ela responde questões é que cada pergunta é um início procurando por um fim, e a Fábrica diz respeito ao Fim — a morte, nada menos. Não quero saber de entranhas, varetas, dados, livros, pássaros, vozes, pingentes, nada dessa porcaria. Eu tenho a Fábrica, e ela trata do agora e do futuro, não do passado.

Deitei-me na cama aquela noite sabendo que a Fábrica estava pronta e no aguardo da vespa que rastejava pelo jarro na minha cabeceira. Pensei na Fábrica, em cima de mim, no sótão, e esperei o telefone tocar.

A Fábrica de Vespas é belíssima, implacável e perfeita. Ela me daria alguma ideia do que estava para acontecer, me ajudaria a saber o que precisava ser feito, e depois de consultá-la, eu tentaria entrar em contato com Eric através da caveira do Velho Saul. Éramos irmãos, afinal, mesmo que só pela metade, e éramos dois homens, mesmo que eu fosse só metade de um também. Em algum nível profundo, nós nos entendíamos, ainda que ele fosse louco e eu fosse são. Tínhamos inclusive aquele vínculo sobre o qual eu não pensara até recentemente, mas que poderia se tornar útil: ambos havíamos matado, e usado a cabeça para isso.

Então me ocorreu, como ocorrera algumas vezes antes, que era para aquilo que os homens realmente *serviam*. Cada sexo consegue fazer uma coisa especialmente bem. As mulheres geram a vida, os homens matam. Nós — eu me considero um homem honorário — somos o sexo forte. Atacamos, forçamos, golpeamos e conquistamos. O fato de eu poder fazer tudo isso de um modo apenas metafórico não me incomoda. Sinto essas coisas nos meus ossos, nos meus genes não castrados. Eric deve responder a isso.

Deu onze horas, depois meia-noite, então desliguei o rádio e fui dormir.

A FÁBRICA DE VESPAS

8 FÁBRICA DE VESPAS
IAIN BANKS

Bem cedo pela manhã, enquanto meu pai dormia e a claridade pálida era filtrada pelo denso véu de nuvens, levantei-me em silêncio, me lavei e me barbeei com cuidado, voltei ao quarto e me vesti sem pressa, carregando o jarro com a vespa sonolenta para o sótão, onde a Fábrica aguardava.

Deixei o jarro no pequeno altar sob a janela e fiz os últimos preparativos que a Fábrica exigia. Depois, peguei um pouco do gel verde de limpeza de um pote no altar e esfreguei minhas mãos com ele, bem esfregadas. Eu observava a Tábua de Marés, Tempo e Distâncias, o livrinho vermelho que eu mantinha na outra ponta do altar, conferindo a hora da maré cheia. Coloquei, na face da Fábrica, as duas velinhas de vespas nos lugares onde os ponteiros do relógio marcariam a hora da maré cheia, então abri o jarro só um pouquinho e tirei de lá as folhas e os pedacinhos de casca de laranja, deixando a vespa sozinha.

Coloquei o jarro no altar, que estava decorado com uma série de coisas poderosas: a caveira da serpente que matara Blyth (caçada e cortada ao meio pelo pai dele, com uma pá de jardineiro — eu escondi a parte dianteira do animal na grama antes que Diggs aparecesse para levá-la como evidência), um fragmento da bomba que destruíra Paul (o menor pedaço que pude encontrar; havia muitos), um pedaço de lona da pipa que voara com Esmerelda (não um pedaço da pipa de verdade, claro, mas um retalho) e um pratinho contendo um pouco de um dente amarelado e carcomido do Velho Saul (facilmente arrancado).

Pus a mão nas partes, fechei os olhos e repeti minhas ladainhas. Era capaz de recitá-las de forma automática, mas tentava pensar sobre o que significavam enquanto as repetia. Elas continham minhas confissões, meus sonhos e minhas esperanças, meus medos e ódios, e ainda me fazem estremecer quando as pronuncio, de modo deliberado ou não. Houvesse um gravador de som ali por perto e a verdade horrível sobre meus três assassinatos seria conhecida. Só por isso elas já eram muito arriscadas. As ladainhas também contam a verdade sobre quem eu sou, o que quero e o que sinto, e pode ser perturbador ouvir uma descrição de si próprio de modo tão honesto e abjeto, assim como é humilhante ouvir os pensamentos tidos em momentos esperançosos e fantasiosos.

Assim que acabei, tirei a vespa do jarro sem maiores alvoroços e a coloquei sob a Fábrica, deixando que entrasse.

A Fábrica de Vespas cobre uma área de vários metros quadrados sobre um amontoado irregular e vacilante de metal, madeira, vidro e plástico. Foi toda construída em torno da face de um relógio velho que costumava ficar pendurado sobre a porta do Banco Real da Escócia, em Porteneil.

Essa parte do relógio é a coisa mais importante que já recuperei do lixão da cidade. Encontrei-a durante o Ano da Caveira e a arrastei todo o caminho até a ilha, através da ponte. Guardei-a no galpão até um dia em que meu pai ficou fora, daí passei o dia inteiro me matando para tentar colocá-la no sótão. Ela é feita de metal e tem quase um metro de diâmetro, pesada e quase imaculada, com os números inscritos em algarismos romanos. A peça foi toda fabricada em Edimburgo em 1864, exatamente cem anos antes do meu nascimento. Com certeza não era coincidência.

Naturalmente, como o relógio tinha dois lados, provavelmente haveria outra face, o reverso. Porém, apesar de ter revirado o lixão durante semanas depois de encontrar a face que tenho, nunca descobri a outra, então essa também é uma parte do mistério da Fábrica — uma pequena lenda do Graal, por mérito próprio. O velho Cameron, da loja de ferragens na cidade, disse ter ouvido falar sobre um negociante de sucata de Inverness que ficara com as engrenagens, então a outra face pode ter sido derretida há muitos anos ou agora decorar a parede de alguma casa bacana em Black Isle, construída com o lucro de carros velhos e do preço variável do chumbo. Eu apostaria na primeira opção.

Havia alguns buracos no metal, que eu soldei, mas deixei o furo central onde as engrenagens se ligavam aos ponteiros, e é através dele que a vespa entra na Fábrica. Lá dentro, pode andar por quanto tempo quiser, inspecionando as velas minúsculas com suas primas mortas e enterradas ou ignorando-as completamente se preferir.

Chegando até a borda da face, entretanto, que eu selara com uma parede de compensado de madeira com duas polegadas de altura, coberta por um vidro circular de um metro que mandara fazer na cidade, a vespa poderia entrar em um dos doze corredores, através de portinhas bem pequenas dispostas em frente aos números gigantescos — se comparados ao tamanho de uma vespa. Se a Fábrica assim decidir, o peso da vespa aciona um mecanismo delicado de balanço, feito com pedacinhos de lata, cordões e alfinetes, e uma portinha se fecha atrás do inseto, confinando-o ao corredor que tiver escolhido. Apesar de eu deixar todos os mecanismos bem regulados e lubrificados, e de repará-los e testá-los até que o mais leve tremor os acione — preciso dar passos muito leves quando a Fábrica está funcionando lenta e implacavelmente — às vezes, a Fábrica não quer a vespa na sua primeira escolha de corredor, e deixa que rasteje de volta até a face outra vez.

De vez em quando, as vespas voam, ou andam de ponta-cabeça no círculo de vidro, ou ficam muito tempo no buraco fechado por onde entram, mas cedo ou tarde elas escolhem um buraco e uma porta que funciona, então têm os seus destinos traçados.

A maioria das mortes que a Fábrica oferece são automáticas, mas algumas precisam da minha intervenção para o golpe de misericórdia, e isso, claro, tem alguma relação com o que ela pode estar querendo me contar. Devo puxar o gatilho da velha pistola a ar, se a vespa entrar nela. Preciso ligar a eletricidade se ela cair na Piscina Fervente. Se termina se arrastando pelo Salão da Aranha, pela Gruta da Dioneia ou pelo Formigueiro, então posso me sentar e simplesmente assistir à natureza seguir seu curso. Se seu caminho a leva para o Poço Ácido ou para a Câmara de Gelo, ou para o lugar com o nome engraçadíssimo de Cavalheiros (onde o instrumento de execução é minha própria urina, normalmente bem fresca), então também posso simplesmente observar. Se cai num dos muitos espetos eletrificados da Sala Voltaica, posso assistir ao inseto ser eletrocutado. Se acaba no Pesomorto, vejo-o ser esmagado e se esvair. E, se vai tropeçando pelo Corredor das Lâminas, posso observá-lo sendo esquartejado e se desfigurando. Quando tenho alguma das mortes alternativas adicionadas, posso ver a vespa derramar cera quente sobre si, comer geleia envenenada ou ser abatida por um alfinete atirado por um elástico. Às vezes, até mesmo acontecem reações em cadeia que acabam por deixar a vespa encurralada numa câmara, fechada e repleta do dióxido de carbono soprado por um sifão, mas se ela escolhe a água quente ou a espingarda na Guinada do Destino, então preciso assumir um papel direto na sua morte. E, se a vespa seguir para o Lago Ardente, sou eu quem tenho de apertar o acendedor do isqueiro e incendiar a gasolina.

A morte por fogo sempre fica no Doze, e é um dos Fins jamais substituídos pelas Alternativas. Identifiquei o Fogo com a morte de Paul. Ela tinha ocorrido próximo ao meio-dia, assim como a partida de Blyth por veneno era representada pelo Salão da Aranha no Quatro. Esmerelda provavelmente morrera por afogamento (Cavalheiros), e coloquei a hora da morte dela arbitrariamente às Oito, para deixar as coisas simétricas.

Fiquei vendo a vespa sair do jarro, por sob uma fotografia de Eric que eu colocara no vidro com a frente virada para baixo. O inseto não perdeu tempo; em segundos, estava sobre a face da Fábrica. Arrastou-se pelo nome do fabricante e pelo ano em que o relógio nasceu, ignorou completamente as velas de vespas, seguiu mais ou menos direto para o grande XII, depois à porta oposta, que se fechou em silêncio logo em seguida. Continuou num rastejar mais rápido pelo corredor, passando pelo funil da caçoeira de corda que o impediria de dar meia-volta, e entrou no funil de aço polidíssimo pelo qual escorregou câmara envidraçada adentro, onde morreria.

Recostei-me, suspirando. Passei uma mão pelo cabelo e me curvei à frente mais uma vez, vendo onde a vespa tinha caído e agora se esforçava por escalar, uma malha de aço furta-cor e enegrecida que fora vendida como coador, mas que no momento ia suspensa sobre um pote de gasolina. Dei um sorriso pesaroso. A câmara era bastante ventilada, com vários buraquinhos na tampa de metal e no fundo do tubo de vidro, para que a vespa não se asfixiasse com a fumaça. Um cheiro leve de gasolina costumava subir quando a Fábrica era acionada, se você prestasse atenção. Eu sentia o cheiro da gasolina enquanto observava a vespa, e talvez houvesse um odor de tinta fresca no ar, também, mas eu não tinha certeza. Dei de ombros e pressionei o botão da câmara, e uma vareta correu pela armação de alumínio, entrando em contato com o acendedor do isqueiro descartável que estava disposto sobre a piscina de combustível.

Nem precisei fazer várias tentativas. O fogo pegou de primeira, e as labaredas, tênues e claras à luz da manhã no sótão, ondularam e lamberam a malha de aço. As chamas não atravessaram a malha, mas o calor sim, e a vespa voou, zunindo nervosa sobre as chamas quietas, batendo contra o vidro, caindo, chocando-se contra a lateral do coador, buscando suas bordas, começando a escorregar para o fogo, daí voando outra vez, debatendo-se contra o funil de aço algumas vezes, até cair na armadilha da malha de aço. Saltou uma última vez, voando desesperadamente por alguns segundos, mas já devia ter as asas chamuscadas porque voava sem rumo e logo caiu no pote enfumaçado, morrendo ali, se debatendo, curvando-se e ficando quieta, fumegando de leve.

Sentei-me e observei o inseto enegrecido assar e tostar, sentei-me e observei as chamas tranquilas subindo e envolvendo o coador como a mão de alguém, sentei-me e observei o reflexo das pequenas chamas tremeluzindo no ponto mais distante do tubo de vidro, até que, por fim, estendi o braço, abri a base do cilindro e puxei o pratinho com gasolina para mim, abafado por uma cobertura de metal, e apaguei o fogo. Desenrosquei o topo da câmara e de lá tirei o cadáver com uma pinça. Coloquei-o numa caixa de fósforos e o pus no altar.

A Fábrica nem sempre cede os seus mortos. O ácido e as formigas não deixam vestígios, enquanto a dioneia e a aranha devolvem somente o casco, quando muito. Agora, entretanto, eu tinha um corpo carbonizado. Outra vez precisaria me desfazer dele. Apoiei a cabeça nas mãos, curvando o corpo para a frente no banquinho em que estava. A Fábrica me envolvia, o altar estava às minhas costas. Dei uma olhada na parafernália espalhada pela Fábrica, seus vários caminhos para a morte, suas passagens, seus corredores e suas câmaras estreitas, suas luzes no fim dos túneis, os tanques, recipientes e funis, gatilhos, baterias e fios, esteios e estantes, tubos e cordões. Apertei alguns interruptores, e pequenos propulsores encheram as tubulações, mandando o ar sugado pelas ventoinhas para a face da Fábrica, passando pela geleia. Ouvi-os por um instante, até sentir o cheiro da geleia, mas aquilo servia como isca para as vespas, não para mim. Desliguei os motores.

Comecei a desligar tudo. A desconectar, esvaziar e organizar. A manhã ia se erguendo para além das claraboias, e eu podia ouvir um par de passarinhos novos chamando no ar matinal. Quando o ritual de desligamento da Fábrica estava completo, voltei ao altar, olhando-o inteiro, vendo seus vários jarrinhos e pedestais em miniatura, as lembranças da minha vida, as coisas que eu havia encontrado e guardado comigo. Fotos de todos os meus parentes mortos, os que eu matara e os que simplesmente haviam morrido. Fotos dos vivos: Eric, meu pai, minha mãe. Fotos de coisas: uma BSA 500 (não *a* moto, infelizmente. Acho que meu pai destruiu todas as fotos dela), a casa, quando ainda era novinha e recém-pintada, e até uma fotografia do próprio altar.

Passei a caixa de fósforos com a vespa morta pelo altar, balancei-a em volta e na frente dele, em frente ao jarro com a areia da praia lá de fora, às garrafas com meus fluidos preciosos, a umas lasquinhas da bengala do meu pai, a outra caixa de fósforo com dois dentes de leite de Eric enrolados em um algodão, um frasco com cabelo do meu pai e outro com um pouco de ferrugem e tinta raspada da ponte para o continente. Acendi velas de vespas, fechei os olhos e ergui a caixa de fósforos até a testa, para sentir a vespa de dentro da minha cabeça. Uma coceirinha começou bem dentro do meu crânio. Depois, soprei as velas, cobri o altar, me ergui, bati a poeira das calças, peguei a foto de Eric que usara na Fábrica e embalei o caixão com ela; prendi-o com um elástico e o guardei no bolso da jaqueta.

Andei devagar pela praia até o Abrigo, as mãos nos bolsos, cabeça baixa, olhando a areia e os meus pés, mas sem prestar atenção. Havia fogo por todo lado. A Fábrica dissera duas vezes. Eu me servira dele por instinto, quando o coelhão me atacou, e o fogo estava espalhado em cada canto da minha memória. E Eric o trazia sempre mais para perto, também.

Ergui o rosto para o vento cortante e para os tons de azul e rosa que enchiam o céu da manhã, sentindo a brisa úmida, ouvindo o chiado afastado da maré vazante. Em algum lugar, uma ovelha baliu.

Precisava tentar o Velho Saul, tinha que tentar contatar o maluco do meu irmão antes que todo aquele fogo se unisse e consumisse Eric ou consumisse minha vida na ilha. Tentei me convencer de que aquilo podia nem ser tão grave assim, mas, bem lá no fundo, eu sabia que era. A Fábrica não mente, e agora ela havia sido relativamente específica. Eu estava preocupado.

No Abrigo, com o caixão da vespa pousado em frente à caveira do Velho Saul, a luz vazando pelos buracos dos seus olhos já há muito tempo desaparecidos, ajoelhei-me na escuridão profunda frente ao altar, com a cabeça baixa. Pensei em Eric. Em como ele era antes da sua experiência desagradável, quando, mesmo longe da ilha, fizera parte do ocorrido. Pensei nele como o menino esperto, gentil e empolgado que costumava ser e no que ele era agora: uma força de fogo e destruição se aproximando das areias da ilha como um anjo ensandecido, a cabeça fervilhando de berros e ecos de loucura e ilusão.

Inclinei-me e coloquei a palma da mão direita sobre o crânio do velho cão, mantendo meus olhos fechados. A vela estava acesa havia pouco tempo, e o osso ainda podia ser tocado. Uma parte desagradável e cínica da minha mente me dizia que eu parecia o sr. Spock, de *Star Trek*, fazendo um elo mental ou sei lá o quê, mas eu a ignorei. Não importava, de todo modo. Respirei fundo, pensando mais profundamente ainda. O rosto de Eric flutuou à minha frente, sardento, de cabelos claros e sorriso ansioso. Um rosto jovem. Magro, inteligente e jovem, do jeito que eu costumava pensar nele quando tentava me lembrar do seu período feliz, durante nossos verões juntos na ilha.

Mantive a concentração, contraindo a barriga e prendendo a respiração, como se fizesse força para cagar durante uma constipação. O sangue latejava nos meus ouvidos. Com a mão esquerda, usei o dedão e o indicador para apertar meus olhos para dentro das órbitas, enquanto a mão direita esquentava na caveira do Velho Saul. Vi luzes, padrões aleatórios como ondas se espalhando ou grandes impressões digitais, em redemoinhos.

Senti uma pontada involuntária no estômago, e depois uma onda de queimação subindo dele. Eram somente ácidos e glândulas, eu sabia, mas sentia que aquilo me transportava de um crânio a outro, e a outro. Eric! Eu estava quase em contato! Podia senti-lo, os pés doloridos, as bolhas nas solas, as pernas cansadas, as mãos engorduradas de suor, a cabeça suja e coçando. Podia sentir seu cheiro como se fosse o meu, ver através dos seus olhos que mal se fechavam, queimando na cara dele, vermelhos e injetados, piscando secos. Sentia os restos de alguma refeição horrível colados no meu estômago, o gosto de carne queimada e ossos e pelos na minha língua. Eu estava lá! Eu estava...

Uma explosão de fogo me atingiu. Fui jogado para trás, arremessado para longe do altar como um estilhaço qualquer, quicando para longe do concreto coberto de areia e indo parar na parede mais distante, com a cabeça zumbindo e a mão direita doendo. Tombei de lado e me enrosquei em posição fetal.

Fiquei deitado por algum tempo, respirando fundo, os braços em torno do corpo e me balançando um pouco, a cabeça no chão do Abrigo. Minha mão direita parecia ter a cor e o tamanho de uma luva de boxe. A cada batida lenta do meu coração, um pulso de dor percorria o meu braço. Murmurei para mim mesmo e, lentamente, me sentei, esfregando os olhos e ainda me balançando devagar, os joelhos e a cabeça se aproximando um pouco, não fazendo mais que o necessário. Tentei trazer meu ego quebrado de volta à sanidade.

No Abrigo, conforme a visão turva ia retomando foco, pude ver a caveira ainda brilhando, a chama ainda acesa. Lancei os olhos sobre ela, levantei a mão direita e comecei a lambê-la. Dei uma olhada para ver se o meu voo pelo chão não danificara nada, mas até onde pude perceber tudo estava no lugar, apenas eu fora afetado. Soltei um suspiro tremido e relaxei, deixando a cabeça repousar no concreto frio da parede às minhas costas.

Debrucei-me, um tempo depois, e coloquei a palma da mão, ainda latejante, no chão do Abrigo, deixando-a esfriar. Fiquei assim por um instante, depois a recolhi e limpei o pó que veio junto, forçando a vista para ver se eu a havia machucado demais, mas a luz era muito fraca. Levantei devagar e fui até o altar. Acendi as velas laterais com mãos trêmulas, depositei a vespa e o resto sobre a mesinha ao lado do altar, e queimei o caixão temporário num pratinho defronte ao Velho Saul. A foto de Eric se incendiou, seu rosto infantil desaparecendo nas chamas. Soprei por um dos olhos do Velho Saul e apaguei a vela.

Fiquei ali por um minuto, organizando as ideias, depois segui à porta de metal do Abrigo e a abri. A luz suave da manhã nublada inundou o lugar, me deixando com uma careta. Virei-me, apaguei as velas restantes e novamente conferi minha mão. A palma estava vermelha e inflamada. Eu a lambi de novo. Quase conseguira. Estava certo de ter tido Eric na ponta dos dedos, posto sua mente sob a minha mão e feito parte dele, visto o mundo através dos seus olhos, escutado o sangue bombeando em seus ouvidos, sentido o chão sob o seus pés, sentido seu cheiro e o gosto da sua última refeição. Mas ele era demais para mim. Sua cabeça perturbada era demais para que qualquer pessoa lúcida pudesse lidar. Possuía a força lunática de um compromisso total, que apenas os loucos completos são capazes de ter, e que os soldados mais ferozes ou os atletas mais agressivos conseguem emular por algum tempo. Cada partícula do cérebro de Eric estava determinada em sua missão de retornar e tacar fogo, e nenhum cérebro normal — nem mesmo o meu, que estava longe de ser normal e era mais poderoso do que a maioria — podia confrontar aquela concentração de forças. Eric estava comprometido com a Guerra Total, uma Jihad. Cavalgava o Vento Divino para a própria destruição, e não havia nada que eu pudesse fazer a respeito.

Tranquei o Abrigo e voltei para casa, pela praia, mais uma vez de cabeça baixa e ainda mais pensativo e preocupado do que estivera na viagem de ida.

Passei o restante do dia em casa, lendo livros e revistas, vendo televisão e pensando o tempo todo. Não era capaz de fazer nada com Eric a partir de dentro, então teria de mudar a direção do meu ataque. Minha mitologia pessoal, amparada pela Fábrica, era flexível o bastante para aceitar a derrota que acabara de sofrer e usá-la como bússola para a solução correta. Minhas tropas dianteiras haviam queimado os dedos, mas eu ainda possuía outros recursos. Eu venceria, mas não pela utilização direta das minhas forças. Pelo menos, não pelo uso direto de nenhuma força além da inteligência criativa, que era, no fim das contas, a base de todas as coisas. Se não fosse capaz de enfrentar o desafio apresentado por Eric, então eu merecia ser destruído.

Meu pai ainda estava pintando, se arrastando escada acima até as janelas, com lata de tinta e pincel preso aos dentes. Ofereci ajuda, mas ele insistiu em fazer aquilo sozinho. Eu já usara a escada várias vezes, tentando encontrar uma entrada para o escritório do meu pai, mas ele tinha trancas especiais nas janelas, e sempre cerrava as cortinas e venezianas. Me alegrou ver a dificuldade com que se arrastava pela escada. Ele jamais subiria até o sótão. Passou pela minha cabeça que também era bom a casa ser da altura que era; caso contrário, ele poderia subir no telhado e ver o sótão pelas claraboias. Mas ambos estávamos a salvo, nossas cidadelas estavam seguras pelo futuro próximo.

Enfim meu pai deixou que eu fizesse o jantar, e preparei vegetais ao curry, um prato que os dois achariam aceitável enquanto assistíamos a uma aula de geologia de um programa de educação a distância, na televisão portátil que eu trouxera à cozinha para esse fim. Assim que a história com Eric estivesse acabada, eu resolvera, passaria a insistir para meu pai colocar a TV a cabo. Era muito fácil perder bons programas nos dias claros.

Depois de comer, meu pai foi à cidade. Aquilo era incomum, mas não perguntei o motivo da viagem. Parecia cansado depois de um dia inteiro subindo escadas e se esticando, mas foi ao quarto, colocou a roupa de cidade e manquejou até a sala para me dar tchau.

"Vou sair, viu?", disse. Olhou em volta, como se procurasse sinais de que eu já começara a aprontar antes mesmo de ele sair. Eu assistia à TV e meneei a cabeça, sem olhar para ele.

"Tá certo", falei.

"Não vou demorar. Não precisa trancar tudo."

"Ok."

"Você vai ficar bem?"

"Ah, claro." Olhei-o, cruzei os braços e me afundei ainda mais na poltrona velha. Deu uns passos para trás, de modo que os pés estavam no corredor, o corpo inclinado na sala e apenas sua mão na maçaneta o impedia de cair. Anuiu de novo, com a boina na cabeça escorregando um pouco.

"Certo. Nos vemos mais tarde. Comporte-se."

Sorri e olhei de novo para a tela. "Claro, pai. Até mais."

"Hum", resmungou, e com uma última olhada pela sala, conferindo se tudo estava mesmo no lugar, fechou a porta, e o escutei caminhando pelo corredor até a porta da frente. Observei-o indo embora, fiquei um tempo sentado e depois me levantei para testar a porta do escritório. Como de costume, estava tão firme que parecia fazer parte da parede.

Eu caíra no sono. A luz lá fora se enfraquecia, na TV passava algum seriado horrível sobre crimes nos Estados Unidos, e minha cabeça doía. Pisquei os olhos remelentos e bocejei, para desgrudar os lábios e arejar o bafo rançoso da minha boca. Bocejava e me espreguiçava, mas, de repente, congelei. Eu estava ouvindo o telefone.

Saltei da poltrona em direção à porta, tropecei e quase caí, segui pelo corredor, pelas escadas e, por fim, cheguei ao telefone o mais rápido que pude. Peguei o gancho com a mão direita, a dolorida. Coloquei o fone na orelha.

"Alô", falei.

"Ei, Frank, cara, como vão as coisas?", Jamie perguntou. Senti um misto de alívio e decepção. Soltei um suspiro.

"Ah, Jamie. Tudo beleza. Como você está?"

"De folga. Derrubei uma tábua no pé hoje cedo. Está completamente inchado."

"Foi grave?"

"Nada. Se tiver sorte, vou ficar o resto da semana de folga. Vou no médico amanhã tentar arrumar um atestado. Achei que devia avisar já que estarei em casa durante o dia. De repente você pode aparecer por aqui."

"Certo. Vou dar um pulo aí amanhã, talvez. Telefono antes para avisar."

"Ótimo. Tem notícias de você-sabe-quem?"

"Não. Pensei que fosse ele, quando você ligou."

"É, achei que fosse pensar isso. Não se preocupe. Não ouvi sobre nada estranho acontecendo na cidade, então ele provavelmente ainda não chegou."

"Sim, mas eu quero vê-lo de novo. Só não quero que comece com as mesmas maluquices. Sei que ele vai acabar voltando para lá, mesmo que não queira, mas queria vê-lo antes disso. Queria as duas coisas, entende o que quero dizer?"

"Entendo, entendo. Vai dar tudo certo. Acho que tudo vai terminar bem. Não se preocupe."

"Pode deixar."

"Perfeito. Bom, vou sair para comprar um pouco de anestésico no pub. Quer ir junto?"

"Não, obrigado. Estou bem cansado. Acordei muito cedo. A gente se vê amanhã."

"Ótimo. Então se cuida. Até mais, Frank."

"Até, Jamie. Tchau."

"Tchau", ele disse. Desliguei e desci para procurar algo mais decente na TV, mas nem bem cheguei ao último degrau e o telefone tocou de novo. Voltei a subir. Quando atendi, pensei que pudesse ser Eric, mas não ouvi nenhum bipe. Relaxei e disse: "E aí? Esqueceu o quê?".

"*Esquecer?* Eu não esqueci *nada!* Eu me lembro de tudo! *Tudo!*", gritou uma voz familiar do outro lado da linha.

Congelei, engoli em seco e comecei: "Ahn...".

"Por que está me acusando de esquecer coisas? Está me acusando de ter esquecido *o quê*? Hein? Eu *não* esqueci *nada!*", vociferava o meu irmão.

"Eric, desculpa! Pensei que fosse outra pessoa!"

"Eu sou *eu!*", berrou. "Não sou nenhuma outra pessoa. Eu sou eu! *Eu!*"

"Pensei que fosse Jamie!", balbuciei, fechando os olhos.

"*Aquele* anão? Seu filho da puta!"

"Desculpa, eu..." Então parei e pensei por um segundo. "O que você quer dizer com 'aquele anão', nesse tom de voz? Ele é meu amigo. E não tem culpa de ser tão pequeno", retruquei.

"Ah, é?", veio a resposta. "E como *você* sabe?"

"Como assim, 'como eu sei'? Não é culpa dele ter nascido daquele jeito!", falei, começando a ficar nervoso.

"Isso é o que ele diz."

"Ele diz *o quê*?", perguntei.

"Que é um anão!", cutucou Eric.

"Quê?", gritei, quase sem acreditar nos meus ouvidos. "Eu posso *ver* que ele é um anão, seu retardado!"

"Isso é o que ele *quer* que você ache! Vai ver que ele é um *alienígena*! De repente, o resto deles é ainda mais baixo que *ele*! Como você sabe que ele não é um alienígena gigante de uma raça de alienígenas pequenininhos? Hein?"

"Deixa de ser *idiota*!", gritei ao telefone, apertando-o dolorosamente com a minha mão queimada.

"Bom, depois não diga que não avisei!", berrou Eric.

"Ah, não se preocupe!", berrei de volta.

"De todo modo", ele disse, numa voz de repente tão tranquila que pensei, por dois segundos, se não teria entrado outra pessoa na linha. Fiquei desconcertado com o tom calmo e normal da voz dele: "Como estão as coisas?".

"Ahn?", respondi, confuso. "Ah... boas. Tudo certo. E por aí?"

"Ah, nada mal. Quase lá."

"Como? Aqui?"

"Não. Lá. Cristo, a ligação não pode estar ruim a essa distância, pode?"

"Que distância? Hein? Pode? Sei lá." Coloquei a outra mão na testa, sentindo que estava prestes a perder completamente o fio da meada.

"Estou quase *lá*", Eric explicou, entediado, suspirando devagar. "Não quase *aqui*. Já estou aqui. De que outro jeito eu poderia estar telefonando daqui?"

"Mas onde é 'aqui'?", perguntei.

"Quer dizer que você não sabe de novo onde *está*?", exclamou Eric, parecendo incrédulo. Fechei os olhos mais uma vez e gemi. Ele prosseguiu: "E você *me* acusa de esquecer as coisas. Ha, Ha!".

"Escuta aqui, seu maluco do cacete!", gritei no plástico verde enquanto o agarrava firme, mandando pontadas de dor pelo braço direito e contorcendo o rosto. "Estou ficando de saco cheio de você ligar aqui e agir desse jeito! *Pare com esses joguinhos!*" Ofeguei. "Você sabe muito bem o que quero dizer quando pergunto onde é 'aqui'! Quero dizer onde diabos você está! Eu *sei* onde estou e você sabe onde estou. Pare de tentar me enrolar, *ok*?"

"Hum. Claro, Frank", respondeu Eric, parecendo desinteressado. "Desculpa estar lidando mal com você."

"Bom...", comecei a gritar de novo, então me controlei e me acalmei, respirando fundo. "Bom... apenas... apenas não faça isso comigo. Eu só perguntei onde você estava."

"Certo, tudo bem, Frank, eu entendo", ele respondeu, monocórdico. "Mas não posso realmente contar onde estou, pois alguém poderia ouvir. Tenho certeza de que você entende, não é?"

"Certo, certo", eu disse. "Mas você não está numa cabine telefônica, está?"

"Ora, claro que não estou numa cabine", respondeu, de novo com um pouco de aspereza na voz. Então o ouvi se controlar. "É, é isso mesmo. Estou na casa de uma pessoa. Um chalé, na verdade."

"Como?", falei. "Quem? De quem?"

"Sei lá", respondeu, e quase pude ouvi-lo dando de ombros. "Mas acho que posso descobrir, se você estiver realmente interessado. Está realmente interessado?"

"Quê? Não. Sim. Quero dizer, não. Por que me importaria? Mas onde... quero dizer, como... digo, quem você...?"

"Olha, Frank", Eric respondeu, cansado, "é só o chalezinho de férias de alguém, de fim de semana, algo assim, certo? Não sei de quem é, mas como você mesmo falou, de forma muito bem colocada, não importa. Certo?"

"Quer dizer que você *arrombou* a *casa* de alguém?", perguntei.

"Sim. E daí? Nem tive que arrombar, na verdade. Encontrei a chave da porta dos fundos na calha. O que tem de mais? É um lugarzinho bem legal."

"Você não tem medo de ser pego?"

"Não muito. Estou sentado aqui na sala, olhando para a entrada lá fora, e consigo ver boa parte da rua. Tudo tranquilo. Arranjei comida, e tem uma banheira, um telefone, uma geladeira — Deus do céu, dava para estocar um pastor-alemão aqui — e uma cama, e tudo isso. Um luxo."

"Um *pastor-alemão!*", berrei.

"É. Bom, se eu tivesse um. Não tenho, mas, se tivesse, daria para colocar o bicho ali dentro. Desse jeito..."

"Não", interrompi, fechei os olhos outra vez e estendi a mão como se ele estivesse ali na casa comigo. "*Não* me conte."

"Certo. Bom, só pensei em telefonar para dizer que está tudo bem por aqui, e ver como você está."

"Estou bem. Tem certeza de que você está legal também?"

"Tenho. Nunca me senti melhor. Sinto-me ótimo. Acho que é a minha alimentação. Toda aquela..."

"Escuta!", comecei, desesperado, sentindo os meus olhos se estreitarem enquanto eu pensava no que perguntar a ele. "Você *sentiu* alguma coisa hoje de manhã? De manhãzinha. Qualquer coisa? Digo, qualquer coisa mesmo. Dentro de você — ah — não sentiu nada? Sentiu alguma coisa?"

"Que papo de maluco é *esse*?", disse Eric, levemente irritado.

"Você sentiu algo esta manhã, bem cedo?"

"Que diabos quer dizer com 'sentiu algo'?"

"Digo, você *experimentou* alguma coisa? Qualquer coisa, bem no amanhecer."

"Olha", retrucou Eric, num tom mais moderado e lento: "Engraçado você ter mencionado...".

"É? É?", falei, animado, apertando o fone tão perto da boca que meus dentes rasparam o bocal.

"Não senti porra nenhuma. Esta manhã foi uma das poucas em que posso dizer com sinceridade que não senti absolutamente nada", Eric me informou de modo bem polido. "Estava dormindo."

"Mas você disse que não dormia!", falei, furioso.

"Pai do céu, Frank, ninguém é perfeito." Eu podia ouvi-lo rindo.

"Mas...", arrisquei. Fechei a boca e cerrei os dentes. Mais uma vez, fechei os olhos.

Ele disse: "Seja como for, Frank, meu velho, para ser bem honesto, isso está ficando chato. Talvez eu telefone de novo, mas, de todo modo, nos vemos em breve. Falou".

Antes que eu dissesse qualquer coisa, a linha ficou muda, e eu fiquei furioso e irritado, segurando o telefone e o encarando como se ele fosse o culpado. Pensei em batê-lo contra algo, mas decidi que seria uma ironia de mau gosto, então apenas o coloquei no gancho com força. Ele ecoou um pouco, então o olhei de novo, depois virei as costas e desci batendo os pés, me joguei numa poltrona e massacrei os botões do controle remoto da televisão, repetidas vezes, canal após canal, vez atrás de outra, por uns dez minutos. No fim, percebi que entendera tanto dos três programas que via ao mesmo tempo (o noticiário, outro seriado americano horrível sobre crimes e um documentário sobre arqueologia) quanto entendia quando os via separadamente. Taquei o controle longe, aborrecido, e me precipitei para fora, na luz poente, pensando em atirar pedras sobre as ondas.

O QUE ACONTECEU COM ERIC
FÁBRICA DE VESPAS
IAIN BANKS

Fui dormir consideravelmente tarde para os meus padrões. Meu pai chegou em casa pouco depois de eu voltar da praia, e eu tinha ido para a cama quase imediatamente, então tive uma boa noite de sono. Liguei para Jamie de manhã, falei com a mãe dele e descobri que meu amigo tinha ido ao médico, mas que logo voltaria. Arrumei a mochila para o dia e avisei ao meu pai que estaria de volta à noitinha, depois segui para a cidade.

Jamie já estava em casa quando cheguei lá. Tomamos algumas latas de Red Death e jogamos conversa fora. Então, depois de tomarmos um chá com os bolinhos caseiros da mãe de Jamie, saí dali e rumei para os morros atrás da cidade.

Entre a urze do topo de um morro, uma encosta suave de pedra e terra acima da linha onde nascem árvores na reserva florestal, sentei-me numa rocha grande e almocei. Olhei ao longe, no ar turvo pelo calor, sobre Porteneil, para os pastos salpicados de ovelhas brancas, as dunas, o lixão, a ilha (não que eu conseguisse vê-la propriamente, parecia fazer parte da terra), a areia e o mar. O céu sustentava umas poucas nuvens. Azulzinho, depois empalidecendo conforme se aproximava do horizonte e da vastidão tranquila do estuário. Cotovias cantavam no ar sobre a minha cabeça, e vi um falcão planar, procurando por movimentos na grama e nas urzes, nos arbustos de giesta e tojo. Insetos zuniam e dançavam, e agitei um leque de plantas na frente do rosto para espantá-los enquanto comia meus sanduíches e bebia meu suco de laranja.

À minha esquerda, os picos das colinas se estendiam para o norte, crescendo gradualmente e se dissolvendo em cinza e azul, pouco nítidos à distância. Observei, com o binóculo, a cidade sob mim, vi caminhões e carros seguindo seu longo curso pela avenida principal e segui um trem que se dirigia ao sul, parando em Porteneil e partindo outra vez, serpenteando pelo terreno de frente ao mar.

Gosto de sair da ilha de vez em quando. Não para muito longe; gosto de ainda vê-la, se possível, mas às vezes é bom se afastar para ter um pouco de perspectiva, olhar de um ponto distante. É claro que sei quão pequena é essa porçãozinha de terra: não sou idiota. Sei o tamanho do planeta e como é minúscula a parte dele que conheço. Assisti a muitos programas de TV, sobre natureza e viagens, para não perceber quão limitado é o meu conhecimento direto sobre outros lugares. Mas não quero ir para muito longe, não preciso viajar para ver climas diferentes ou conhecer pessoas diferentes. Eu sei quem eu sou e conheço as minhas limitações. Restrinjo meus horizontes pelas minhas próprias e boas razões; medo — ora, claro, admito — e uma necessidade de segurança diante de um mundo que, por acaso, me tratou com bastante crueldade, numa idade em que eu sequer tinha meios de revidar.

Além disso, eu aprendera a lição com Eric.

Eric foi embora. Eric, todo brilhante, inteligente, sensível e promissor, deixou a ilha e tentou fazer seu próprio caminho. Escolheu um curso e o seguiu. E esse curso o levou à destruição de praticamente tudo que ele era, transformando-o numa pessoa tão diferente do que havia sido que as semelhanças com a sua jovem personalidade pareciam simplesmente obscenas.

Mas ele era meu irmão, e eu ainda o amava, de algum modo. Amava-o mesmo tendo se transformado, do mesmo jeito que, acho, ele me amava apesar da minha incapacidade. Aquela sensação de cuidado e proteção, suponho, que dizem que as mulheres sentem pelas crianças e os homens, pelas mulheres.

Eric saiu da ilha antes mesmo de eu nascer, voltando apenas nas férias, mas acho que, espiritualmente, ele sempre esteve ali. Quando voltou de fato, um ano depois do meu acidente, quando meu pai pensou que nós dois éramos grandes o suficiente para ele cuidar da gente, eu não me ressenti da sua volta, de jeito nenhum. Pelo contrário, nos demos muito bem desde o início, e tenho certeza de que o deixei desconfortável com toda a minha devoção e servidão a ele, e por imitá-lo, mesmo que, sendo Eric, ele fosse sensível demais aos sentimentos das pessoas para me falar isso e arriscar uma mágoa.

Quando ele ia para o internato, eu pirava. Quando voltava nos feriados, eu ficava eufórico. Dava pulos, animadíssimo. Verão após verão nós passamos na ilha, empinando pipas, montando miniaturas de madeira e plástico, Lego, Meccano e qualquer coisa que encontrássemos dando sopa, construindo diques, cabanas e trincheiras. Fazíamos nossos modelos de avião voarem, navegávamos os modelos de veleiros, criávamos carros com velas para navegar nas dunas, inventávamos sociedades secretas, com códigos e linguagem própria. Ele me contava histórias, que inventava conforme as narrava. Algumas, nós interpretávamos: soldados corajosos nas dunas, lutando, vencendo e lutando, e lutando e, às vezes, morrendo. Era só nessas situações que ele me magoava intencionalmente, quando as histórias exigiam sua morte heroica e eu a levava a sério demais. Via-o prostrado e morrendo na grama ou na areia, tendo explodido uma ponte, um dique ou o comboio inimigo, e provavelmente me salvado a vida também. Eu engolia o choro, batendo nele de leve, tentando eu mesmo mudar a história, mas ele se recusava, se afastando de mim e morrendo. Morrendo vezes demais.

Quando ele tinha suas enxaquecas — que podiam durar dias — eu vivia no limite, levando refrescos e comida para o quarto escuro do segundo andar, me esgueirando porta adentro, quieto e me assustando a cada gemido que ele dava, toda vez que virava na cama. Eu ficava um caco quando ele estava sofrendo, e nada fazia sentido. Os jogos e histórias pareciam idiotas e inúteis, e apenas tacar pedras em garrafas ou gaivotas tinha alguma graça. Eu ia caçar gaivotas, convencido de que outras coisas, e não Eric, deveriam sofrer: quando se recobrava, era como se chegasse novamente para o verão, e eu ficava irrefreável.

Porém, no fim, aquela urgência em sair dali tomou conta dele, como acontece com todo homem de verdade, e o levou para longe de mim, para o mundo exterior com suas oportunidades fabulosas e seus perigos terríveis. Eric resolveu seguir os passos do pai e se tornar médico. No entanto, ele me disse que nada mudaria; ainda teria a maior parte do verão livre, mesmo se tivesse que permanecer em Glasgow para trabalhar no hospital ou acompanhar os médicos em visitas domiciliares. Disse que seria a mesma coisa quando estivéssemos juntos, mas eu sabia que não era verdade e podia ver que, no fundo, ele também sabia. Estava claro em seus olhos e em suas palavras. Ele estava deixando a ilha, me deixando.

Eu não podia culpá-lo, nem mesmo naquela época, quando aquilo me pareceu insuportável. Era Eric, era o meu irmão, ele estava para fazer o que tinha que fazer, do mesmo jeito que o soldado corajoso que morria para cumprir seu dever ou para me salvar. Como eu poderia duvidar dele ou culpá-lo, sendo que ele jamais *insinuou* que me culpava ou duvidava de mim? Meu Deus, todas aquelas mortes, as três crianças assassinadas, uma delas um fratricídio. E ele simplesmente não considerou a ideia de que eu pudesse ter um dedo naquilo. Eu saberia. Ele não me olharia nos olhos, se suspeitasse, pois era completamente incapaz de fingir.

Então ele foi para o sul, primeiro por um ano, mais novo do que a maioria por causa das suas notas brilhantes, depois outro ano. No verão entre esses dois anos, ele voltou, mas estava mudado. Ainda tentava brincar comigo como costumávamos fazer, mas eu sentia que era forçado. Ele estava distante de mim, seu coração já não pertencia à ilha. Agora estava com as pessoas que conhecera na universidade, nos estudos que amava. Talvez seu coração estivesse pelo mundo inteiro, mas não mais na ilha. Não mais comigo.

Saíamos, empinávamos pipa, construíamos diques e tudo isso, mas não era a mesma coisa. Ele era um adulto me ajudando a me divertir, não outro menino dividindo a mesma alegria. Não foi um período ruim, e eu ainda estava feliz por tê-lo ali, mas ele ficou aliviado por ir encontrar alguns dos seus colegas estudantes, um mês depois, numa viagem para o Sul da França. Lamentei o que sabia ser a perda do irmão e amigo que eu conhecera, e senti mais do que nunca minha injúria — aquela coisa que, eu sabia, me manteria para sempre num estágio de adolescência, que jamais me permitiria crescer e virar um homem de verdade, capaz de ganhar o mundo.

Dispersei aquela sensação rapidamente. Eu tinha a Caveira, tinha a Fábrica e uma sensação de bastante satisfação por Eric estar tão bem lá fora, enquanto eu me tornava, pouco a pouco, senhor inconteste da ilha e dos seus territórios. Eric me escreveu cartas contando como estava se saindo, telefonava e falava comigo e com o meu pai, e até me fazia rir ao telefone, como um adulto engraçadinho, mesmo quando a gente não quer rir. Nunca deixou que eu me sentisse completamente abandonado na ilha.

Então, ele teve sua experiência infeliz que, desconhecida por mim e pelo meu pai, coroou uma série de outras coisas e foi suficiente para matar até mesmo a personalidade alterada que eu já conhecia. Essa experiência lançou Eric num lugar completamente diferente: um amálgama da sua personalidade anterior (mas diabolicamente invertida) com um homem sábio e mais mundano, um adulto avariado, perigoso, confuso, patético e maníaco, tudo de uma vez. Lembrava-me de um holograma, despedaçado, com toda a imagem contida numa porçãozinha, quebrada e inteira ao mesmo tempo.

Foi durante seu segundo ano, quando auxiliava num grande hospital universitário, que aconteceu. Ele nem precisava estar lá naquele momento, enfurnado no hospital com dejeto humano até os ombros, mas ajudava no seu tempo livre. Mais tarde, meu pai e eu soubemos que Eric tivera problemas que desconhecíamos. Havia se apaixonado por uma garota e tudo terminara mal, com ela dizendo que não o amava e o trocando por outro. Suas enxaquecas pioraram consideravelmente, por um tempo, interferindo em seu trabalho. E foi por causa delas, e também da garota, que ele passara a trabalhar extraoficialmente no hospital próximo à universidade, ajudando as enfermeiras de plantão, sentado na penumbra das enfermarias com seus livros enquanto os velhos, os jovens e os doentes tossiam e se lamentavam.

Era isso que ele fazia na noite da tal experiência desagradável. A ala onde estava era destinada a bebês e crianças pequenas tão deformadas que certamente morreriam fora do hospital (e não durariam muito mesmo lá dentro). Recebemos uma carta explicando boa parte do ocorrido, de uma enfermeira que era mais próxima do meu irmão, e pelo tom das palavras dela, a enfermeira parecia achar errado manter algumas daquelas crianças vivas. Aparentemente, elas não eram muito mais do que amostras a serem exibidas aos estudantes pelos médicos e assessores.

Era uma noite quente e abafada de julho, e Eric estava lá naquele lugar tenebroso, próximo à sala da calefação e dos almoxarifados. Passara o dia todo com dor de cabeça, que se transformou numa enxaqueca forte durante o tempo que ficou naquela ala. O ar-condicionado do lugar estivera com defeito durante as duas semanas anteriores, e técnicos trabalharam nos sistemas. Era uma noite calorenta e pesada, e as enxaquecas de Eric sempre ficavam piores nessas condições. Alguém viria substituí-lo em uma hora, mais ou menos, senão suponho que o próprio Eric teria dado o braço a torcer e subido até o quarto para descansar. Mas lá estava ele, andando pela enfermaria e trocando fraldas, acalmando bebês chorões e trocando roupas, medicações, qualquer coisa, com a cabeça latejando e a visão distorcida por luzes e linhas.

A criança de quem ele estava cuidando na hora que aconteceu era mais ou menos um vegetal. Entre as suas deficiências, ela era totalmente incontinente, incapaz de fazer qualquer som além de um murmúrio, não podia controlar os músculos como devia — até sua cabeça tinha que ser sustentada por uma tira — e tinha uma placa de metal no topo da cabeça, porque os ossos que deviam ter formado seu crânio nunca se desenvolveram direito. Mesmo a pele sobre o cérebro tinha a espessura de uma folha de papel.

Ela precisava ser alimentada a cada tantas horas com um tipo especial de mistura, que Eric preparava quando aconteceu. Ele notou que a criança estava um pouco mais quieta que de costume, sentada sem qualquer firmeza, os olhos fixos em frente, respirando de um jeito fraco, olhar vidrado e uma expressão tranquila no rosto normalmente vazio. Parecia incapaz de comer, entretanto — uma das poucas atividades que ela normalmente apreciava, da qual até gostava. Eric foi paciente, segurando a colher diante dos seus olhos desfocados. Colocou-a nos lábios dela, coisa que normalmente a fazia botar a língua para fora ou inclinar o corpo tentando pegar a colher, mas, naquela noite, ela apenas ficou sentada, sem murmurar, sem balançar a cabeça nem agitar os braços, sem mexer os olhos, apenas encarando e encarando, com aquela expressão curiosa no rosto que podia ser confundida com felicidade.

Eric insistiu, sentando-se mais perto, tentando ignorar a dor, pressionando a própria cabeça conforme sua enxaqueca piorava. Falou de forma gentil com a criança — algo que normalmente a faria mover os olhos e virar a cabeça na direção do som, mas que naquele momento não surtiu qualquer efeito. Eric conferiu o papel na cadeira, para saber se a criança havia recebido qualquer medicação a mais; porém, tudo parecia normal. Aproximou-se, falando baixinho, agitando a colher, lutando contra as ondas de dor em seu crânio.

Então meu irmão viu algo, alguma coisa como um movimento, um pequeno movimento de nada, quase invisível na cabeça careca da criancinha sorridente. Fosse o que fosse, era pequeno e lento. Eric piscou os olhos, balançando a cabeça para tentar dispersar as luzes tremeluzindo em sua enxaqueca. Ergueu-se, ainda segurando a colher cheia de papa. Inclinou o corpo para mais perto da cabeça da criança, a fim de ver melhor. Não enxergava nada, mas deu uma olhada na borda da placa de metal que cobria o crânio, pensou ter visto alguma coisa sob ela e a levantou com facilidade, para conferir se algo estava errado.

Um servente do hospital ouviu Eric gritar e correu até a ala, brandindo uma grande chave inglesa. Encontrou-o encolhido num canto, gemendo tão alto quanto podia, no chão, a cabeça entre as pernas, meio ajoelhado e meio caído em posição fetal sobre os azulejos. A cadeira onde a criança estava havia tombado, e tanto o objeto quanto a criança, ainda sorrindo, estavam no chão, a alguns metros dali.

O servente sacudiu Eric, mas ele não reagiu. Então olhou para a criança na cadeira e foi até ela, talvez para colocá-la de pé. Chegou a alguns pés de distância e correu para a porta, vomitando antes de alcançá-la. Uma enfermeira-chefe do andar de cima encontrou o homem no corredor, ainda lutando com as suas entranhas, quando desceu para ver o que era todo aquele alvoroço. Eric já havia parado de gritar, e estava quieto. A criança ainda sorria.

A enfermeira ajeitou a cadeira. Se ela controlou o próprio mal-estar, se vomitou ou se já havia visto coisas piores antes e lidado com elas, eu não sei, mas a enfermeira finalmente ajeitou as coisas, pediu ajuda pelo telefone e arrancou Eric do seu canto. Colocou-o sentado, cobriu a cabeça da criança com uma toalha e tranquilizou o servente. Ele retirara a colher do crânio aberto da criancinha risonha. Eric a havia enfiado ali, talvez pensando em arrancar aquilo que vira em seu primeiro momento de loucura.

Moscas tinham entrado naquela ala, provavelmente quando o sistema de ar-condicionado pifou. Elas se infiltraram por baixo da placa de aço na cabeça da criança e depositaram seus ovos nela. O que Eric viu ao levantar a placa, o que ele presenciou com toda aquela carga de sofrimento humano, bem de perto, em meio à cidade escura e febril que o cercava, o que testemunhou com sua própria cabeça partida ao meio foi um ninho de larvas gordas se retorcendo no próprio suco digestivo, enquanto consumiam o cérebro da criança.

Eric, na verdade, pareceu se recuperar do ocorrido. Foi sedado, passou dois dias como paciente no hospital e depois mais alguns de repouso em seu quarto na residência. Em uma semana, retomou os estudos, indo normalmente às aulas. Algumas pessoas sabiam que algo acontecera, e notaram que Eric estava mais quieto, mas isso era tudo. Meu pai e eu não sabíamos de nada, a não ser que ele faltara às aulas por um tempo, por causa da enxaqueca.

Ficamos sabendo, depois, que Eric começara a beber muito, a faltar às aulas, a aparecer nas classes erradas, a berrar durante o sono e acordar outras pessoas do dormitório, a usar drogas, a perder provas e aulas práticas... No fim, a universidade sugeriu que ele tirasse o restante do ano de folga, já que perdera muita coisa. Eric não gostou da sugestão. Pegou todos os seus livros, empilhou-os no corredor, em frente à porta de seu tutor, e tacou fogo neles. Teve sorte de não ter sido processado. A universidade foi branda ao considerar a fumaceira e os painéis de madeira antiga chamuscados, mas ele acabou voltando à ilha.

Mas não a mim. Ele se recusava a ter qualquer coisa a ver comigo, mantendo-se trancado no quarto, ouvindo seus discos num volume muito alto e dificilmente saindo, a não ser para ir à cidade, onde rapidamente foi banido dos quatro pubs por criar confusão, gritar e xingar as pessoas. Quando acontecia de me notar, ele me encarava com seus olhões ou dava umas batidinhas com o dedo no nariz e piscava de um jeito bobo. Tinha ficado com os olhos pesados e marcados por olheiras, e seu nariz também parecia bastante torto. Uma vez, me pegou e me deu um beijo na boca, o que me assustou bastante.

Meu pai se tornou quase tão calado quanto Eric. Vivia numa existência taciturna de longas caminhadas e silêncios sombrios, introspectivos. Começou a fumar, por um tempo quase acendendo um cigarro na brasa do anterior. Por mais ou menos um mês, a casa se tornou um inferno de se viver, e eu saía bastante ou ficava no quarto assistindo à televisão.

Então Eric começou a apavorar os meninos pequenos da cidade, primeiro jogando minhocas neles, depois enfiando-as nas suas camisetas quando voltavam da escola. Alguns dos pais, um professor e Diggs vieram à ilha para falar com o meu pai assim que Eric passou a tentar forçar as crianças a comerem minhocas e larvas. Fiquei no meu quarto, suando, enquanto eles se reuniam lá embaixo, os pais gritando com o meu pai. Eric foi visto por um médico, por Diggs e até por um assistente social de Inverness, mas não falou muita coisa. Ficava apenas sentado, sorrindo, e às vezes comentava a quantidade de proteínas que as minhocas forneciam. Certa vez, voltou para casa todo machucado e sangrando, e o meu pai e eu julgamos que alguns dos garotos maiores ou alguns pais o tinham pegado e o enchido de porrada.

Aparentemente, alguns cachorros começaram a sumir na cidade, duas semanas antes de uma criança ver o meu irmão derramando gasolina sobre um yorkshire pequenininho e botando fogo nele. Os pais da criança acreditaram nela e saíram para procurar Eric. Eles o encontraram fazendo a mesma coisa com um vira-latas velho que atraíra usando doces. Correram atrás dele pelo meio da mata, mas o perderam.

Diggs apareceu de novo na ilha naquela noite, para dizer que tinha vindo prender Eric por perturbação da paz. Esperou até bem tarde, aceitando umas duas doses do uísque que meu pai ofereceu, mas Eric não voltou. O policial foi embora e meu pai esperou acordado, mas, ainda assim, meu irmão não deu as caras. Apenas três dias e cinco cachorros depois ele voltou, faminto, sujo e cheirando a gasolina e fumaça, com as roupas todas rasgadas e o rosto chupado e imundo. Meu pai o ouviu chegar de manhã bem cedo, abrir a geladeira, engolir um monte de comida e subir direto para a cama.

Meu pai se esgueirou até o telefone e ligou para Diggs. Antes do café da manhã, o policial já estava aqui. Eric deve ter visto ou ouvido alguma coisa, entretanto, porque saiu pela janela do quarto e desceu pela calha, indo embora com a bicicleta de Diggs. Levou mais uma semana e dois outros cachorros para que ele fosse capturado, roubando gasolina de algum carro na rua. Quebraram seu queixo durante o processo de prisão, e, dessa vez, Eric não escapou.

Alguns meses depois, ele foi declarado oficialmente louco. Passara por todo tipo de testes, tentara escapar vezes sem conta, agredira enfermeiros, assistentes sociais e médicos, e os ameaçara com processos e assassinato. Foi sendo encaminhado para instituições cada vez mais seguras e definitivas, conforme os exames, as brigas e as ameaças continuavam. Meu pai e eu ouvimos falar que ele se acalmou bastante quando foi colocado no hospital ao sul de Glasgow, parando com as tentativas de fuga. Porém, pensando nisso agora, ele pode ter simplesmente tentado — com sucesso, ao que tudo indica — ludibriar os carcereiros com uma falsa sensação de segurança.

E agora ele estava voltando para nos ver.

Corri lentamente o binóculo pelas terras à minha frente e abaixo de mim, de norte a sul, varrendo a neblina inteira, cruzando a cidade, as estradas, os trilhos de trem, os campos e as areias, e pensava se, em algum daqueles pontos sob meus olhos, Eric estaria agora, se já chegara tão longe assim. Eu sentia que ele estava perto. Não tinha quaisquer razões para isso, mas ele já tivera tempo suficiente, e a ligação da noite anterior soara melhor do que todas as outras que fizera, e... eu simplesmente sentia. Ele poderia estar aqui agora, descansando e esperando para se mover à noite, ou se escondendo no mato, ou no meio dos arbustos densos, nas reentrâncias das dunas, vindo em direção à casa ou procurando por cachorros.

Caminhei pelo alto dos morros, descendo alguns quilômetros ao sul da cidade, seguindo pelas filas de coníferas que ressoavam motosserras distantes, onde as grandes massas densas de árvores faziam sombra e silêncio. Cruzei a ferrovia e algumas plantações de grãos, atravessando a estrada e o pasto irregular das ovelhas, chegando à areia.

Meus pés estavam cansados e minhas pernas doíam um pouco enquanto eu andava pela areia batida da praia. Um vento suave soprou do mar, e fiquei feliz por isso, já que todas as nuvens tinham sumido e o sol, ainda que estivesse se pondo, queimava, poderoso. Cheguei a um rio que já cruzara nos morros e o cruzei de novo perto do mar, subindo as dunas por um caminho onde sabia haver uma ponte suspensa. Ovelhas se dispersavam à minha frente, algumas tosquiadas, outras ainda peludas, saltando para longe com seus balidos que logo eram interrompidos, parando quando achavam já estar em segurança e baixando as cabeças ou ajoelhando para continuar a pastar na grama salpicada de pequenas flores.

Lembro-me de que, em outros tempos, eu desprezava as ovelhas por serem profundamente estúpidas. Eu as via comer,

comer e comer, observava os cachorros controlando rebanhos inteiros, eu as perseguia e ria do jeito que corriam, via-as se meterem em todo tipo de situação estúpida e complicada, e pensava que elas bem que mereciam terminar assadas, e que serem usadas como fábricas de lã era muita mordomia. Demorei anos, num processo longo e lento, até enfim entender o que elas realmente representavam: não sua própria estupidez, mas nosso poder, nossa avareza e nosso egoísmo.

Depois que compreendi a evolução e soube um pouco sobre história e cultivo, vi que os animais brancos e peludos de quem eu ria por seguirem uns aos outros e se engancharem nos arbustos eram o produto de gerações de fazendeiros tanto quanto de gerações de ovelhas. *Nós* os fizemos, nós os moldamos a partir dos seus ancestrais espertos e selvagens, de modo que se tornassem dóceis, assustadiços, estúpidos e suculentos produtores de lã. Não os queríamos ariscos, e de algum modo sua agressão e inteligência sumiram junto. Claro, os carneiros são mais inteligentes, mas mesmo eles são humilhados pelas fêmeas idiotas com quem se associam para acasalar.

O mesmo princípio se aplica a galinhas e vacas, e quase qualquer coisa que tenha caído nas nossas mãos ávidas e gananciosas por tempo suficiente. Às vezes, me passa pela cabeça que algo desse tipo pode ter acontecido às mulheres, mas, por mais atrativa que seja essa hipótese, suspeito que eu esteja enganado.

Cheguei em casa a tempo de jantar, engoli meus ovos, meu bife, minhas fritas e meu feijão, e depois passei o resto da noite vendo tv, tirando pedacinhos de vaca morta dos meus dentes com um palito de fósforo.

CÃO EM FUGA
FÁBRICA DE VESPAS
IAIN BANKS

10

Sempre me incomodou o fato de Eric ter enlouquecido. Apesar de não ter sido uma coisa repentina — sensato num minuto, maluco no outro —, acho que não restam muitas dúvidas de que o incidente com a criancinha risonha provocou algo em Eric que o levou, de modo quase inevitável, à sua queda. Alguma coisa nele não conseguia aceitar o que acontecera, não conseguia ajustar o que vira ao que julgava ser a normalidade das coisas. Talvez uma parte profunda sua, enterrada sob camadas de tempo e sedimentos, como resquícios romanos numa cidade moderna, ainda acreditasse em Deus e não suportasse o sofrimento de pensar que, existindo um ser tão improvável, as criaturas criadas supostamente à sua imagem e semelhança pudessem passar por algo como aquilo.

Porém, independentemente do que tenha se desintegrado em Eric, foi uma fraqueza, uma falha fundamental que um homem de verdade não deveria ter. Mulheres, e eu sei porque vejo centenas — talvez milhares — de filmes e programas de TV, não são capazes de suportar quando coisas tão graves assim acontecem. Elas são estupradas ou veem as pessoas que amam morrendo e logo ficam aos pedaços, enlouquecem e se matam, ou se tornam simplesmente doidas pelo resto da vida. Reconheço, obviamente, que nem todas elas reagem desse modo, mas é claro que essa é a regra, e as que não a seguem são uma minoria.

Deve haver umas poucas mulheres fortes, mulheres com mais caráter de homem do que muitos homens, e desconfio de que Eric possuía uma personalidade feminina demais. Aquela sensibilidade, o desejo de não magoar as pessoas, a delicadeza, a inteligência atenta — ele tinha essas coisas em parte porque pensava como uma mulher. Antes de sua experiência desagradável, isso nunca foi um problema para ele, mas naquela hora, naquela circunstância extrema, foi o suficiente para despedaçá-lo.

Culpo meu pai e também a vagabunda que o trocou por outro homem. Meu pai tem que assumir a responsabilidade, pelo menos em parte, por causa de todo aquele absurdo na primeira infância de Eric, deixando-o se vestir como bem entendesse, dando a ele a opção de vestir saias ou calças. Harmsworth e Morag Stove tinham razão em se preocupar com o jeito como seu sobrinho estava sendo criado e fizeram a coisa certa ao se oferecerem para cuidar dele. Tudo teria sido diferente se não fossem as ideias malucas do meu pai, se minha mãe não se ressentisse de Eric, se os Stove o tivessem levado mais cedo. No entanto, aconteceu como aconteceu, e por isso espero que meu pai se sinta culpado tanto quanto eu o culpo. Quero que sinta o peso dessa culpa sobre ele o tempo inteiro, que passe noites em claro por conta disso, e tenha pesadelos que o acordem suando nas noites frias, quando enfim conseguir pegar no sono. Ele merece.

Eric não ligou aquela noite, depois da minha caminhada pelos morros. Fui para a cama bem cedo, mas sei que teria ouvido o telefone, caso este tivesse tocado, e dormi direto, a noite inteira, cansado pela longa jornada. No dia seguinte, acordei na hora normal, saí para dar uma volta pela praia no frescor da manhã e voltei a tempo de um café da manhã bem preparado.

Eu me sentia agitado, meu pai estava mais quieto que o normal, e a temperatura aumentou rápido, deixando a casa bem quente mesmo com as janelas abertas. Perambulei pelos quartos, olhando os espaços vazios, me apoiando nos parapeitos e varrendo a paisagem com os olhos estreitos. No fim, enquanto meu pai cochilava na espreguiçadeira, fui para o meu quarto, troquei a camisa para uma camiseta e pus meu colete com bolsos, enchi-os com coisas úteis, joguei a mochila de campanha sobre um ombro e saí para dar uma boa olhada nas imediações da ilha, talvez para ir até o lixão, se não houvesse moscas demais.

Coloquei meus óculos de sol, e as lentes escuras deixaram as cores mais vívidas. Comecei a suar tão logo pisei porta afora. Uma brisa quente, sem quase nenhum refresco, soprou vagamente de várias direções, carregando o perfume de grama e flores. Andei a passo firme, direto pelo caminho, atravessei a ponte, desci próximo à parte continental da enseada e segui o curso do rio, saltando os seus afluentes estreitos que corriam para a região da represa. Virei-me ao norte, então, correndo pela linha de dunas voltadas para o mar, atravessando-as pelos seus topos arenosos mesmo com todo o calor e o esforço para escalá-las pela face sul, porque assim eu teria acesso à vista que elas ofereciam.

Tudo tremulava no calor, tornando-se vago e mutável. A areia estava quente quando a toquei, e insetos de todos os tipos e tamanhos zumbiam e voavam em volta de mim. Agitei as mãos para espantá-los.

De vez em quando, eu usava o binóculo, enxugando o suor da minha testa e levantando os óculos, checando a distância através do ar trêmulo pelo mormaço. Minha cabeça derretia de suor e minhas partes coçavam. Conferia as coisas que trouxera, mais vezes do que costumava fazer, sopesando a pequena bolsa de bolinhas de aço quase automaticamente, tateando a faca de caça e o estilingue presos na cintura, conferindo se ainda estava com meu isqueiro, carteira, pente, espelho, papel e caneta. Tomei um gole de água do pequeno cantil que tinha, ainda que ela estivesse quente e já com gosto velho.

Vi alguns pedaços interessantes de lixo trazidos à areia pelas ondas e pela correnteza, quando olhei para a beira do mar, mas permaneci nas dunas, subindo as mais altas quando necessário, indo cada vez mais ao norte, sobre córregos e charcos, passando o Círculo da Bomba e o lugar que nunca nomeei, de onde Esmerelda decolou.

Só pensei neles quando já tinha passado.

Mais ou menos uma hora depois, segui para o interior, depois ao sul, acompanhando a última das dunas do continente, lançando os olhos pelo pasto miserável onde as ovelhas se moviam devagar, como vermes, pela terra, comendo. Teve um momento em que parei um pouco para ver um pássaro grande, bem alto do céu profundamente azul, rondando e espiralando sobre as termas, virando de um lado para o outro. Abaixo dele, algumas gaivotas se agitavam, as asas abertas e os pescoços virados como se procurassem por algo. Notei um sapo morto no alto de uma duna, seco e ensanguentado, de patas para o ar e coberto de areia. Fiquei imaginando como teria chegado ali em cima. Provavelmente, foi jogado lá por alguma ave.

Acabei colocando o boné verde, protegendo os olhos da claridade. Segui tranquilamente pelo caminho, já ao nível da ilha e da casa. Continuei, ainda parando de vez em quando para olhar pelo binóculo. Carros e caminhões lampejavam através das árvores, a mais ou menos uma milha de distância na estrada. Um helicóptero sobrevoou uma vez, provavelmente em direção a alguma plataforma de petróleo ou oleoduto.

Cheguei ao lixão no comecinho da tarde, passando por umas arvorezinhas para alcançá-lo. Sentei-me à sombra de uma delas e inspecionei o lugar com o binóculo. Havia algumas gaivotas, mas nenhuma pessoa. Uma fumacinha subia de uma fogueira no centro, e em volta estavam espalhados todos os dejetos da cidade e das vizinhanças: papelões e sacos de lixo pretos, e a brancura surrada de velhas máquinas de lavar, panelas e geladeiras. Papéis se aglomeravam e formavam um redemoinho, por um minuto ou dois, e depois caíam no chão.

Abri caminho em meio ao lixão, saboreando seu cheiro podre, ligeiramente doce. Chutei uma porcaria ou outra, revirei alguns objetos interessantes com a bota, mas não encontrei nada de valor. Uma das coisas de que vim a gostar, com o passar do tempo, foi o fato de o lixão nunca permanecer igual. Ele se move como algo enorme e vivo, crescendo feito uma ameba imensa conforme absorvia a terra saudável e os despojos coletivos. Mas agora parecia chato e desinteressante. Fiquei impaciente com ele, quase com raiva. Joguei duas latas de aerossol no foguinho que queimava por ali, mas mesmo isso não foi muito divertido, caindo nas chamas fracas sem nenhuma graça. Saí do lixão e voltei a rumar para o sul.

Próximo a um córrego, mais ou menos um quilômetro depois, havia um bangalô bem grande, uma casa de veraneio com vista para o mar. Estava trancada e deserta, e não havia nenhuma pegada recente pela trilha esburacada que passava por ela, continuando até a praia. Fora por aquela trilha que Willie, um dos amigos de Jamie, nos levara na sua minivan, para correr derrapando pela praia.

Olhei pelas janelas dos quartos vazios. A mobília velha, com móveis que não combinavam um com o outro, estava lá, nas sombras, com um ar empoeirado de abandono. Havia uma revista antiga sobre a mesa, uma quina amarelada pelo sol. Sentei-me à sombra do telhado no fundo da casa e terminei minha água, tirei o boné e enxuguei a testa com o lenço. À distância, dava para ouvir explosões abafadas vindas da costa, e um jato passou cortando o calmo mar azul, seguindo para o oeste.

Afastada da casa, começava uma cadeia de morros baixos, encimados por arbustos de tojo e árvores mirradas, modeladas pelo vento. Foquei o binóculo neles, afastando as moscas, com a cabeça começando a doer e a língua seca, mesmo tendo acabado de beber a água morna. Quando baixei o binóculo e voltei a colocar os óculos, por fim ouvi.

Algo uivou. Algum animal — meu Deus, eu esperava que não tinha sido um humano a fazer aquele barulho — ganiu em sofrimento. Era um choro crescente, angustiado, num tom que apenas um animal à beira da morte produziria, o ruído que você espera nunca precisar ser feito por uma criatura viva.

Sentei-me com o suor escorrendo pelo corpo, crestado e doído pelo calor infernal. Mas eu sentia calafrios. Tremi com uma onda de frio, como um cachorro se sacudindo depois do banho, de cima a baixo. Os pelos da minha nuca se desgrudaram do suor, arrepiados. Levantei-me rápido, as mãos se apoiando na madeira quente da parede da casa, o binóculo saltando no meu peito. O lamento viera dos morros. Tirei novamente os óculos, coloquei o binóculo e pressionei os ossos do rosto enquanto lutava contra a falta de foco. Minhas mãos tremiam.

Um vulto preto pulou dos arbustos, com um rastro de fumaça. Desceu correndo a encosta pela grama amarelada e se pôs sob uma cerca. Minhas mãos correram pela paisagem enquanto eu tentava acompanhar tudo com o binóculo. O lamento agudo ressoou, fraco e horrível. Perdi a coisa por trás de uns arbustos, depois a vi de novo, queimando enquanto corria e saltava sobre a grama e os juncos, fumegando. Minha boca ficou totalmente seca. Eu não conseguia respirar, estava sufocado, mas acompanhava o animal enquanto ele escorregava, se movendo, ganindo alto, saltitando no ar e caindo no chão, parecendo pular no mesmo lugar. Então desapareceu a umas centenas de metros de onde eu estava, com mais ou menos a mesma distância dos morros.

Corri o binóculo rapidamente ao topo do morro outra vez, buscando algo lá, por todos os lados, para cima, para baixo, pelo topo novamente e em toda a sua extensão, parando para olhar com atenção um arbusto, sacudindo a cabeça e voltando a correr o binóculo. Um parte irrelevante do meu cérebro pensava que, nos filmes, quando alguém está olhando por um binóculo e você vê o que o personagem supostamente está vendo, é sempre num formato parecido a um oito deitado, mas todas as vezes que olho pelo binóculo eu vejo um círculo mais ou menos perfeito. Baixei-o, dei uma olhada rápida pelo lugar e então corri para fora da sombra da casa. Saltei a cerquinha de arame que marcava o jardim e me dirigi, correndo, para os morros.

Parei por um instante, chegando lá, as mãos apoiadas nos joelhos, ofegando, deixando o suor escorrer pela minha cabeça e cair na grama clara aos meus pés. Minha camiseta estava colada ao corpo. Ergui a cabeça, apertando os olhos para ver entre os arbustos e as árvores do alto do morro. Olhei para o ponto mais distante, para os campos que se estendiam além da barreira de arbustos, marcando um descampado por onde passava a ferrovia. Dei uma corrida pelo alto dos morros, virando a cabeça para um lado e para o outro, até encontrar um pedacinho de grama queimando. Pisei nas chamas, procurei por pegadas e as encontrei. Corri mais rápido, por mais que minha garganta e meus pulmões reclamassem, encontrando mais grama chamuscada e um arbusto de tojo pegando fogo. Apaguei as chamas e continuei.

No fundo de um buraco estreito, na lateral de um morro, algumas árvores haviam crescido quase normalmente. Apenas suas copas, já desabrigadas contra o vento, eram curvadas, torcidas pelo vento vindo do mar. Corri para o buraco gramado, para a sombra balançante que as folhas e os galhos criavam, se agitando devagar. Encontrei um círculo de pedra escurecido no centro. Olhei em volta, achando um pedaço de grama amassada. Parei, me acalmando, e olhei em volta de novo, para as árvores, a grama e o mato, mas não encontrei mais nada. Me aproximei das pedras, pondo a mão sobre elas e nas cinzas no centro. Estavam quentes, quentes demais para que eu as segurasse, mesmo estando na sombra. Sentia cheiro de gasolina.

Escalei para fora do buraco e para o alto de uma árvore, me aprumando e inspecionando a área, usando binóculo, quando necessário. Nada.

Desci, parando ali por um instante, então tomei fôlego e corri colina abaixo, rumo ao mar, fazendo um caminho diagonal na direção em que tinha visto o animal ir. Mudei o curso uma vez, para apagar outro foco de incêndio. Surpreendi uma ovelha pastando, pulando sobre ela enquanto o animal se assustava e saltitava dali, balindo.

O cachorro estava estirado no córrego que saía do charco. Ainda estava vivo, mas a maior parte da sua pelugem negra tinha sumido, deixando a pele à mostra, ferida e descamada. Ele tremia na água, fazendo-me estremecer também. Fiquei parado, olhando aquilo. Ele só enxergava com um dos olhos intactos, quando conseguia erguer a cabeça da água. Na poça em torno dele, coágulos de pelo chamuscados boiavam. Senti um cheiro fraco de carne queimada e meu estômago revirou, com um nó na garganta, logo abaixo do meu pomo de adão.

Peguei o saquinho de munição, tirei uma bolinha de aço dele enquanto sacava o estilingue da cintura, preparei os braços, mirei com a mão sobre o rosto suado, e soltei o elástico.

A cabeça do cão deu um tranco, afundando brevemente na água, afastando o animal de mim e virando-o de lado. Boiou pelo córrego um pouco, atolando num banco de areia. Sangue escorria pelo buraco onde antes houvera um olho. "Frank vai cuidar de você", sussurrei.

Tirei o cachorro da água e abri uma cova no chão turfoso rio acima, com a minha faca, segurando o vômito de vez em quando, por causa do cheiro do cadáver. Enterrei o bicho, olhei novamente em volta e então, depois de pensar sobre a direção do vento, me distanciei um pouco e taquei fogo na grama. O fogo varreu do mapa o restante da trilha incendiada pelo cão, cobrindo sua cova. Parou no rio, onde imaginei que pararia, e pisei sobre alguns focos de incêndio mais distantes, que haviam sido soprados pelo vento.

Com tudo terminado — as evidências escondidas e o terreno chamuscado —, virei-me para casa e corri.

Voltei para casa sem percalços, virei dois copos de água e tentei relaxar na banheira, com uma caixa de suco de laranja ao lado. Eu ainda tremia, e passei um tempão esfregando o cheiro de queimado dos cabelos. O cheiro de comida vegetariana subiu da cozinha, onde meu pai preparava a refeição.

Eu tinha certeza de quase ter visto meu irmão. Cheguei à conclusão de que ele não estava acampado ali, mas estivera no lugar, e eu o perdera por um triz. De certo modo, era um alívio. Era algo difícil de aceitar, mas era verdade.

Submergi, deixando a água me lavar.

Desci para a cozinha vestido no meu roupão de banho. Meu pai estava lá, de shorts e camiseta, os cotovelos sobre a mesa, encarando o *Correio de Inverness*. Coloquei a caixa de suco de volta na geladeira e levantei a tampa da panela em que o curry esfriava. Sobre a mesa, travessas de salada para acompanhar. Meu pai virava as páginas do jornal, me ignorando.

"Está quente, né?", falei, na falta de coisa melhor.

"Hum."

Sentei-me à outra ponta da mesa. Meu pai virou mais uma página, de cabeça baixa. Pigarreei.

"Teve um incêndio perto da casa nova. Eu vi. Fui lá e apaguei", falei, para me dar um álibi.

"Com esse tempo, acontece", meu pai respondeu, sem levantar os olhos. Meneei a cabeça, coçando as partes por sobre o roupão, em silêncio.

"Vi na previsão do tempo que amanhã à noite deve mudar." Dei de ombros. "Foi o que disseram."

"Bom, vamos ver", ele disse, fechando o jornal enquanto se levantava para conferir o curry. Balancei a cabeça de novo, mexendo na ponta do cordão do roupão, olhando casualmente para o jornal. Meu pai se curvou para sentir o cheiro da panela. Observei.

Olhei para ele, me levantei, dei a volta na cadeira onde estivera sentado, parei ali, fingindo olhar pela porta, mas na verdade meus olhos estudavam o jornal. INCÊNDIO MISTE-RIOSO EM CHALÉ DE VERANEIO, dizia nota no pé da primeira página. Uma casa de férias ao sul de Inverness tinha se incendiado pouco antes de o jornal ir à prensa. A polícia ainda estava investigando.

Voltei para o outro lado da mesa e me sentei.

Enfim comemos o curry e as saladas, e voltei a suar. Antigamente, eu me achava esquisito porque ficava com cheiro de curry no sovaco no dia seguinte a comê-lo, mas desde que descobri que Jamie também passava por isso, não me sentia tão mal. Comi o curry, acompanhado de uma banana e um pouco de iogurte, mas ainda estava muito quente, e meu pai, que sempre tivera um tipo de masoquismo em relação ao prato, deixara metade do seu intocado.

Ainda estava com o meu roupão, vendo TV na sala, quando o telefone tocou. Fui em direção à porta, mas ouvi meu pai saindo do escritório para atender, então fiquei parado ali, escutando. Não dava para ouvir muita coisa, mas então passos soaram escada abaixo, e corri de volta para a poltrona, me atirei nela e joguei a cabeça para o lado, de olhos fechados e boca aberta. Meu pai abriu a porta.

"Frank, é para você."

"Hum?", falei devagar, abrindo os olhos pesados, olhando para a televisão e me levantando sem muita firmeza. Meu pai deixou a porta aberta e voltou para o escritório. Fui até o telefone.

"Oi? Alô?"

"Olá. Frank está?", disse uma voz muitíssimo inglesa.

"Sim, é ele", respondi, intrigado.

"Ha, ha, Frank, moleque!", Eric berrou. "Bom, estou aqui, no coração dos bosques e ainda comendo um bom e velho *cachorro quente!* Ha, ha, ha! Então, como estão as coisas, camaradinha? Sua estrela anda brilhando, hein? Aliás, qual é mesmo o seu signo? Eu esqueci."

"Cachorro."

"Au! Sério?"

"É. Qual é o seu signo?", perguntei, seguindo obedientemente uma das velhas rotinas de Eric.

"Câncer!", veio o grito de resposta.

"Benigno ou maligno?", perguntei, cansado.

"Maligno!", Eric berrou. "Mas são só *tumores*, por enquanto."

Afastei o fone do ouvido enquanto meu irmão gargalhava. "Escuta, Eric...", comecei.

"Como tão as coisas? Com' tão as coisas? Com'tão'as'coisa? Tudo bem aí? Com'tá'indo? E'tu? Saca só. Onde você tá com a cabeça? Tá vindo de onde? Céus, Frank, você sabe por que um Volvo *assobia*? Bem, eu também não, mas quem se importa? O que Trotsky falou? 'Preciso de Stalin tanto quanto preciso de um buraco na cabeça.' Ha, ha, ha, ha, ha, ha! Na verdade, não gosto desses carros alemães. Os faróis são muito juntos. Tá tudo bem, Frankie?"

"Eric..."

"Pra cama, dormir. Talvez se masturbar. Ah, taí uma coisa difícil! Ha, ha, ha!"

"Eric", falei, olhando pela escadaria para ter certeza de que meu pai não estava em lugar nenhum. "Quer calar essa *boca*?"

"Como?", respondeu ele, com uma vozinha magoada.

"O *cachorro*", murmurei. "Eu vi o cachorro hoje. Perto da casa nova. Eu estava lá, eu vi."

"Que cachorro?", respondeu, parecendo perplexo. Eu podia ouvi-lo respirar pesadamente, e algo fez barulho ao fundo.

"Nem tente me enrolar. Eu vi. Quero que você pare, entendeu? Deixe os cachorros em paz. Está ouvindo? Entendeu? *Hein?*"

"Quê? Que cachorros?"

"Você me ouviu. Já está bem perto daqui. Chega de cachorro. Deixe-os em paz. E nenhuma criança também. Sem minhocas. Esqueça isso tudo. Venha nos ver, se quiser — seria legal —, mas nada de minhocas e nada de cachorros pegando fogo. Estou falando sério, Eric. É melhor acreditar."

"Acreditar em quê? Do que você está falando?", retrucou, num lamento.

"Você ouviu", respondi, e desliguei o telefone. Fiquei parado ali, olhando para o andar de cima. Em poucos segundos, ele tocou outra vez. Atendi, ouvi bipes soando e coloquei de novo no gancho. Esperei por mais alguns minutos, mas nada.

Quando estava voltando para a sala, meu pai apareceu do escritório, esfregando as mãos num lenço, com cheiros estranhos o acompanhando e os olhos arregalados.

"Quem era?"

"Jamie", respondi, "fazendo uma voz esquisita."

"Hum", fez, aparentemente aliviado, e voltou de onde tinha vindo.

Com exceção dos arrotos de curry, meu pai estava bastante quieto. Saí de casa quando a noite refrescou, dando uma volta pela ilha. Nuvens vinham do mar, cerrando o céu feito uma porta e encurralando a quentura do dia sobre a ilha. Trovões ribombavam além das colinas, sem qualquer luz. Dormi mal, suando na cama, agitado e me revirando, até que o sol nasceu vermelhíssimo sobre as areias lá fora.

O PRÓDIGO
FÁBRICA DE VESPAS
IAIN BANKS

Acordei da minha última peleja contra o sono agitado com o edredom caído no chão, ao lado da cama. Ainda assim, eu suava. Levantei, tomei um banho, fiz a barba com cuidado e subi para o sótão antes que o calor lá em cima ficasse forte demais.

O ar do sótão estava bem pesado. Abri as claraboias e pus a cabeça para fora, examinando os campos e o mar em frente com o binóculo. O céu ainda estava nublado. A luz parecia fraca e a brisa soprava rançosa. Fiz reparos na Fábrica por algum tempo, alimentando as formigas, a aranha e a dioneia, conferindo os arames, espanando o pó da fachada, testando as baterias e lubrificando as portas e os outros mecanismos, tudo isso para me tranquilizar mais do que por qualquer outra razão. Espanei o altar e ajeitei todas as coisas sobre ele, usando uma régua para garantir que todos os jarrinhos e as pecinhas estivessem simetricamente dispostos.

Quando terminei, estava suando de novo, mas não dava para tomar outra ducha. Meu pai já estava de pé e preparava o café da manhã enquanto eu assistia a algum programa matinal de sábado na televisão. Comemos em silêncio. Fiz uma ronda pela ilha, ainda de manhã, indo até o Abrigo e pegando a Bolsa de Cabeças para poder fazer os reparos necessários nas Estacas, no caminho de volta.

Levei mais tempo que o normal para terminar a ronda, porque fiquei parando e subindo nas dunas mais altas a fim de verificar as imediações. Não vi absolutamente nada. As cabeças nas Estacas Sacrificiais estavam em muito bom estado. Tive que substituir duas cabeças de rato, mas só isso. As outras cabeças e iscas estavam intactas. Encontrei uma gaivota morta na encosta de uma duna, virada para o continente, longe do centro da ilha. Arranquei sua cabeça e enterrei o resto perto de uma das Estacas. Coloquei a cabeça, que já começava a cheirar mal, num saco plástico e a enfiei na Bolsa de Cabeças junto às ressecadas.

Ouvi e avistei algumas aves levantando voo conforme alguém passava pelo caminho, mas eu sabia que era apenas a sra. Clamp. Subi numa duna para olhar e a vi pedalando sua velha bicicleta de entregas pela ponte. Dei outra olhada pelos pastos e pelas dunas distantes, assim que ela sumiu na que ficava atrás da casa, mas não avistei nada, só gaivotas e ovelhas. Uma fumaça subia do lixão, e eu podia ouvir o martelar monótono de uma maquinaria vindo da ferrovia. O céu permanecia nublado, mas claro, e o vento era úmido e instável. Dava para enxergar, no mar, uns focos dourados e brilhantes próximos ao horizonte, onde a água reluzia sob buracos nas nuvens, mas eles estavam muito, muito distantes.

Terminei a ronda pelas Estacas Sacrificiais, depois gastei meia hora próximo ao guincho antigo, treinando pontaria. Coloquei umas latas sobre a ferrugem da carcaça, me afastando trinta metros e derrubando todas com o meu estilingue, precisando só de três tiros extras para derrubar as seis latas. Ajeitei os alvos outra vez, depois de encontrar quase todas as bolinhas de aço, menos uma das maiores, e voltei para o mesmo lugar, disparando pedras nas latas. Dessa vez, precisei de quatorze lançamentos para derrubar todas. Terminei arremessando uma faca na árvore próxima ao curral, algumas vezes, e fiquei feliz ao ver que conseguia adivinhar com certa precisão o número de giros que ela dava antes de acertar o tronco já descascado, no mesmo ponto.

Chegando em casa, me lavei, troquei de camisa e apareci na cozinha a tempo de pegar o primeiro prato servido pela sra. Clamp, que, por alguma razão, era sopa. Abanei uma fatia de pão branco, macio e cheiroso, sobre meu prato, enquanto a sra. Clamp se debruçava sobre a mesa e tomava a sopa fazendo bastante barulho, e meu pai picava um pão integral em seu prato. Aquele pão parecia ter lascas de madeira.

"Como vai, sra. Clamp?", perguntei educadamente.

"Ah, *eu* vou muito bem", ela respondeu, juntando as sobrancelhas como se fossem a ponta de um novelo de lã. Direcionou a testa franzida para a colher que pingava sob o seu queixo, dizendo a ela: "Ah, sim, *eu* vou muito bem".

"Está calor, não?", falei, murmurando. Continuei abanando o pão sobre o prato, enquanto meu pai me olhava de um jeito sombrio.

"É verão", explicou a sra. Clamp.

"É verdade, eu tinha esquecido."

"Frank", meu pai disse, de forma soturna, a boca cheia de vegetais e lascas de madeira. "Acho que você não se lembra da capacidade volumétrica dessas colheres, lembra?"

"Um quarto de *gill*?", sugeri, inocentemente. Ele pareceu satisfeito e tomou mais uma colherada de sopa. Continuei abanando, parando apenas para desmanchar a película marrom que se formava na superfície. A sra. Clamp sorveu mais sopa.

"E como estão as coisas na cidade, sra. Clamp?", perguntei.

"Muito bem, até onde *eu* sei", comunicou ao seu prato. Concordei. Meu pai soprava sua colher. "O *cão* dos Mackie fugiu, ou foi o que *eu* ouvi", completou. Ergui levemente as sobrancelhas e sorri de um jeito preocupado. Meu pai parou para me olhar, e o som da sua sopa gotejando da colher — o fim do que já começara a cair quando a sra. Clamp completou sua frase — ecoava pelo aposento como mijo caindo num sanitário.

"É mesmo?", perguntei, ainda abanando. "Que droga. Ainda bem que o meu irmão não está por aqui, senão botariam a culpa nele." Sorri, dando uma olhada para o meu pai, depois voltei para a sra. Clamp, que me encarava com olhos apertados através do vapor da sopa. Uma gotinha de sopa molhou a fatia que eu usava como leque, e um pedaço do pão se desmanchou e caiu. Segurei-o com a outra mão, ágil, e o coloquei no canto do prato, erguendo a colher e tentando tomar um pouco da sopa.

"Hum", falou a sra. Clamp.

"A sra. Clamp não pôde trazer seus hambúrgueres hoje", meu pai me informou, pigarreando na primeira sílaba de *não pôde*, "então ela trouxe picadinho."

"Esses sindicatos!", murmurou a sra. Clamp, sombria, cuspindo na sopa. Coloquei um cotovelo na mesa, apoiando uma bochecha na mão, e olhei intrigado para ela. Não serviu para nada. Ela sequer ergueu os olhos, e no fim eu dei de ombros e voltei a abanar minha sopa. Meu pai havia largado a colher, enxugava a testa com a manga e tentava, com a unha, tirar do meio dos dentes superiores algo que imaginei ser um fiapo de madeira.

"Ontem, houve um pequeno incêndio perto da casa nova, sra. Clamp. Eu o apaguei, sabe. Estava por lá, vi aquilo e fui apagar", falei.

"Deixe de contar vantagem, moleque", meu pai ralhou. A sra. Clamp segurou a língua.

"Bom, mas eu apaguei", disse, sorrindo.

"Tenho certeza de que a sra. Clamp não está interessada."

"Ah, *eu* não diria isso", ela falou, meneando a cabeça numa ênfase ligeiramente desconcertada.

"Tá vendo?", falei, cantarolando enquanto olhava para o meu pai e balançava a cabeça na direção da sra. Clamp, que tomava a sopa ruidosamente.

Fiquei quieto durante o prato principal, um ensopado, e só mencionei, na hora do pudim de ruibarbo, que percebia um ingrediente novo ali naquela mistura de sabores, mas na verdade era apenas o leite que tinha claramente coalhado demais. Sorri, meu pai resmungou e a sra. Clamp tomou seu pudim com barulho, cuspindo os talinhos de ruibarbo num guardanapo. Para ser honesto, estava um pouco cru.

A refeição me animou imensamente, e, ainda que a tarde estivesse mais quente que o dia, eu me sentia mais bem disposto. Não havia qualquer raio de claridade banhando o mar ao longe, e tinha algo turvo na luz que atravessava as nuvens, pelo ar carregado e através do vento fraco. Saí de casa, dando uma corridinha rápida em volta da ilha. Vi a sra. Clamp voltar para a cidade, então caminhei na mesma direção, sentando-me no topo de uma duna bem alta a algumas centenas de metros dentro do continente, para examinar o terreno sufocante com meu binóculo.

O suor escorreu assim que parei de andar, e senti uma dorzinha de cabeça despontando. Tinha trazido um pouco de água comigo, que bebi, enchendo o cantil de novo no córrego mais próximo. Meu pai não tinha dúvida de que as ovelhas cagavam nos córregos, mas eu sabia que estava imunizado contra qualquer coisa vinda daqueles regatos, tendo bebido das suas águas durante anos enquanto construíam barragens. Bebi mais água do que precisava e voltei para o alto da duna. Ao longe, as ovelhas estavam quietas, largadas sobre a grama. Mesmo as gaivotas tinham sumido, e somente as moscas permaneciam ativas. A fumaça vinda do lixão ainda se erguia, e outra mais clara subia das plantações nas colinas, começando nas bordas de uma clareira onde eles cortavam árvores para carregar até a fábrica enseada acima. Tentei ouvir o barulho das motosserras, mas não consegui.

Passeava o binóculo por aquela região ao sul quando vi meu pai. Passei direto por ele, depois voltei a olhar. Ele sumiu, depois tornou a aparecer. Estava no caminho para a cidade. Foquei o olhar pela área do Salto, e o vi escalando a lateral da duna por onde eu gostava de despencar com a bicicleta. Tinha-o visto bem no momento em que chegava ao topo do Salto. Enquanto eu olhava, ele pareceu tropeçar no caminho além do topo, mas logo se recobrou e seguiu em frente. Sua boina desapareceu por trás da duna. Pareceu-me que ele estava vacilante, como se bêbado.

Baixei o binóculo e cocei meu queixo meio arranhado. Isso também era incomum. Ele não dissera nada sobre ir até a cidade. Quis saber o que o homem estava aprontando.

Desci a duna correndo, saltei o córrego e voltei para casa voando. Senti cheiro de uísque quando cruzei a porta. Pensei há quanto tempo havíamos jantado e a sra. Clamp ido embora. Uma hora, talvez uma hora e meia. Fui até a cozinha, onde o cheiro da bebida estava mais forte, e sobre a mesa encontrei uma garrafa de puro malte vazia e um único copo ao seu lado. Olhei dentro da pia, procurando outro copo, mas lá só havia louça suja. Franzi o rosto.

Não era típico do meu pai deixar coisas sujas. Peguei a garrafa e procurei por alguma marquinha de caneta, mas não vi nenhuma. Talvez fosse uma garrafa recém-aberta. Sacudi a cabeça, enxugando a testa com um pano de prato. Despi meu colete cheio de bolsos e o botei sobre uma cadeira.

Segui para a sala. Assim que olhei para o alto da escada, vi o telefone fora do gancho, pendurado pelo fio. Corri até ele e apanhei o fone. Fazia um ruído estranho. Coloquei-o de volta no gancho, esperei alguns segundos e peguei o fone de novo, que soava normalmente. Larguei-o lá e voei escada acima, para o escritório, girando a maçaneta e jogando o meu peso contra a porta. Imóvel.

"Merda!", eu disse. Podia imaginar o que acontecera e tinha torcido para que meu pai tivesse esquecido o escritório destrancado. Eric deve ter ligado. Meu pai atende, fica chocado e começa a beber. Provavelmente foi para a cidade atrás de mais bebida. Devia ter ido até uma adega ou — olhei no relógio — já era tempo de as lojas poderem vender bebida livremente? Sacudi a cabeça, não fazia diferença. Eric deve ter ligado. Meu pai estava bêbado. Provavelmente se encaminhava até a cidade para ficar mais bêbado ou para ver Diggs. Ou talvez Eric tivesse combinado um encontro. Não, não fazia sentido. Com certeza, ele teria falado comigo primeiro.

Corri escada acima, indo para o sótão abafado, abri novamente a claraboia virada para o continente e investiguei as redondezas com o binóculo. Voltei a descer, tranquei a casa e saí dali, correndo um pouco até a ponte e o caminho, dando voltas em todas as dunas altas outra vez. Tudo parecia normal. Parei no lugar onde vira meu pai pela última vez, bem no topo do morro que descia para o Salto. Cocei as partes, irritado, pensando no melhor a ser feito. Não me sentia bem em abandonar a ilha, mas desconfiava de que era perto da cidade que as coisas podiam estar começando a acontecer. Pensei em chamar Jamie, mas ele provavelmente não estava nas melhores condições para perambular por Porteneil procurando pelo meu pai e farejando cachorro queimado.

Sentei-me no caminho e tentei pensar. Qual seria o próximo movimento de Eric? Ele poderia esperar até a noite para se aproximar (eu tinha certeza de que ele se aproximaria; não teria percorrido todo esse caminho só para ir embora na última hora, teria?) ou podia ter se arriscado bastante ao fazer aquela ligação, tendo sobrado pouco a perder caso rumasse imediatamente para casa. Mas com certeza ele poderia ter feito isso ontem, então o que o estava segurando? Estava planejando algo. Ou talvez eu tivesse sido mal-educado demais ao telefone. Por que desliguei na cara dele? Idiota! Talvez ele fosse se entregar ou fugir. Tudo porque eu o rejeitei, meu próprio irmão!

Balancei a cabeça com irritação, me levantando. Nada daquilo estava me levando a lugar nenhum. Precisava considerar que Eric entraria em contato. O que significava que eu precisaria voltar para casa, para onde ele ligaria ou onde apareceria, mais cedo ou mais tarde. Além do mais, ali estava o centro do meu poder e da minha força, e era também o lugar que eu mais devia proteger. Isso decidido, com o coração mais leve por ter um plano definido — mesmo que fosse um plano mais de inação que qualquer outra coisa —, virei-me para casa e corri de volta.

A casa ficara ainda mais abafada durante o tempo em que estive fora. Larguei-me numa cadeira da cozinha, depois me levantei para lavar o copo e dar um fim à garrafa de uísque. Tomei um bom copo de suco de laranja, então enchi um jarro com suco e gelo, peguei duas maçãs, um naco de pão e um pouco de queijo, levando tudo para o sótão. Peguei a cadeira que normalmente ficava perto da Fábrica, coloquei-a numa pilha de enciclopédias velhas, abri mais uma vez a claraboia virada para o continente e fiz uma almofada de algumas cortinas antigas e desbotadas. Sentei no meu pequeno trono e passei a vigiar com o binóculo. Pouco tempo depois, tirei um rádio valvulado de trás de uma caixa de brinquedos e o liguei na luminária, com um adaptador. Sintonizei a Rádio Três, que tocava uma ópera de Wagner. Exatamente do que eu precisava para entrar no clima, pensei. Voltei para a claraboia.

Alguns buracos se abriam numa ou noutra parte da cobertura de nuvens. Moviam-se devagar, pondo retalhos de terra sob uma luz viva e brilhante. Por vezes, luzia sobre a casa. Observei a sombra do meu galpão se mover devagar pelo chão, conforme a tardinha ia se tornando começo da noite e o sol caminhava por sobre as nuvens esgarçadas. Uma sequência lenta de clarões refletiu nas janelas da casa da propriedade nova, em meio às árvores, pouco além da parte antiga da cidade. Aos poucos, um dos conjuntos de janelas parou de brilhar, depois outro e mais outro, todos pontuados por falhas repentinas conforme algumas janelas iam sendo fechadas, outras abertas, ou por carros que cruzavam as ruas da região. Bebi um pouco do suco, enchendo a boca com pedras de gelo enquanto o bafo quente da casa me envolvia. Mantive o binóculo firme, varrendo a maior parte da paisagem que eu podia, de norte a sul, sem cair da claraboia. A ópera terminou e foi substituída por alguma música moderna horrorosa que soava feito "O Suplício do

Herege" ou "Cão em Chamas", mas deixei tocar porque estava me impedindo de cair no sono.

Lá pelas seis e meia, o telefone tocou. Saltei da cadeira, mergulhei porta afora e derrapei pela escadaria, agarrando o fone e o levando à boca num único movimento fluido. Senti um arrepio de excitação por estar com a coordenação tão boa e disse, numa voz bem tranquila: "Sim?".

"Frang?", soou a voz do meu pai, lenta e enrolada. "Frang, é você?"

Deixei meu desdém morrer na garganta, antes de responder. "Sim, pai, sou eu. O que foi?"

"Tô na cidade, filho", disse ele, baixinho, como se estivesse prestes a se acabar em lágrimas. Ouvi-o tomando fôlego. "Frang, sabe que sempre te amei... tô... tô ligando... ligando da cidade, filho. Quer vir aqui? Quer vir aqui e... vir aqui. Pegaram Eric, filho."

Congelei. Fiquei encarando o papel de parede sobre a mesinha de canto onde repousava o telefone. Tinha um padrão de folhas, verde sobre branco, com um tipo de treliça despontando aqui e ali. Estava um pouco torto. Eu nunca me importara com aquele papel de parede, com certeza por nenhum dos anos em que atendera o telefone, ao menos. Era horrível. Meu pai era maluco por tê-lo escolhido.

"Frang?", pigarreou ele. "Frank, filho?", disse, de forma quase clara, depois se enrolou de novo: "Frang, tá aí? Fala alguma coisa, filho. Sou eu. Alguma coisa, filho. Te falei que pegaram Eric? Escutô? Frang, taí?"

"Eu..." Minha boca seca me traiu, e a frase morreu. Limpei bem a garganta, tentando outra vez. "Eu ouvi, pai. Pegaram Eric. Ouvi. Logo vou para aí. Onde nos encontramos? Na delegacia?"

"Nã, nã, filho. Nã, me encontra fora do... fora da... bibl'oteca. É, na bibl'oteca. Me encontra lá."

"Na *biblioteca*?", perguntei. "Por que lá?"

"Belê. Te vejo lá, filho. Vê se anda logo, tá?" Ouvi-o bater o fone por alguns segundos, então a linha ficou muda. Desliguei devagar, sentindo umas pontadas nos pulmões, um peso que acompanhou meu coração acelerado e uma sensação de tontura.

Fiquei parado um tempo, depois voltei escada acima, até o sótão, para fechar a claraboia e desligar o rádio. Minhas pernas cansadas doíam um pouco, notei. Talvez eu estivesse fazendo coisas demais nos últimos tempos.

As frestas nas nuvens iam se movendo devagar, continente adentro, conforme eu voltava a trilhar o caminho para a cidade. Estava escuro para aquele horário, sete e meia, com uma claridade estival na luz amena sobre a terra seca. Uns poucos pássaros se agitavam preguiçosamente quando eu passava. Alguns se empoleiravam nos fios de telefone que serpenteavam para a ilha, presos a postes mirrados. Ovelhas faziam seus ruídos débeis e horríveis, com cordeirinhos balindo em resposta. Ao longe, havia pássaros pousados sobre cercas de arame farpado onde também se viam as trilhas de ovelhas, sob tufos de lã enganchados. Apesar de toda a água que eu bebera durante o dia, minha cabeça começava a doer bastante de novo. Soltei um suspiro e continuei caminhando através das dunas cada vez mais raras, pelos campos irregulares e pastos dispersos.

Sentei de costas na areia, assim que atravessei a última duna, e enxuguei a testa. Sacudi um pouco o suor dos meus dedos, olhando para as ovelhas imóveis e os pássaros empoleirados. Podia ouvir sinos na cidade, provavelmente da capela católica. Ou talvez a notícia de que os malditos cães estavam a salvo já tivesse se espalhado. Sorri de escárnio, soltando uma lufada de ar pelo nariz numa espécie de meia risada, e observei pela grama, pelos arbustos e pelas ervas daninhas até meu olhar alcançar a torre da Igreja da Escócia. Eu quase podia ver a biblioteca. Senti meus pés chiarem e soube que não devia ter sentado, pois eles doeriam assim que eu voltasse a andar. Eu bem sabia que só estava enrolando para chegar à cidade, do mesmo jeito que havia enrolado para sair de casa depois de falar com o meu pai pelo telefone. Olhei outra vez para os pássaros, dispostos como notas nos mesmos fios que haviam transmitido a notícia. Notei que as aves evitavam um pedaço.

Franzi a testa, olhei melhor e franzi a testa outra vez. Levei a mão ao binóculo, mas encontrei apenas o meu peito. Eu o havia deixado em casa. Levantei-me e comecei a cruzar o terreno acidentado, longe da trilha, e logo passei a correr devagar. Em pouco tempo, eu já corria mais rápido, por fim acelerando através das ervas e dos juncos, saltando a cerca num pasto de onde ovelhas se erguiam e fugiam, balindo lamentos.

Estava esbaforido quando cheguei aos fios de telefone.

E eles pendiam, recém-cortados e caídos junto ao poste de madeira. Olhei para o alto, para ter certeza de que não estava vendo coisas. Uns poucos pássaros das redondezas tinham levantado voo e agora circundavam o céu, gritando com as vozes estridentes pelo ar quase estagnado sobre a grama seca. Corri para o outro poste, o da ilha, onde o fio estivera conectado. Uma orelha, coberta por pelos brancos e pretos, ainda sangrando, fora pregada ali. Toquei-a e sorri. Olhei em volta, nervoso, então me acalmei outra vez. Voltei-me para a cidade, onde o campanário despontava feito um dedo, acusador.

"Mentiroso do caralho." Tomei fôlego e voltei para a ilha, acelerando aos poucos, afundando o pé no caminho e correndo a trilha, pisando firme e voando na direção do Salto, atravessando-o. Soltei gritos e vivas, daí me calei e guardei o fôlego precioso para continuar a corrida.

Voltei para casa e subi as escadas correndo até o sótão, banhado de suor e parando apenas para conferir o telefone. Naturalmente, estava mudo. Corri para cima, de volta à claraboia no sótão, dei uma olhada rápida com o binóculo e logo me pus preparado, armado e atento. Sentei novamente na cadeira, religuei o rádio e fiquei de olho.

Ele estava em algum lugar lá fora. Graças a Deus havia os pássaros. Meu estômago se revirava, fazendo o corpo inteiro ficar indisposto, me dando calafrios, apesar do calor. Velho mentiroso de merda, tentando me atrair para fora de casa só porque *ele* não era corajoso o suficiente para encarar Eric. Meu Deus, eu tinha sido muito idiota por não perceber a mentira naquela voz de bebum. E ele ainda tinha a cara de pau de brigar comigo quando eu bebia. Pelo menos eu fazia isso quando sabia que podia, não quando precisava de todas as minhas faculdades bem afiadas para lidar com uma crise. Aquele merda. E ainda se considera um homem!

Tomei mais um pouco do suco ainda gelado na jarra, comi uma maçã e um pedaço de pão com queijo, sempre vigiando. A noite caiu rapidamente, assim que o sol se pôs e as nuvens se fecharam. O ar quente que abrira buracos nas nuvens agora arrefecia, e o manto sobre os morros e campos voltava a se firmar, cinza e indistinto. Depois de algum tempo, ouvi um trovão e algo no ar se tornou violento e ameaçador. Eu estava ansioso, mal podendo esperar pelo toque do telefone, mesmo sabendo que ele não tocaria. Quanto tempo levaria até o meu pai notar que eu estava atrasado? Será que estava esperando que eu fosse de bicicleta? Teria caído numa sarjeta ou estava cambaleando à frente de uma turba, rumando à ilha com tochas acesas para capturar o Matador de Cachorrinhos?

Não fazia diferença. Eu veria qualquer um que se aproximasse, mesmo naquela luz, e poderia sair de casa para receber meu irmão ou para fugir, caso os vigilantes aparecessem. Desliguei o rádio para poder ouvir qualquer gritaria do continente e apertei os olhos para vigiar na luz que ia enfraquecendo. Algum tempo depois, corri até a cozinha e peguei uma marmita, guardando-a numa bolsa de lona no sótão. Só para o caso de ter que sair de casa e encontrar Eric. Talvez ele estivesse com fome. Voltei para o meu assento, olhando as sombras pelos campos escuros. À distância, no sopé dos morros, luzes se moviam na estrada, tremeluzindo no crepúsculo, em lampejos como faróis perdidos entre as árvores, além das curvas, detrás dos montes. Esfreguei os olhos e os forcei, tentando espantar o cansaço.

Por precaução, coloquei alguns analgésicos na bolsa que levaria se precisasse sair de casa. Aquele tempo poderia causar alguma enxaqueca em Eric, e ele precisaria do remédio. Eu torcia para que ele estivesse bem.

Bocejei, arregalei os olhos e comi outra maçã. As sombras vagas sob as nuvens ficavam ainda mais escuras.

Despertei.

Estava escuro e eu continuava sentado na cadeira com os braços sob a cabeça apoiados no batente da claraboia. Alguma coisa, um barulho dentro da casa, me acordara. Permaneci sentado por um instante, meu coração disparado, e senti dor nas costas pela má postura. O sangue correu dolorosamente pelos meus braços, nos pontos em que o peso de minha cabeça prendera a circulação. Girei na cadeira, rápido e em silêncio. O sótão estava escuro, mas eu não percebia nada. Apertei um botão no relógio e descobri que já passava das onze. Eu tinha dormido por horas. Idiota! Então ouvi alguém se movendo nas escadas lá embaixo. Passos indistintos, uma porta se fechando, mais barulhos. Vidro quebrando. Senti um arrepio na nuca, pela segunda vez numa semana. Cerrei os dentes e disse a mim mesmo para deixar de ter medo e *fazer alguma coisa*. Poderia ser Eric ou poderia ser meu pai. Eu precisava ir lá embaixo para descobrir. Por segurança, levaria a faca junto.

Saí da cadeira e fui com cuidado até a porta, tateando o caminho em volta dos tijolos da chaminé. Dei uma parada, puxando a camisa para fora das calças, escondendo a faca pendurada no cinto. Desci em silêncio até o patamar escuro. No corredor, uma luz estava acesa, bem no fim da escadaria, lançando sombras esquisitas, amareladas e baças, contra as paredes. Fui seguindo o corrimão, olhando pelo parapeito. Não via nada. Os ruídos tinham parado. Farejei o ar.

Dava para sentir o cheiro de bebida, de fumaça de bar. Devia ser o meu pai. Senti-me aliviado e logo o ouvi saindo da sala. Atrás dele, um barulho inundava o ar como o rugir do oceano. Eu me afastei do parapeito e continuei prestando atenção. Ele vacilava, trombando nas paredes e tropeçando pelos degraus. Ouvi-o respirando pesadamente e murmurando alguma coisa. Fiquei escutando, deixando o cheiro e o barulho chegarem até mim. Levantei-me e, aos poucos, me acalmei. Escutei meu pai chegar ao primeiro patamar da escadaria, onde ficava o telefone. Depois, passos vacilantes.

"Frang!", gritou. Continuei parado, sem dizer nada. Era instintivo, imagino, ou um hábito nascido de todas as vezes que fingi não estar onde de fato estava, para poder ouvir as pessoas quando elas pensavam estar sozinhas. Eu respirava devagar.

"*Frang!*", meu pai berrou. Eu me preparei para voltar ao sótão, dando meia-volta, na ponta dos pés, evitando os lugares onde sabia que o piso rangia. Meu pai socou a porta do banheiro no primeiro andar, praguejando quando percebeu que ela estava aberta. Ouvi-o subindo as escadas na minha direção. Seus passos eram irregulares, arrastados, e ele resmungou depois de tropeçar e bater contra a parede. Subi a escada em silêncio, alçando o corpo até o chão de madeira do sótão, deitando ali com a cabeça a mais ou menos um metro do buraco, as mãos nos tijolos, pronto para me esconder atrás da chaminé se meu pai tentasse olhar pela abertura. Dei uma olhada rápida. Ele esmurrou a porta do meu quarto antes de abri-la.

"Frang!", gritou de novo. Depois disse: "Ah... merda...".

Meu coração saltou do peito, enquanto eu permanecia deitado. Eu nunca o ouvira dizer nenhum palavrão. Aquilo soava obsceno vindo dele, não era casual como quando Eric ou Jamie falavam. Ouvi-o respirando sob a entrada, seu cheiro subindo até mim: uísque e tabaco.

Passos outra vez, vacilando escada abaixo, então a porta dele batendo. Voltei a respirar, só então percebendo que estivera prendendo a respiração. Meu coração batia incontrolável, e eu estava quase espantado pelo meu pai não tê-lo ouvido através do assoalho sobre sua cabeça. Esperei um pouco, mas não havia mais barulhos, apenas o ruído branco na sala distante. Parecia que ele deixara a televisão ligada na estática.

Fiquei deitado por mais cinco minutos, então me pus de pé lentamente, bati o pó das roupas, coloquei a camisa para dentro, peguei a bolsa no escuro, prendi o estilingue no cinto, tateei atrás do colete e o encontrei. Com o equipamento completo, rastejei escada abaixo até o patamar, e de lá continuei descendo, devagar.

A televisão refulgia seu chiado colorido para a sala vazia. Aproximei-me e a desliguei. Quando me virei para sair dali, vi o terno de tweed do meu pai, amarrotado, sobre uma cadeira. Peguei-o e ele tilintou. Apertei os bolsos, torcendo o nariz para a catinga de bebida e fumaça que subia daquilo. Minha mão agarrou um molho de chaves.

Puxei-o para fora e o encarei. Ali estava a chave da porta da frente, dos fundos, do porão, do galpão, um par de chavinhas que eu não reconhecia, e uma outra, uma chave para algum dos quartos da casa, igual à do meu quarto, mas com um desenho diferente. Senti minha boca secar e minha mão tremia na frente dos meus olhos. Ela suava, molhando subitamente a palma. Podia ser a chave do quarto dele ou...

Subi as escadas correndo, de três em três degraus, quebrando o ritmo só para evitar os que rangiam. Passei direto pelo escritório, indo até o quarto do meu pai. A porta estava entreaberta, com a chave na fechadura. Eu podia ouvir meu pai roncando. Fechei a porta com cuidado e corri de volta ao escritório. Enfiei a chave na fechadura, que girou com facilidade. Fiquei parado ali por um segundo ou dois, então girei a maçaneta e abri a porta.

Acendi a luz. O escritório.

O cômodo estava abarrotado de coisas, quente e abafado. Não havia qualquer lustre na lâmpada do teto, que brilhava muito. Havia duas mesas, uma cômoda e uma cama dobrável cheia de papéis amassados por cima. Além disso, uma estante de livros e duas mesas grandes que ficavam lado a lado, repletas de garrafas e vários apetrechos de química: tubos de ensaio, frascos e um condensador conectado a uma torneira no canto. O lugar tinha cheiro de algo como amônia. Virei-me, enfiei a cabeça pela porta, observando o corredor, escutei com atenção, ouvi o ronco longe e então fechei a porta, me trancando lá dentro e deixando a chave na fechadura.

No momento em que me afastei da porta, vi algo. Um frasco de amostra estava sobre a cômoda, posicionado bem ao lado da porta, para que não pudesse ser visto do corredor quando o escritório estivesse aberto. No frasco, um líquido claro — provavelmente álcool. No álcool, um pedacinho mastigado de genitália masculina.

Encarei aquilo, a mão ainda na chave que estava girando, e os meus olhos se encheram d'água. Senti algo na garganta, alguma coisa vinda lá de dentro, e meus olhos e meu nariz pareceram se encher e explodir em chamas. Chorei, ali, deixando as lágrimas escorrerem pelas minhas bochechas e salgarem os meus lábios. Meu nariz escorria, e eu fungava e bufava, sentindo um peso no peito e o meu maxilar tremendo sem controle. Esqueci completamente de Eric, do meu pai, de tudo a não ser de mim mesmo, da minha perda.

Demorei algum tempo para me recompor, e não me recompus por ter ficado bravo comigo, nem por ter dito a mim mesmo para não agir feito uma mulherzinha, mas simplesmente me acalmei aos poucos, de um jeito natural, e o peso que eu tinha na cabeça se deslocou para o estômago. Enxuguei o rosto na camisa e assoei o nariz em silêncio, então passei a investigar o escritório metodicamente, ignorando o frasco na cômoda. Talvez aquele fosse todo o segredo que existia, mas eu queria ter certeza.

Quase tudo era lixo. Lixo e produtos químicos. As gavetas da mesa e da cômoda estavam cheias de papéis e fotos antigas. Encontrei cartas, contas e notas velhas, contratos, e formulários, e apólices de seguro (nenhuma minha, e todas vencidas havia um bom tempo), páginas de um conto ou romance que alguém estivera datilografando numa máquina de escrever vagabunda, cobertas de correções e ainda assim deplorável (algo sobre hippies em uma comunidade no deserto de algum lugar, entrando em contato com alienígenas). Havia pesos de papel, luvas, emblemas psicodélicos, uns singles velhos dos Beatles, algumas cópias de *Oz* e *IT*, canetas ressecadas e lápis quebrados. Lixo, tudo lixo.

Então me deparei com uma parte trancada da cômoda. Um compartimento sob a porta sanfonada, com dobradiças e uma tranca no topo. Peguei o chaveiro da porta e, naturalmente, uma das chavinhas servia ali. O compartimento se abriu, e puxei as quatro gavetinhas do seu interior, pondo-as lado a lado sobre a cômoda.

Encarei o conteúdo delas até minhas pernas tremerem tanto que precisei me sentar na cadeirinha bamba sob a cômoda. Apoiei o rosto nas mãos, tremendo novamente. Quanta coisa eu teria que encarar esta noite?

Levei a mão até uma das gavetinhas e tirei dela uma caixa azul de tampões. Os dedos trêmulos tiraram outra caixa da gaveta. Seu rótulo dizia "Hormônios masculinos". Dentro, caixinhas ainda menores com inscrições nítidas a caneta, datadas para até seis meses no futuro. Outra caixa, de outra gaveta, dizia "KBr", o que me parecia familiar, mas eu não tinha certeza sobre o que era. As duas outras gavetas continham rolos bem amarrados de notas de cinco e dez libras, além de sacos plásticos com quadradinhos de papel dentro. Eu já não tinha energia para tentar descobrir o que eram aquelas outras coisas. Minha mente se agitava com uma ideia horrível que se formara. Fiquei sentado, olhando aquilo, de boca aberta e pensando. Não levantei os olhos para o frasco.

Pensei naquele rosto delicado, nos braços de pelos finos. Tentei me lembrar de alguma vez ter visto meu pai com o peito nu, mas não consegui. O segredo. Não era possível. Sacudi a cabeça, mas não conseguia me desfazer dessa ideia. Angus. Agnes. Tudo que eu tinha, com relação ao que acontecera, era a palavra dele. Eu não fazia ideia do quanto podia confiar na sra. Clamp, nenhuma ideia de que rabo preso eles teriam um com o outro. Mas *não era possível*! Seria monstruoso demais, horrível demais! Levantei-me de uma vez, derrubando a cadeira, que se estatelou no chão. Agarrei a caixa de tampões e os hormônios, peguei as chaves, destranquei a porta e me lancei para fora, subindo as escadas enquanto enfiava as chaves no bolso e desembainhava a faca. "Frank vai pegar você", sussurrei para mim mesmo.

Irrompi no quarto do meu pai e acendi a luz. Eu o vi deitado na cama, ainda vestido, sem um dos sapatos, que caíra virado ao lado da cama. Estava de costas, roncando. Se remexeu e colocou um braço sobre o rosto, fugindo da luz. Aproximei-me, tirei seu braço de sobre o rosto e dei dois tapas fortes na cara dele. Gritando, meu pai agitou a cabeça. Seus olhos se abriram, primeiro um, depois o outro. Coloquei a faca bem perto deles, deixando que ele focasse o olhar com uma imprecisão bêbada. O cheiro de bebida que saía do meu pai era asqueroso.

"Frang?", disse, de um jeito débil. Avancei com a faca sobre ele, parando pouco antes de chegar ao nariz.

"Seu filho da puta", cuspi. "Que porra é essa?" Brandi os tampões e a caixa de hormônios na frente dele, com a outra mão. Ele resmungou e fechou os olhos. "Fala!", gritei, batendo nele outra vez, com as costas da mão que segurava a faca. Meu pai tentou rolar para longe, girando na cama na direção da janela aberta, mas o puxei de volta da noite parada e quente.

"Não, Frang, não", disse, sacudindo a cabeça e tentando afastar minhas mãos. Larguei as caixas e o agarrei com um braço, apertando. Eu o puxei para perto e coloquei a faca no seu pescoço.

"Você vai me contar agora ou juro por Deus que...", deixei as palavras incompletas. Larguei seu braço e corri a mão até suas calças. Afrouxei seu cinto. Ele tentava me parar, todo desengonçado, mas bati nas mãos dele e cutuquei sua garganta com a ponta da faca. Soltei seu cinto e abri o zíper, olhando-o o tempo todo, tentando não pensar no que encontraria, ou no que *não* encontraria. Soltei o botão da sua calça, abrindo-a e puxando a camisa para cima. Ele me olhava, deitado na cama com os olhos injetados, balançando a cabeça.

"Que qui cê tá fazendo, Frang? Sinto muito, sinto muito mesmo. Era um experimento, entende? Só um experimen... Não faz nada comigo, por favor, Frang... Por favor..."

"Sua puta. Sua *puta*!", falei, sentindo minha vista turvar e a voz tremer. Puxei as calças dele/dela com violência.

Algo gritava do lado de fora, na noite além da janela. Fiquei encarando o pau e as bolas peludas, grandes e ensebadas do meu pai, enquanto lá fora algum animal, na paisagem da ilha, gritava. As pernas do meu pai tremiam. Então, vi um clarão lá fora, alaranjado e explosivo, onde não deveria haver qualquer luz, além das dunas, e mais gritos, balidos, berros e gritos. Gritos por toda parte.

"Deus do céu, o que é isso?", meu pai bufava, virando a cabeça trêmula para a janela. Eu me afastei, saindo de perto da cama e olhando pela janela. Os barulhos horríveis e a luz na parte mais distante das dunas pareciam estar se aproximando. A luz fazia um halo por trás da grande duna atrás da casa, onde ficava o Solo da Caveira. Tremeluzia amarelo, deixando rastros de fumaça para trás. O ruído era parecido com o que aquele cão queimado fizera, mas ampliado, repetido e repetido, com outro tom. A luz ficou mais forte, e algo apareceu correndo no topo da duna, algo em chamas, e berrando, e correndo declive abaixo pelo Solo da Caveira. Era uma ovelha, e outras ovelhas a seguiam. Duas, no começo, depois uma dúzia de animais vieram em peso sobre a grama e a areia. Em segundos, a colina estava coberta por ovelhas em chamas, sua lã pegando fogo, balindo loucamente e correndo duna abaixo, inflamando a grama seca e as ervas do caminho, deixando-as queimando atrás de si.

Então, vi Eric. Meu pai se aproximou, tremendo, mas eu o ignorei e observei a figurinha magricela e dançante, saltitando no topo da duna. Eric agitava uma tocha enorme numa mão e um machado na outra. Ele gritava, também.

"Ah, meu Deus, não", meu pai falou. Virei-me para ele. Estava puxando as calças para cima. Passei direto por ele e corri para a porta.

"Anda logo", gritei. Saí do quarto e corri escada abaixo, sem esperar para ver se ele vinha atrás. Eu via chamas por todas as janelas, ouvia os lamentos das ovelhas torturadas em volta da casa. Fui até a cozinha, pensando em pegar um pouco de água quando passasse, mas decidi que não faria sentido. Atravessei a porta correndo e cheguei ao jardim. Uma ovelha, com fogo pegando apenas sobre suas patas traseiras, quase se chocou contra mim enquanto corria pelo gramado já incendiado, desviando da porta no último segundo, com um balido terrível, e pulando a cerquinha do jardim. Corri para os fundos da casa, procurando por Eric.

Havia ovelhas em toda parte, fogo por todo lado. A grama no Solo da Caveira estava acesa, chamas se erguiam do barracão, dos arbustos, das plantas e das flores no jardim, e ovelhas mortas e queimadas tombavam em poças de fogo enquanto outras corriam e saltitavam, gemendo e uivando com suas vozes inconstantes e guturais. Eric estava nos degraus da entrada do porão. Vi sua tocha lançando chamas contra a parede da casa bem sob a janela do banheiro do térreo. Ele atacava a porta com o machado.

"Eric! Não!", gritei. Segui adiante, depois virei, me agarrei ao canto da casa e estiquei a cabeça para olhar a porta de entrada aberta. "Pai! Sai logo da casa! Pai!" Eu ouvia o som de madeira se estilhaçando às minhas costas. Virei-me e corri para Eric. Saltei a carcaça fumacenta de uma ovelha bem perto da escada que descia ao porão. Eric se virou e brandiu o machado na minha direção. Me agachei e rolei no chão. Caí e levantei rápido, pronto para correr dali, mas ele tinha voltado a investir contra a porta, soltando berros a cada golpe, como se ele próprio fosse a porta. A cabeça do machado sumiu em meio à madeira, emperrando. Eric o balançou com violência até desprendê-lo, deu uma olhada para mim e voltou a acertar a porta. As chamas da tocha jogavam sua sombra sobre mim. Ela estava apoiada na parede ao lado da porta, e eu via que a pintura nova já estava chamuscada. Saquei meu estilingue. Eric já tinha quase arrombado a porta. Meu pai ainda não aparecera. Eric me olhou de novo e afundou o machado na madeira. Uma ovelha berrou atrás de nós, enquanto eu procurava pela munição. Dava para ouvir o fogo estalando à minha volta e sentir o cheiro de carne queimada. A bolinha de metal se encaixou na tira de couro e eu puxei.

"Eric!", berrei, ao mesmo tempo em que a porta cedia. Ele segurava o machado com uma das mãos, agarrando a tocha com a outra. Chutou a porta, que caiu. Estirei o elástico mais um centímetro. Olhei-o através da forquilha da arma. Ele me encarou. Tinha o rosto barbado, sujo, como uma máscara animal. Era o menino, o homem que eu conhecera, mas era outra pessoa completamente diferente. Aquele rosto ria, olhava de esguelha e suava, balançando-se ao sabor da respiração e das chamas oscilantes. Segurava o machado e o tição em brasa, com os destroços da porta do porão atrás de si. Pensei ver os fardos de explosivo na luz fraca e inconstante do incêndio à nossa volta e da tocha do meu irmão. Ele balançou a cabeça, com um ar de expectativa e perplexidade.

Balancei a cabeça, devagar.

Ele soltou uma risada e assentiu, meio jogando, meio deixando a tocha cair no porão e correndo para mim.

Quase atirei com o estilingue quando o vi correndo na minha direção, mas, no último segundo, com os dedos quase soltos, percebi que ele largara o machado. Enquanto Eric passava se esquivando por mim, o machado caía ruidosamente nos degraus do porão, e eu me agachei. Esquivei do meu irmão, rolando para o lado, e depois o vi correndo pelo jardim, na direção sul da ilha. Larguei o estilingue, desci os degraus e recolhi a tocha caída. Estava a apenas um metro no porão, bem distante dos explosivos. Joguei-a rapidamente para fora, ao mesmo tempo em que as bombas no galpão em chamas começavam a estourar.

O barulho era ensurdecedor, estilhaços choviam sobre a minha cabeça, as janelas da casa explodiam e o galpão ficou todo destruído. Duas bombas foram parar longe do galpão, explodindo em outras partes do jardim, mas, felizmente, nenhuma perto de mim. Quando finalmente era seguro levantar a cabeça, o galpão não existia mais, todas as ovelhas estavam mortas e Eric tinha desaparecido.

Meu pai estava na cozinha, segurando um balde d'água e uma faca enorme. Quando entrei, ele colocou a lâmina sobre a mesa. Parecia ter cem anos de idade. Na mesa também estava o jarro. Sentei-me na cabeceira, largando o corpo sobre a cadeira. Olhei para ele.

"Era Eric na porta, pai", falei, e ri. Meus ouvidos ainda zumbiam pelas explosões do galpão.

Meu pai ficou parado ali, com ar velho e estúpido, os olhos turvos e úmidos, as mãos trêmulas. Aos poucos, fui me acalmando.

"O qu...", começou, depois pigarreou. "O quê... o que aconteceu?" Parecia quase sóbrio.

"Ele tentou entrar no porão. Acho que queria explodir tudo. Daí fugiu. Coloquei a porta no lugar, da melhor forma que pude. Quase todo o incêndio já se apagou, você não vai precisar disso." Fiz sinal com a cabeça para o balde d'água que ele segurava. "Em vez disso, eu queria que você sentasse aqui e me contasse uma ou duas coisinhas que preciso saber." Recostei-me na cadeira.

Ele me olhou por um instante, então pegou o jarro, mas este escorregou dos seus dedos e caiu, espatifando-se no chão. Deu uma risada nervosa, se curvou e levantou novamente, segurando o que estivera dentro do jarro. Meu pai o segurava para que eu visse, mas eu estava encarando seu rosto. Então fechou a mão, depois a abriu de novo, feito um mágico. Era uma bola rosa. Não um testículo: uma bola rosa, como uma massa de plástico ou cera. Voltei a encará-lo nos olhos.

"Me conte", eu disse.

Então, ele me contou.

O QUE ACONTECEU COMIGO
FÁBRICA DE VESPAS
IAIN BANKS

Certa vez, fui construir represas bem ao sul, mais longe até que a casa nova, em meio à areia e às poças nas pedras daquela parte da praia. Era um dia perfeito, tranquilo e luminoso. Não havia divisão entre o oceano e o céu, e qualquer fumacinha subia em linha reta. O mar estava inteiramente calmo.

Ao longe, viam-se pastos espalhados pela encosta suave de um morro. Em um deles havia umas poucas vacas e dois cavalos pardos grandes. Enquanto eu trabalhava, um caminhão desceu o morro pelo pasto. Parou na porteira, engatou a ré e se virou, deixando a traseira voltada na minha direção. Vi, pelo binóculo, o caminhão seguindo por quase meia milha. Dois homens desceram dele. Abriram a caçamba, formando uma rampa até o seu interior e desdobrando uma espécie de cerca de madeira ao longo da subida, de ambos os lados. Os dois cavalos se aproximaram para observar.

Fiquei perto de uma poça, nas pedras, as galochas no meio da água e eu lançando uma sombra sobre ela. Os homens caminharam pelo pasto e laçaram um dos cavalos para fora dali, pelo pescoço. Ele os acompanhou sem protestar, mas, quando os homens tentaram fazê-lo subir na caçamba, cercado pelas ripas de madeira irregulares, o animal se espantou, recusando-se a subir, jogando o peso para trás. Seu companheiro empurrava a cerca, pelo lado de fora. Ouvi-os relinchando poucos segundos depois, através do ar sem vento. O cavalo não queria entrar. Algumas vacas pararam para olhar, mas logo voltaram a ruminar.

Ondas miúdas, mantos de luz tênue, consumiam a areia, as pedras, as plantas e as conchas atrás de mim, rebentando devagar. Um pássaro cantou na calmaria. Os homens levaram o caminhão até um pouco mais longe e conduziram o cavalo até lá, seguindo por uma curta trilha alternativa. O cavalo no pasto relinchou, correndo inutilmente em círculos. Senti meus braços e olhos pesados e desviei a vista, mirando a linha de colinas e montanhas que seguia rumo à luz ardente do norte. Quando olhei de novo, o cavalo estava na caçamba.

O caminhão deu a partida, seus pneus rodando em falso por um instante. O cavalo solitário, outra vez confuso, corria da porteira até a cerca, e de volta para a porteira, seguindo o caminhão no começo, depois parando. Um dos homens ficara no pasto, e, enquanto o caminhão sumia atrás da colina, ele acalmava o animal.

Mais tarde, quando voltei para casa passando pelo pasto, o cavalo estava pastando tranquilamente.

Estou sentado, na duna sobre o Abrigo, agora, nesta manhã de brisa fresca de domingo, e lembro-me de ter sonhado com aquele cavalo, noite passada.

Depois que o meu pai contou o que tinha para contar e eu passei de descrença e fúria para uma aceitação atordoada, e depois de darmos uma circulada pelo jardim, chamando por Eric, arrumando as coisas do melhor jeito que podíamos e apagando alguns focos de incêndio remanescentes, além de montarmos uma barricada na entrada do porão e voltarmos para casa, e depois de ele ter explicado porque fizera o que fizera, fomos dormir. Tranquei a porta do meu quarto e tenho certeza absoluta de que ele trancou a dele também. Adormeci e sonhei, revivendo aquele episódio dos cavalos, então acordei e saí cedo, procurando por Eric. Vi Diggs chegando enquanto eu saía. Meu pai tinha muito o que conversar com o policial, então os deixei em paz.

O tempo estava melhor. Não havia mais tempestade, nem raios e trovões, apenas um vento oeste varria as nuvens todas para o mar, levando o calor junto. Quase um milagre, mas devia ser apenas um centro de alta pressão vindo da Noruega. Enfim, o dia estava claro, limpo e fresco.

Encontrei Eric dormindo na duna sobre o Abrigo, a cabeça sobre a relva balançante, enroscado como uma criança. Eu me aproximei e sentei ao seu lado por algum tempo, então chamei o nome dele, cutucando seu ombro. Eric acordou, olhou para mim e sorriu.

"Oi, Eric", falei. Ergueu uma mão, e eu a segurei. Ele assentiu, ainda sorrindo. Então se remexeu, colocou a cabeça cheia de cachos sobre o meu colo, fechou os olhos e voltou a dormir.

Não sou Francis Leslie Cauldhame. Eu sou Frances Lesley Cauldhame. Para resumir. Os absorventes e hormônios eram para mim.

Vestir Eric como menina foi, para o meu pai, um ensaio do que faria comigo. Quando o Velho Saul me atacou, meu pai viu naquilo uma oportunidade perfeita para seu experimento, além de um jeito de diminuir — talvez apagar completamente — a influência feminina sobre ele enquanto eu crescia. Então, passou a me dar doses de hormônios masculinos, o que faz até hoje. Por isso que é sempre ele que prepara as refeições, e por isso que o que pensei ser um toco de pênis é, na verdade, um clitóris aumentado — além da barba, da falta de menstruação e de todo o resto.

No entanto, ele guardou os absorventes pelos últimos anos, só para o caso de os meus hormônios levarem a melhor sobre os que ele ministrava. Usava brometo para evitar que o andrógeno elevasse a minha libido. Fez genitálias masculinas falsas, da mesma cera que eu encontrara sob as escadas e usara nas minhas velas. Usaria o jarro com a genitália para me confrontar, caso eu começasse a questioná-lo sobre a minha castração. Mais provas, mais mentiras. Até mesmo a história dos peidos era mentirosa. Ele era amigo de Duncan, o garçom, há anos, e pagava cervejas para ele em troca de um telefonema com informações sempre que eu bebia no Arms. Ainda agora não estou certo de que ele me revelou tudo, apesar de ter parecido sentir uma urgência para confessar, tendo os olhos cheios d'água na noite passada.

Pensar nisso me dá um nó no estômago, de raiva, mas eu resisto. Queria matá-lo, ali mesmo na cozinha, depois de ter me contado e me convencido daquilo tudo. Parte de mim ainda quer acreditar que essa é apenas sua última piada, mas sei que é a verdade. Sou uma mulher. Com as coxas escoriadas e os grandes lábios meio mutilados. Com certeza nunca serei atraente, mas diz meu pai que sou uma mulher normal, capaz até de fazer sexo e dar à luz (sinto um calafrio ao pensar em qualquer uma dessas coisas).

Olho para o mar cintilante enquanto a cabeça de Eric descansa no meu colo, e penso outra vez naquele pobre cavalo.

Não sei o que fazer. Não posso continuar aqui e tenho medo de qualquer outro lugar. Mas imagino que vou ter que sair daqui. Que inferno. Talvez eu considerasse o suicídio, se alguns dos meus parentes não tivessem me mostrado o quão difícil é isso.

Olho para a cabeça de Eric: tranquila, suja, adormecida. Seu rosto está calmo. Não sente nenhuma dor.

Assisto a pequenas ondas quebrando na praia por um tempo. Do mar, daquele espelho d'água, duas vezes maior, mais agitado e móvel que a terra que envolve, vejo apenas um deserto ondulado, e já o vi tão quieto quanto um lago de sal. Em qualquer outro lugar a geografia é diferente. O mar ondula, se agita e cresce, dobra-se em tubos ao sabor da brisa, ergue-se em pilares sob os ventos alísios e, por fim, recua sob rajadas brancas de neve em torno de cadeias de montanhas açoitadas pelo vendaval.

E onde estou, onde sento, e deito, e durmo, e olho, aqui neste dia de verão, a neve vai chegar em seis meses. O gelo e o frio, o orvalho e a geada, a tempestade uivando desde a Sibéria, ganhando força na Escandinávia e varrida pelo Mar do Norte, as águas mais cinzentas do mundo e o céu mais pardo de todos, tudo receberá esse frio nas mãos, fazendo-o seu por um tempo.

Queria rir ou chorar, ou as duas coisas, enquanto sento ali, pensando na minha própria vida, nas minhas três mortes. Quatro, de algum modo, agora que a verdade do meu pai matou o que eu era.

Mas eu ainda *sou* eu. *Sou* a mesma pessoa, com as mesmas memórias e os mesmos feitos, as mesmas (pequenas) realizações, os mesmos crimes (horríveis) no *meu* nome.

Por quê? *Como* posso ter feito essas coisas?

Talvez porque tenha pensado que tudo que importava no mundo, todos os motivos — e os meios — para nossa continuidade como espécie tinham sido roubados de mim antes mesmo que eu soubesse o valor deles. Talvez eu tenha matado por vingança, em todos os casos, cobrando um pedágio egoísta — com o único poder de que dispunha — de todos que estavam ao meu alcance; meus pares, que, de outro modo, teriam se tornado a única coisa que eu sempre seria incapaz de me tornar: um adulto.

Alguém poderia dizer que na falta de uma determinação, inventei outra. Para lamber minhas próprias feridas, eu *os* matei, devolvendo na minha inocência raivosa a castração que, então, eu não compreendia completamente, mesmo que, de alguma forma — pelas atitudes alheias, talvez —, eu sentisse como uma perda injusta e irrecuperável. Sem qualquer propósito na vida, sem poder procriar, depositei todas as minhas forças nesse oposto sinistro, encontrando um negativo e uma negação da fecundidade que apenas os outros desfrutariam. Creio que decidi, já que nunca poderia me tornar um homem, me sobrepor — eu, o não homem — a todos aqueles à minha volta. Então me tornei o assassino, a cópia do soldado heroico e implacável a quem todos pareciam prestar homenagem em tudo que eu lia ou assistia. Encontraria ou construiria minhas próprias armas, e minhas vítimas seriam as crias mais recentes daquele ato que eu era incapaz de realizar. Seriam meus iguais que, apesar de possuírem o potencial de reprodução, naquele momento ainda não eram capazes de fazê-lo. Isso é que é inveja do pênis.

E, no fim das contas, não servira para nada. Não havia vingança a ser cumprida, apenas uma mentira, um truque que devia ser desvelado, um disfarce que eu devia ter notado mesmo de dentro, mas que, no fim, não desejei perceber. Eu era orgulhoso. Eunuco, mas único. Presença furiosa e nobre no meu território, guerreiro mutilado, príncipe caído...

Agora eu descobria ter sido o bobo da corte o tempo todo.

Acreditando na minha grande ferida, minha mutilação literal da sociedade do continente, eu parecia ter levado a minha vida a sério demais — e as vidas dos outros, pelos mesmos motivos, com muito descaso. Os assassinatos eram a minha própria concepção, meu sexo. A Fábrica era a minha tentativa de construir vida, de substituir o envolvimento que, de outra forma, eu não desejaria.

Bem, é sempre mais fácil ter sucesso na morte.

Dentro dessa maquinaria enorme, as coisas não são tão preto no branco quanto pareciam na minha experiência. Todos nós, em nossas próprias Fábricas pessoais, podemos cair num corredor e julgar que nossa sorte está selada para sempre (sonho ou pesadelo, banal ou fantástica, boa ou má), mas uma palavra, um olhar, um deslize — qualquer coisa dessas pode mudar tudo, alterar completamente o destino, e nosso corredor frio se transforma numa trilha, nosso labirinto vira um caminho dourado. Nosso destino é o mesmo, no final, mas a viagem — em parte escolhida por nós, em parte não — é diferente para cada um, e se altera enquanto crescemos. Pensei que uma porta havia se trancado às minhas costas, anos atrás, mas, na verdade, eu estava apenas me arrastando pela superfície. *Agora* as portas se fecham, e minha viagem começa.

Olho outra vez para Eric, sorrio e balanço a cabeça, enquanto a brisa sopra, as ondas rebentam, o vento balança as flores e a relva e passarinhos cantam. Imagino que eu vá ter de contar a ele o que aconteceu comigo.

Pobre Eric, veio para casa encontrar seu irmão, só para descobrir (os diques arrebentam! as bombas explodem! as vespas fritam: *ttssss*!) que tem uma irmã.

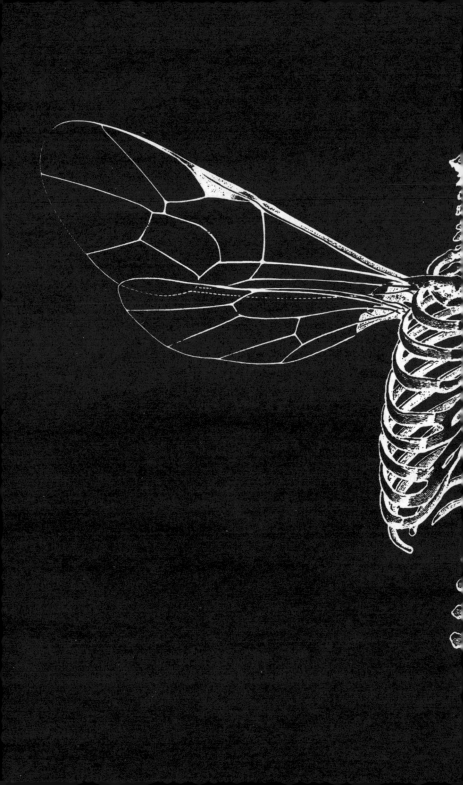

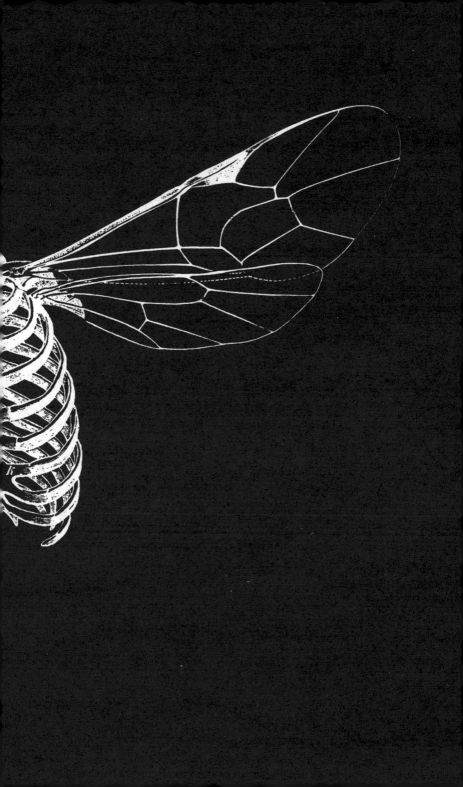

IAIN BANKS

**1954
2013**

nasceu e viveu na Escócia. Tornou-se amplamente conhecido pela controvérsia causada pelo seu primeiro romance, *Fábrica de Vespas*, publicado originalmente em 1984. Desde então, foi aclamado tanto pela crítica como pelos seus leitores por dezenas de obras de ficção e ficção científica. Foi considerado um dos Melhores Novos Escritores Britânicos em 1993. O jornal inglês *The Times* aclamou Iain Banks como "o romancista britânico mais imaginativo de sua geração" e o *Guardian* considerou-o "o padrão pelo qual o restante da ficção científica é julgado". Saiba mais em **iain-banks.net**.

DADOS INTERNACIONAIS DE CATALOGAÇÃO NA PUBLICAÇÃO (CIP)
Angélica Ilacqua CRB-8/7057

Banks, Iain
 Fábrica de vespas / Iain Banks ; tradução de Leandro Durazzo. —
Rio de Janeiro : DarkSide Books, 2016.
 240 p.

 ISBN: 978-85-9454-006-5
 Título original: *The Wasp Factory*

 1. Ficção escocesa 2. Ficção científica I. Título II. Durazzo, Leandro

16-0593   CDD 891.63
 Índices para catálogo sistemático:

 1. Ficção escocesa

"Uma morte é sempre excitante, sempre faz com que você
perceba quão vivo e vulnerável está, mas quão sortudo é."
A FÁBRICA A TODO O VAPOR - INVERNO **2016**
DARKSIDEBOOKS.COM

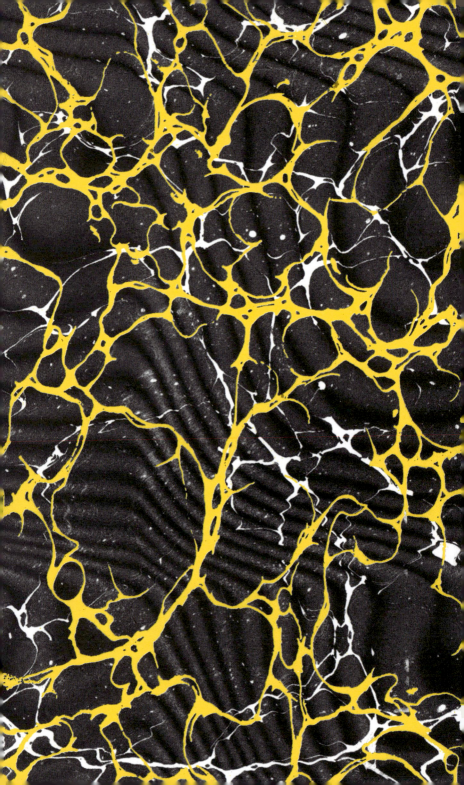